시이나 마히루

시라카와 치토세

키도 아야카

©hanekoto

KB166130

©hanekoto

일러스트
하네코토

제1화　천사님과 소중한 약속

"오늘은…… 집에 가지 않아도 될까요……?"

한순간 무슨 소리를 들었는지 이해할 수 없었다.

품에 안긴 마히루의, 속삭이는 소리에 가까운 목소리가 귀에 닿는 순간, 아마네는 머릿속이 정지하는 바람에 그 말의 의미를 곱씹는 데 조금 시간이 걸렸다.

(오늘, 집에 가지 않아도 되냐고……?)

즉, 이 집에서 자고 가고 싶다고, 밤에도 아마네와 함께 지내고 싶다고 조심스럽게 주장하고 있다는 뜻이다. 아마네와 마히루는 확실히 사귀는 사이이고, 곁에서 같이 잠든 적도 있지만, 그때와는 상황이 다르다.

마히루가, 자기 의지로, 아마네의 집에서 자고 가겠다고 말한 것이다.

평소의 몇 배는 느려진 사고회로가 그 의미를 도출했을 때, 아마네의 뺨은 난로에 장작을 땐 듯한 열기를 띠었다.

(자고 가겠다는 건, 즉…….)

제아무리 아마네라도 이런 분위기에서 집에 안 가도 되겠냐고 물어본 건 그만큼 각오하고 꺼낸 말임을 알 수 있다. 실제로 아마네의 몸에 몸을 기댄 마히루의 몸은 아까만 해도 편안했던 느낌에서 어딘가 긴장한 듯 딱딱한 느낌으로 바뀌었고, 부끄러움 탓인지 긴장 탓인지 조금 떠는 것처럼 느껴졌다.

설마 마히루의 입에서 이렇게 애원하는 소리를 들을 줄은 몰라서 아마네가 무심코 품에 안긴 마히루를 내려다보니, 그 시선을 느낀 모양인 마히루의 가냘픈 몸이 움찔 떨렸다.

그리고 아마네의 품에 반쯤 얼굴을 파묻은 채 올려다본다.

평소보다 촉촉한 눈이 부끄러움과 은은한 기대를 담은 듯 일렁이면서 아마네를 비추는 것이 보이고.

커지는 심장 소리를 자각하고 더욱 굳어진 시선에서 벗어나듯, 마히루는 아마네의 가슴에 얼굴을 감추듯 묻었다.

소리를 내지 않으려는 입을 질타하듯 몇 번이나 여닫은 뒤, 아마네는 천천히 목을 떨며 동요가 고스란히 드러난 목소리를 쥐어짜 말했다.

"그, 그건…… 무, 무슨, 의도이신지?"

"마, 말 그대로, 인데요…… 아마네 군과 떨어지고 싶지 않아요. 아마네 군을, 많이, 느끼고 싶어요."

이쯤 되면 콜록대는 수준을 넘어서 그 말에 숨이 완전히 멎은 듯 굳어 버린 아마네를, 마히루가 힐끗 올려다본다.

"이것만으론, 부족해요. 이틀, 참았어요. 아마네 군과, 더 함께, 있고 싶어요."

"그, 그건 나도 그렇지만, 아무리 그래도…… 위험하지 않아?"

마히루도 알겠지만, 아마네도 어엿한 남자이므로 아무도 방해하지 않는 환경에서 애인이 집에 가기 싫다고 말하면 그렇고 그런 쪽으로 흘러갈 수 있다.

　아마네는 이성이 강한 편이라고 자부하지만, 그래 봐야 혈기 왕성한 사춘기 남자 고등학생이다. 세상에서 가장 사랑하는 애인이 애틋하게 유혹하면, 그 순간에 냉철한 이성이 짐승으로 변해 마히루를 덮치고 말 것이다.

　이성을 날려 자신의 욕구를 우선시하고 싶지 않은 아마네로선 그런 상황을 피해야 한다고 생각하고 있었다. 어쩌면 마히루는 아마네와 맺어지고 싶다는 의도로 말한 걸지도 모른다. 하지만 그저 함께 시간을 보내고 싶다는 순수한 소망일 가능성도 있어서, 그 사실이 아마네의 이성에 제동을 걸고 있다.

　"사귀는 사이라면, 상대의 집에서 자는 건 보통이잖아요?"

　"그, 그야 평범한 커플이라면 그럴지도 모르지만."

　"우리는 평범한 커플이 아니라는 뜻인가요?"

　"그런 뜻이 아니라. 그게, 우리는 아직 사귄 지 몇 달밖에 안 됐으니까."

　"제가 아마네 군의 부모님 댁에서 잔 적도 있으니까 새삼스럽네요."

　"윽."

　그런 소리를 들으면 부인할 수 없다. 말문이 막힌 아마네를, 마히루가 못마땅한 눈으로 본다.

　"그렇게, 싫어요?"

"싫지 않아!"

왠지 모르게 쓸쓸한 느낌이 나는 말을 강하게 부정하려다가 소리친 걸 반성하며, 아마네는 깜짝 놀라서 그런지 몸을 굳힌 마히루의 눈을 똑바로 바라본다.

"당연히, 기뻐. 마히루가 나랑 떨어져 있기 싫다고 한 거니까, 나도 참 행복한 사람이구나 싶어. 나도 마히루의 곁에 있고 싶고, 가능하다면 매일 같이 자고 싶어."

'매일'이라는 말에 마히루가 살짝 뺨을 붉힌다. 아마네는 지금의 마히루에게는 말이 조금 지나쳤을지도 모른다고 반성하면서도, 곁에 있어 줬으면 하는 마음에는 변함이 없으므로 눈을 돌리지 않는다.

"하지만 무슨 일이 생길지도 모르고, 나 혼자 성급하게 구는 건 싫어. 마히루가 바라지 않는 일은 하고 싶지 않아. 우리 집에서 자면, 내가 뭔가 할지도 모른다고 생각하지 않아?"

"저는, 아마네 군을 믿으니까요."

망설임 없이 고백한 말에, 아마네는 역시 마히루가 바라는 건 손만 잡고 자는 것임을 이해했다. 그리고 아마네가 나쁜 짓을 하지 않으리라는 믿음으로 부탁한 걸 알았다.

그런 부탁이라면 들어주고 싶다고 이성을 바로잡듯 마음먹은 아마네를, 곧바로 마히루가 콕콕 찌른다.

"오해하지 마세요. 믿는 마음을 약점으로 잡은 게 아니니까. 아마네 군이 저를 원한다면…… 저는 있는 그대로 받아들일게요."

"아하."

"아마네 군은, 꼭 책임져 주는 사람이잖아요?"

"그, 그건 물론. 사람으로서, 마히루의 애인으로서, 무책임한 짓은 하지 않겠다고 맹세할게."

"그렇다면 문제가 없죠?"

"그, 그렇지."

이건 다른 의미로 신뢰를 약점으로 잡힌 게 아닐까 생각했지만, 마히루는 모든 걸 아마네에게 맡기듯이 안심한 미소를 지으니까 그 마음을 배신할 수도 없다.

내 이성은 어떻게 될까. 아마네는 오늘 밤을 몹시 불안하게 여겼지만, 마히루가 함께 지내기를 원한다면 거절할 수 없다.

아마네도 자기 몸만 괜찮다면 곁에 있고 싶다.

품에 있는 마히루는 아마네에게는 자신만만하게 말했지만, 다시 눈이 마주치자 부끄러워졌는지 시선을 조금 이리저리 돌리고 나서 "저기, 여러모로 살살 부탁하고 싶은데요."라고 작게 덧붙이며 아마네에게 몸을 기댄다. 아마네는 그 태도에 부끄러워해야 할지 기뻐해야 할지 몰라 입술을 다물고 마히루를 다시 끌어안았다.

(이걸 어쩐다?)

아마네는 자고 가도 된다고 허락했지만, 냉정하게 생각해 보면 매우 위험한 고비임을 깨달았다.

일단 마히루가 받아줄 줄 알면서도 아무것도 하지 않겠다는 맹세하에 묶게 하는 것이지만, 계속해서 흔들리는 이성과 본능의 저울이 서서히 본능으로 기우는 건 실감하고 있었다.

(이럴 때 내가 참으면 한 소리 들을 것 같지만.)

머릿속 이츠키가 '지금은 참을 때가 아니잖아?'라고 말하지만, 아마네는 충동적으로 거사를 치르고 싶은 것이 아니고, 만약 그랬다간 곤란한 건 마히루이므로 당연히 주저한다.

이기적인 건 자각하고 있지만, 그래도 이런 생각이 있으니까 결정적으로 이성이 날아가는 수준에는 이르지 않았다. 좋아하니까, 사랑하는 사이니까 맺어져도 되겠지. 아마네는 도저히 그렇게 생각할 수 없었다.

"아, 저기, 먼저 집에 가서 목욕하고 오는 게 어때? 우리 집에선 평소 쓰는 샴푸도 못 쓸 테니까."

조금 마음에 걸리지만, 품에서 수줍어하며 얌전히 있는 마히루에게 제안한다.

자고 간다고 해도 평소 마히루가 하는 미용 관리는 아마네의 집에서 할 수 없을 것이고, 애초에 갈아입을 옷이 있는가 하는 문제가 존재한다.

그렇다면 집에서 처리하고 오는 게 좋지 않을까? 그렇게 생각해서 말한 건데, 마히루는 몸을 움찔 떨었다.

말하고 나서야 비로소 지금 상황에서 목욕 이야기를 꺼내는 건 터무니없는 오해를 사지 않을까 생각한 아마네도 덩달아 몸을 굳히는데, 마히루는 우물쭈물하듯 품에서 몸을 움츠리고 있다.

"아, 아니거든? 그런 뜻이 아니라."

"저, 저기요, 아마네 군."

"네."

역시 너무 직구로 받아들여졌을까 걱정했지만, 고개를 든 마히루는 아마네가 한 말에 부끄러워하는 기색은 아닌 듯했다.

"시호코 씨도, 슈토 씨도, 같이 목욕했잖아요?"

"뭐, 그, 그랬지?"

"다, 다른 뜻은 없어요. 없지만요…… 모처럼, 자고 잘 거니까…… 가, 같이, 목욕하고 싶어요."

애인이 떨리는 목소리로 나지막하게 중얼거린 말을 듣고, 아마네는 한순간 무슨 소리를 들었는지 이해하지 못한 채 마히루를 응시한다.

(같이……?)

목욕은 당연히 옷을 입지 않고 하는 것이다.

즉, 서로 실오라기 하나 걸치지 않은 모습을 드러내는 것이다.

그랬다간 아마네는 도저히 참을 수 없을 것 같다. 전부 내팽개치고, 부드러운 살결을 탐식할 자신이 있었다.

어느 때보다 적극적인 마히루에게 당혹감을 감추지 못하는 아마네는 불이 붙을 것만 같은 뺨을 긁적이며 시선을 이리저리 돌린다.

"아, 아니, 그건 좀, 위험하지 않을까? 알몸은…….."

"저기, 그…… 수, 수영복을, 입으면 되지 않을까요?"

"그, 그야 수영복을 입으면 될지도 모르지만 말이야? 그게…… 다소 몸이 닿을 각오는 있어?"

제아무리 아마네라도 손을 닿는 곳에 무방비한 애인이 있다면, 아무것도 하지 않겠다고 약속할 수 없다.

　그걸 아는지 모르는지, 마히루는 긴 속눈썹을 부르르 떨며 시선을 내린다.

　"등을 씻기려면, 당연히 만져야겠죠."

　"그, 그래?"

　"시, 싫지 않다고, 저는 말하고 있어요. 저는 아마네 군이 만지는 걸 좋아하고, 정말 싫으면, 이런 말도 안 해요."

　"응……."

　마히루가 한 말에는 정말 다른 의도가 없고, 그저 동경하는 아마네의 부모님처럼 화목하게 지내고 싶은 거겠지. 그 뜻을 알 수 있어서 아마네도 더는 말하지 못하고 고개를 끄덕였다.

　"즉, 나도 수영복을 입으면 평화적으로 해결된다 이거지?"

　"네……."

　"진짜 괜찮은 거지……?"

　"여자는 두말하지 않아요."

　그건 남자가 할 말 아닐까? 아마네는 그렇게 생각했지만, 마히루는 다 각오하고 제안한 것 같으니까 무시하고 싶지 않았다.

　요컨대, 아마네가 참으면 해결될 일이다.

　유일한 상대를 찾은 지금, 부모님처럼 언제까지나 오붓한 관계를 동경하는 아마네도 같이 목욕하는 건 나쁘지 않다고 생각한다. 아마네가 욕구를 참을 수만 있다면 둘이서 오붓하게 지내는 것도 좋으리라.

여름방학도 끝나 입을 일도 없을 것이라며 수납함 깊숙이 넣은 수영복의 장소를 생각하면서, 아마네는 두근거리는 가슴을 억누르며 "알았어."라고 대답하고 고개를 끄덕였다.

먼저 수영복을 입고 욕실로 들어간 아마네는 심한 어색함과 긴장을 느꼈다.

마히루는 수영복을 가져와서 입는 데 시간이 걸리니 먼저 들어가라고 했지만, 기다릴수록 가슴이 뛰는 소리가 커진다.

수영복 차림을 본 적은 있지만, 단둘이, 그것도 애인이 집에서 자고 가는 이벤트다. 게다가 좁은 공간에서 밀착하는 건 처음이라 당연히 기쁨보다 긴장감이 더 크다.

애초에 같이 목욕하는 건 경험을 마친 남녀가 하는 짓 아닐까……라고 생각해 버려서, 낯간지러움과 부끄러움이 엄습한다.

목욕물에 몸을 담그지도 않았는데 몸이 뜨겁다.

마히루가 빨리 왔으면 하는 건지, 그게 아닌 건지. 자신도 잘 모르는 불안을 느끼며 입술을 다물고 있을 때, 등 뒤에서 문소리가 났다.

어색한 동작으로 돌아보니 맨살이 눈부신 애인이 쭈뼛쭈뼛 이쪽을 바라보고 있었다.

그리고 그 모습이 눈에 들어오는 순간 몸이 굳은 건 어쩔 수 없으리라.

(이건가, 치토세가 말한 게…….)

기억에 따르면, 예전에 치토세는 마히루가 수영복을 두 종류 샀다고 말했다.

　이번에는 수영장에서 놀았을 때 본 것이 아니다.

　지금 마히루가 입은 건 백자 같은 피부색과는 정반대에 가까운 검정 비키니 수영복이다.

　불필요한 장식은 하나도 없고, 심플하게 천이 피부를 가렸다. 천 면적이 극단적으로 좁은 건 아니고, 어디까지나 평범한 비키니 범주에 들어갈 것 같다.

　그런데도 선정적으로 보이는 건 빼어난 몸매 탓일 것이다.

　역시라고 할까, 다시 봐도 훌륭하다고 말할 수밖에 없다.

　가녀린 목에서 어깨로 이어지는 라인에는 군살이 없다. 부풀어 오른 가슴은 급경사를 이룬다. 허리의 곡선은 부드럽게 이어진다. 허벅지는 탄탄하면서도 알맞게 부드럽다. 이 모든 것이 이상적이라고 할 수 있다.

　마히루는 평소 맨살을 거의 드러내지 않는다. 따라서 가슴 언저리를 그대로 보여주는 수영복을 입는 건 있을 수 없다. 그렇지만 지금, 아마네만은 보는 걸 허락받았다.

　본인이 꺼낸 최종병기이지만, 아마네의 시선을 느꼈는지 부끄러운 듯 팔로 앞을 가리려는 그 몸짓조차 요염하다. 팔 때문에 산이 포개진 것처럼 보이니까 남자로서 매우 좋은 전망이라고 단언할 수 있지만, 지금 상황에서 보면 힘들다.

　일단 빤히 쳐다보기 미안해서 시선을 조금 돌리는데, 마히루는 그 점이 신경 쓰이는지 눈꼬리가 조금 처졌다.

"이상한가요……?"

"아, 아니, 그렇지 않아. 어울려, 하지만."

"하지만……."

"뭐랄까, 자극이 강한 것 같아."

애써 말하듯 중얼거리자, 알아보기 쉽게 마히루의 뺨이 붉게 물든다.

그 사실은 본인이 가장 잘 알겠지. 평소의 마히루라면 절대로 고르지 않을 차림이다. 천과 끈만으로 구성된 수영복은 피부를 감추기가 조금 불안하다.

"그래서 수영장에서는 입지 않았어요. 다른 사람들이 보는 건 부끄러우니까요."

"그런데 왜 샀어?"

"그, 그건 그, 치토세 양이…… 이 정도는 입어야 아마네 군을 함락한다고 해서."

"뭘 함락하려는 건데……."

치토세의 발언에 이마를 짚으면서, 아마네는 다시 힐끗 마히루의 모습을 봤다.

(그야 이런 걸 보면 함락되겠지만.)

그만큼 마히루의 지금 모습은 파괴력이 있다. 아마네가 지금 당장 몸을 웅크리고 진정될 때까지 시야에서 차단하고 싶을 정도로.

그러나 그럴 수도 없으니까 어떻게든 평정심을 되찾으려고 심호흡하면서 마히루를 슬쩍 본다. 너무 어색하다고 할까, 이 좁은 공간에서 옷을 별로 안 걸친 남녀가 가까이 있다는 건 참으로 낯간지럽다.

"아, 저기…… 이, 일단은 머리나 감을까?"

"그, 그래요!"

허둥지둥한 투로 말하고 고개를 끄덕인 마히루는 목욕물에 몸을 담그지 않았는데도 완전히 상기된 뺨을 감추듯 고개를 숙이더니, 챙겨와서 욕실 바닥에 두었던 방수 가방에서 액체가 든 병을 꺼낸다.

아마네가 애용하는 건 남성 샴푸이므로 마히루가 안 쓴다는 건 알았다. 그래서 자기가 쓸 걸 가져올 줄은 알았지만, 왠지 모르게 종류가 많다.

여자는 목욕 한 번에 이토록 다양하게 쓰는 걸까? 그렇게 감탄한 것도 잠시, 마히루가 아마네를 힐끗 보며 "의자에 앉아 주세요……." 하고 손으로 의자를 가리켰다.

즉, 씻겨 주겠다는 뜻이리라.

"아, 아니야. 내가 알아서 할게."

"하고 싶어요……."

마히루는 해도 괜찮은지 물어본 게 아니라, 조심스럽긴 해도 확실하게 주장했다. 그것이 의외여서, 아마네도 그 기백에 눌려 순순히 의자에 앉았다.

분위기에 너무 휩쓸린 게 아닐까. 그렇게 생각했을 때는 이미 마히루가 아마네의 뒤에 섰고, 손에는 챙겨온 물건으로 보이는 빗이 있었다.

"아마네 군의 머리를, 한 번쯤 처음부터 손보고 싶었어요."

머리를 빗기 시작한 마히루의 얼굴은 긴장도 조금 풀렸다. 아니, 그 이전에 왠지 기쁜 내색을 띠어서, 아마네도 '아, 이거 스위치 켜졌네.' 라고 깨달았다.

긴장한 탓에 자꾸 분위기가 어색해지는 것보다는 낫지만, 마히루는 아마네와 관련된 일에 정신없이 몰입하는 경향이 있다. 이번에도 왠지 그럴 것 같다.

아마네도 너무 의식하면 신체적 반응 때문에 괴로우므로, 이렇게 해서 이 공간과 상황을 의식으로부터 밀어낼 분위기가 되는 건 반갑다. 게다가 마히루의 손놀림이 무척이나 기분 좋다는 것도 안다. 무릎베개 상태로 머리를 쓰다듬어 주기만 해도 잠이 푹 들 정도다. 머리를 부드럽게 손질해 준다면 정말 행복할 것이다.

그런 타산도 있는 아마네가 눈을 감고 마히루에게 모든 걸 맡기려고 했을 때, 뒤에서 작게 웃는 소리가 들렸다.

"갑자기 긴장을 푸네요."

"그야 뭐. 마히루가 하겠다면 마음대로 하게 내버려 두면 되고, 기분 좋게 해주는 것도 아니까."

"그 기대에 부응할 수 있게 노력할게요."

맡겨 주는 것이 기쁜 듯 마히루가 미소를 띤 목소리로 대답하고, 아마네의 머리를 천천히 정성스럽게 빗으로 다듬어 간다.

"처음에는 빗으로 불필요한 먼지나 각질을 털어내고 따뜻한 물로 잘 가시는 게 중요해요. 아마네 군은 머리카락이 짧으니까 그럴 필요가 별로 없을지도 모르지만요."

"그렇구나, 귀찮아서 목욕하기 전에 머리를 빗지 않았는데."

"아마네 군은 머리카락이 짧고 잘 엉키지 않으니까, 굳이 빗어야 할 생각이 안 들지도 모르겠네요. 저는 길고 엉키기 쉬워서 빼먹을 수 없지만요."

"그야 이렇게 긴 머리를 깨끗하게 유지하니까, 신경을 많이 쓰겠지."

눈을 뜨고 거울 너머로 본 마히루의 머리는, 허리를 여유롭게 지나갈 만큼 길다. 그러면서도 머리끝이 갈라지지 않았고, 큐티클도 완벽하다. 살랑살랑하고 매끄러운 표면은 여자라면 누구나 동경할 만한 아름다움을 자랑하고 있다.

이 머리를 유지하려면 고생이 참 많겠구나. 아마네가 그렇게 감탄했을 때, 뒤에서 작게 쓴웃음을 짓는 소리가 들렸다.

"사실 저는 원래 머릿결이 좋아서 심하게 신경을 쓰진 않지만…… 의식하는 건 사실이에요. 예뻐야 어떤 옷을 입든 보기 좋거든요."

"여자답네, 정말이지."

"자기 자신을 당당하게 여기고 싶으니까요."

그렇게 말하고 빗질을 마친 마히루가 샤워기를 손에 쥔 것이 옆으로 슬쩍 보여서, 아마네는 물로 헹구려는 걸 이해하고 눈을 살며시 감는다.

마히루는 "물로 씻을게요."라고 부드럽게 말을 건넨 후, 샤워기에서 온수를 틀어 아마네의 머리에 뿌린다.

"지금은 1차로 확실하게 씻어내요. 왁스나 스프레이 같은 걸 쓰면 지금 어느 정도는 씻어내는 게 좋아요."

"강의가 시작됐는걸."

"아마네 군은 원래부터 머릿결이 좋으니까, 신경 써서 관리하면 더 좋아질 거예요."

"그래도 매일 하는 건 귀찮은데."

"투정 부리면 못써요."

정말이지 못 말리겠다는 투로 말하는 마히루.

마히루가 머리를 감겨 주는 동안에 긴장과 부끄러움이 조금 가셨는지, 어색함이 사라지고 평소처럼 말을 주고받게 되었다.

"뭐, 장래에 같이 목욕하면 자연스럽게 하게 될 테니까, 지금은 봐줘."

마히루가 말하는 관리를 매일 하는 건 귀찮겠다며 게으른 마음에 그런 소리를 했는데, 샤워기를 틀어서 아마네의 머리를 적시던 마히루가 경직했다.

10초를 다 채운 뒤에야 겨우 얼음이 풀렸는지, 마히루가 샤워기에서 물을 끈다.

그리고 아무 말도 없이 샴푸를 꺼내 샤워 네트로 거품을 내는 것이 거울에 슬쩍 보였다.

"아, 저기, 마히루 씨?"

"아무렇지도 않게 그런 소리를 하는 게 아마네 군의 못된 점이에요."

"어어……?"

거품을 단단히 내고 나서 아마네의 머리에 거품을 묻히는 마히루의 뺨은 빨갛다.

손놀림이 조금 뻣뻣한 건 기분 탓일까?

"기쁘지만, 이제 아마네 군은 부모님께 뭐라고 할 자격이 없어요."

마히루가 무슨 말을 하고 싶은지 어렴풋이 이해하고, 나아가 뒤늦게 자신이 무슨 말을 했는지도 이해하고, 아마네도 덩달아 뺨이 빨개진다.

옛날에는 그토록 같이 목욕하는 부모님이 어이가 없었는데, 아마네 자신도 결혼하면 매일 같이 목욕하자고 말한 셈이다. 부모님을 보고 웃을 수 없다.

"아마네 군이 입을 다물어 주지 않으면 제가 곤란해요."

"조심하겠습니다."

서로가 겨우 희미해졌던 부끄러움이 재발하는 바람에, 그 뒤로는 아마네와 마히루 모두 얼굴을 붉힌 채 말없이 머리를 감는 일에 전념했다.

그러는 동안에도 마히루는 능숙하게 트리트먼트까지 마친 것 같다.

확실하게 씻어낸 후, 마히루는 미묘하게 망설이는 기색을 보이며 바디워시라고 적힌 병을 꺼낸다.

"저기, 그게…… 몸도…….."

마히루가 무슨 말을 하고 싶은지 이해한 아마네도 몸이 굳어지는 걸 느끼고 있었다.

머리를 다 감으면 다음은 몸을 씻어야 한다. 그 정도는 알지만, 설마 몸까지 씻기겠다고 할 줄은 미처 몰랐다. 그야 등을 씻기겠다는 말은 들었지만, 진짜로 실행할 것이라고는 아무도 생각하지 않을 것이다.

"아, 아니야. 저기, 너, 너무 무리하지 않아도 돼."

"무, 무리하는 건 아니거든요?! 저기, 그, 그 정도는, 저도 할 수 있어요. 아, 앞은 스스로 해 줬으면 하니까…… 드, 등만 할 거지만요."

"그, 그렇게 해주면 좋겠어."

아무리 그래도 앞까지 맡겼다간 큰일이 날 것 같아서, 마히루의 말에 금방 수긍한 아마네는 좌우지간 고개를 숙였다. 조금 전까지만 해도 희미했던 부끄러움이 다시 서서히 치밀어오르고, 더군다나 통제를 벗어난 기대 때문인지 몸이 뜨거워졌다.

마히루는 뒤에서 바디워시로 샤워 네트에 거품을 내는 듯 천을 비비는 소리가 난다.

아마네는 숨소리와 거품소리만 울리는 욕실이란 정말이지 어색하고 거북하다는 걸 통감했다.

"그, 그러면, 실례하겠습니다……."

거품을 다 냈는지 마히루가 쭈뼛쭈뼛 속삭이자 등에 말랑말랑하고 탱탱한 것이 살짝 닿는 느낌이 들었다.

물론 거품을 낸 바디워시라는 건 알지만, 이런 곳에서 수영복 차림으로 접근하니까 잠깐이나마 탐스러운 부분이 닿은 게 아닐까 착각하는 건 남자의 본능이리라.

등에 부드럽게 퍼지는 거품의 감각은 왠지 간지럽다.

마히루의 손놀림이 정중한 탓도 있지만, 조심스럽게 거품을 바르니까 초조해지는 것이리라.

아마네가 혼자 씻을 때는 이토록 꼼꼼하게 하지 않으니까 좀처럼 익숙하지 않다.

"아마네 군은, 등이 의외로 크네요."

어느 정도 칠해서 등 전체에 거품이 퍼졌을 때, 작게 중얼거리는 소리가 들렸다.

"의외는 무슨…… 마히루랑 비교하면, 당연히 크겠지."

"아마네 군이니까, 크게 느낀다고나 할까요……. 이 등을 의지한 것 같아서요."

착. 손바닥이 어깨뼈 언저리에 닿은 걸 느낀다.

"기억나요? 예전에 발목을 삐었을 때 아마네 군이 업어준 적이 있었잖아요."

"음, 기억해. 고양이를 구하려다가 다쳤을 때 말이지?"

"그땐 정말 기뻤어요. 겉으로는 드러내지 않았지만요."

"멍하니 앉아 있었지."

"아마네 군은 언제나 찾아준다고, 지금은 그렇게 생각해요. 저를 항상 찾아줘요."

그러자 등에 놓인 손바닥이 미끄러져 납작한 가슴을 감싼다.

그대로 서로의 거리를 없앤 마히루는 아마네에게 달라붙은 채로 어깨에 입술을 올렸다.

거품과는 비교도 할 수 없을 정도로 부드럽고 묵직한 존재를 등으로 느끼면서, 아마네는 살짝 숨을 내쉰다.

"마히루가 원한다면 얼마든지 업어주고, 의지하게 해줄게. 애초에 눈을 떼지 않겠다고 약속했으니까, 없어지거나 하지 않을 거야."

"네……."

"하지만 뭐, 지금은 업어주기 곤란한 차림이니까 떨어져 주면 좋겠습니다."

특정 부위가 닿았음을 넌지시 알리자 마히루의 몸이 크게 움찔거리지만, 멀어질 기미가 없다.

"꼭 그러지 않더라도, 곁에 있었으면 좋겠어요. 부담을 전부 떠넘기지는 않아요. 같이 걸어가는 거니까요."

"그래……."

"그리고 이렇게 해주면 아마네 군이 좋아할 거라고 들었어요."

"치토세!"

십중팔구 재미로 가르쳐 줬을 거다. 아마네는 그렇게 생각해서 신음했다. 하지만 마히루가 "치, 치토세 양은 그냥 조언해 준 거예요. 제가 부탁한 거고요."라고 타이르듯이 아마네의 몸을 감싼 팔에 다시 힘을 주니까, 추가로 폭신한 감촉을 느낀 아마네로선 그저 끙끙댈 수밖에 없다.

싫지는 않다. 기쁘지만, 자신을 잠그고 있는 자물쇠가 조금씩 갈려 나가고 있다. 특히나 우연히 닿은 것이 아니라 마히루가 의도해서 밀착했다는 사실이 아마네의 이성을 깎아내고 있었다.

"이, 이제 알았으니까, 떨어져 줘. 은근 곤란하다고 할까……
욕조에 들어가기 전에 몸이 익을 것 같아서 안 돼."

뻔뻔하게 즐기면 좋겠지만, 아마네는 그럴 여유가 없다. 그렇
기에 제법 빠듯한 상태이니까 조금 떨어져서 머리와 몸을 식히
고 싶다고 주장했는데, 의외로 마히루는 순순히 몸을 떼 주었
다.

거울에 비친 마히루는 뒤늦게 부끄러워진 듯 몸을 조심조심
웅크리고 있다.

대담한 건지 아닌지 잘 모르겠는 마히루는 그대로 본인의 어
깨를 감싸며 "으으." 하고 끙끙대니까, 그렇게 부끄러워할 거면
왜 했냐는 생각이 조금 든다.

아마네로선 마히루가 떨어져 주면서 느낀 안도가 부끄러움보
다 컸으니까, 슬쩍 웃으며 마히루에게 돌아서고 그 손에서 거품
투성이의 네트를 빼앗았다.

"나머지는 내가 알아서 할 테니까, 마히루는 자기 볼일을 봐."

"네……."

"왠지 불만이 있는 기 같온데?"

"아, 아뇨, 불만은 아니고요…… 그, 그, 긴장했으니까, 맥이
빠졌다고 할까요."

"내가 이런 데서 뭘 한다고 생각한 거야……."

"그, 그야…… 등을 씻길 줄 알았는데요."

"애초에 이건 마히루가 꺼낸 말인데……. 아니면 내가 등을

밀어주길 바란 거야?"

"그, 그렇지는 않아요! 다만, 그게, 아마네 군은 만져주지 않는구나 싶어서."

무심코 사레가 들릴 뻔한 아마네가 위험하게 들리는 말에 수치와 질타를 담아서 마히루를 슬쩍 흘겨보자, 마히루가 얼굴을 더 붉힌다.

"아마네 군의 부모님은 서로 씻겨 준다고 들었는데요."

"부모님의 그런 이야기를 들으면 마음이 복잡해지는데……. 애, 애초에 두 분은 결혼한 사이니까 그런 거고, 우리에게는 아직 이르겠지……라고 할까. 그게, 만질 거라면 욕조 안에서 느긋하게 있을 때가 좋다고나 할까."

미끄러운 상태라면 엉뚱한 곳에 손이 미끄러질지도 모르니까 일반적으로 생각하면 욕조가 더 안전하겠다 싶어서 한 발언인데, 마히루는 아마네의 말에 "아, 알겠습니다."라고 뭔가 애써 결의한 듯한 소리를 냈다.

'어? 혹시 내가 터무니없는 소리를 했나……?' 하는 의문이 아마네의 머릿속에 떠오르지만, 그 의문이 수치심으로 몸을 달구기 전에 마히루가 "저도 씻을 테니까 저쪽을 보세요."라고 조금 강하게 말했다. 그래서 아마네는 그 기백에 눌려 순순히 등을 돌렸다.

거울 너머로 힐끗 본 마히루의 머리카락 사이의 귀가 새빨간데, 그걸 지적하면 본 것이 들킬 테니까 아무것도 보지 않은 것으로 치고, 아마네는 마히루와 등을 맞댄 채 멋쩍은 기분으로 아직 손대지 않은 부분을 씻었다.

마히루는 아마네와 달리 씻는 데 시간이 오래 걸릴 게 뻔하니까 먼저 욕조에 몸을 담그고 있는데, 다 씻은 모양인 마히루가 힐끗 이쪽을 보고 있어서 어떻게 할지 고민했다.

무슨 말을 하고 싶은지 잘 모르겠다. 아까 욕조에서 만지겠다고 한 아마네의 발언을 의식하는 건 틀림없지만, 마히루의 시선이 그 말에서 무언가를 호소하는 것처럼 보인다.

경계심과는 다른 것 같지만, 정확하게 파악할 수 없어서 곤란하다. 그때 캐러멜 빛깔을 띤 눈이 아마네를 보면서 일렁인다.

"저, 저기, 어디로 들어가면, 될까요?"

'어디' 라는 말에, 아마네는 잠시 눈을 깜빡였다.

이 집은 1~2인 가구를 위한 곳이지만 욕조는 나름 넓어서, 두 사람이 들어가도 발만 조심하면 약간 좁게 느껴지는 수준이다. 아마네도 마히루가 들어갈 걸 생각해서 다리를 뻗지 않았으니까 공간은 남을 것이다.

그런데도 굳이 물어본 건, 아까 아마네가 말실수한 것과 관계가 있을까?

"그 뭐냐, 자리는 있으니까…… 어디든 상관없는데?"

자기 입으로 한 말이라고는 해도 품에 들어오라는 말은 도저히 할 수 없는 아마네는 마히루에게 판단을 떠넘겼다. 그러자 마히루는 입술에 조금만 힘을 주고 딱딱한 표정을 지은 뒤, 천천히 욕조에 발을 들여놓았다.

햇볕에 그을린 자국도 없이 뽀얀 살결이 보이는가 싶더니, 이어서 황갈색 커튼이 아마네의 시야를 가린다.

　"아." 하고 소리를 냈을 때, 마히루는 느슨하게 양반다리를 하고 앉은 아마네의 다리 사이에 앉아 있었다.

　아마네는 어디든 상관없다고 자기 입으로 말했지만, 설마 정말로 이 위치로 올 줄은 몰랐다. 어안이 벙벙해진 아마네의 심정을 아는지 모르는지, 마히루는 그대로 아마네의 몸에 체중을 맡기듯이 몸을 기댔다.

　머리를 묶어서 정리한 까닭에 맨살의 감촉이 직접 전해지고, 곧바로 열기가 치솟았다.

　"어디든지 상관없는 거죠……?"

　조심스럽긴 해도 한 방 먹였다는 느낌으로 미소를 짓고 돌아보며 물어보는 마히루의 뺨은 빨갛다.

　다만 그걸 지적할 정도로 아마네의 얼굴과 몸이 차분한 것도 아니어서, 받아치지 못한 채로 "그, 그래." 라고 대답하는 게 한계였다.

　"그렇다면 문제가 없겠죠?"

　자신을 고무하듯 딱 잘라서 선언한 마히루가 뒤통수로 꾹꾹 눌러 댄다. 아프지는 않아도 정신적, 육체적으로 간지러우니까, 아마네는 마히루를 말리려고 살짝 어깨에 손을 댔다.

　그 순간, 마히루가 몸을 흠칫 떠는 바람에 물이 튀는 소리가 좁은 욕실 안에 울려 퍼진다.

　"역시 떨어지는 게 좋지 않을까?"

"아, 아니에요. 싫은 게 아니라…… 마, 만질 줄은 몰라서."

"자기 입으로 만져도 된다고 했잖아?"

"그건 그렇지만요."

아까부터 이랬다저랬다 말이 자꾸 바뀌는 마히루에게, 아마네는 그 마음을 이해한다고 슬쩍 웃으며 천천히 마히루의 몸을 팔로 감쌌다.

그러자 알아보기 쉽게 몸을 굳혀서, 아마네는 그대로 얌전히 있어 달라며 힘을 주지 않고 껴안는다.

"가만히 있어 줄래?"

굳이 말하지 않아도 얌전해질 줄은 알지만, 혹시 몰라서 부드럽게 귓가에 속삭였다. 그러자 마히루가 다시 몸을 떨었지만, 그래도 얌전하게 있어 준다. 그 이전에 아마네의 품에서 몸을 움츠리고 있었다.

바라는 대로 얌전하게 있어 주는 건 기쁘지만, 이대로 가다간 서로가 부끄러워서 접촉하려고 들지 않을 게 뻔하다.

(나도, 거리낌 없이 만질 순 없으니까.)

수영장 때보다 신체 접촉을 조심하는 느낌인데, 지금 상태라면 그것도 어쩔 수 없으리라. 완전히 사적인 공간에서, 게다가 서로가 혹시 생길지도 모를 사고를 인지한 상태로 몸을 붙인 것이다. 의식하지 않을 리가 없다.

일단 여러 가지로 반응하지 않도록 최대한 주의를 기울이면서, 어디까지나 평소처럼 부드럽게 마히루를 감싸듯이 껴안는다.

© Hanekoto

평소보다 진하게 느껴지는 샴푸 향기가 한순간 뇌를 흔들지만, 이성의 고삐가 느슨해질 정도는 아니다. 좌우지간 긴장해서 뻣뻣해진 마히루의 몸을 풀어주듯 건드렸다.

　몸통 쪽은 만지지 않고 마히루의 팔뚝을 팔로 감싸듯 포옹하는데, 그것이 너무 긴장한 마히루를 부드럽게 풀어주기 딱 좋았던 모양이다.

　아마네의 팔에 머리를 맡기듯이 살며시 기댄 마히루가 잠시 입을 다물었다가 한숨을 쉬었다.

　조용한 욕실에는 두 사람의 숨소리가 잘 들리고 있다.

　수도꼭지에서 물방울이 떨어져서 수면을 똑 두드리는 소리를 둘이서 말없이 들으며 천천히, 느긋하게, 몸을 안에서부터 덥히고 있었다.

　"저기, 아마네 군은 싫어지지 않나요?"

　별다른 대화도 없이 그저 몸을 기대듯 밀착해 조용히 따스한 물을 기분 좋게 느끼고 있을 때, 마히루가 머뭇거리는 눈치로 입을 열었다.

　"제가 생각해 봐도 하는 일이 너무 엉뚱하거나 어긋나곤 하니까요."

　"아, 그런 뜻이야? 싫어할 리가 없어. 그건, 마히루가 나를 좋아해서 애쓰려다가 부끄러움을 못 이긴 거라고 아니까."

　"아이참, 그런 걸 이해하지 말아주세요."

　"그래도 말이야."

　"다, 다 알면 제 마음을 헤아려 주어도 되잖아요……."

말끝을 흐리면서 부끄러움을 듬뿍 머금은 목소리로 중얼거리는 마히루가 또다시 아마네의 품에서 움츠러들고 만다.

마히루가 무슨 말을 하고 싶은지, 무엇을 원하는지 모를 정도로 아마네도 둔감하진 않다. 다만, 한번 스스로 허락해 버렸다간 마히루가 원하는 것보다 훨씬 더 욕망에 불이 붙으니까 자제해서 접촉하는 것으로 그치는 것이다.

"나는 나를 제어할 자신이 없으니까 너무 부추기면 곤란해요, 아가씨."

"말은 그렇게 해도 아까부터 여유로워 보이는데요."

"아니야. 잘 확인해 봐."

귀를 대고 심장 소리를 들으면 감출 수 없을 만큼 큰 소리가 들릴 것이다.

마히루는 아마네의 말에 조금 주저하면서도 마주 보도록 자세를 바꾸어 요새 조금은 단단해진 가슴팍에 귀를 바짝 댔다.

지금도 표정은 잘 꾸미고 있고, 발개진 몸도 욕조에 몸을 담근 것으로 얼버무리고 있다. 하지만 심장 소리만은 속일 수 없을 것이다.

평소보다 빠른 고동에 마히루가 눈을 깜박이고 고개를 든다.

"내가 뭐랬어. 여유 따윈 없어."

마히루가 다 받아들이겠다고 허락한 상태에서 인생 첫 여자친구이자 아마네의 유일무이한 사람과 함께 목욕하고 있다. 만지고 싶고, 뭐하면 몸을 가린 것도 벗기고 싶다.

그러지 않는 건, 마히루에게 상처를 주고 싶지 않고, 장래를 생각하면 지금 당장 하는 건 상책이 아니기 때문이다.

"익숙해져서 여유가 생긴 줄 알았어요."

"그럴 리가 있겠어? 만지고 싶고 이것저것 하고 싶지만 참고 있을 뿐이야."

"이, 이것저것."

그걸 상상했는지 살짝 얼굴을 붉히는 마히루에게 쓴웃음을 지으며 머리를 쓰다듬자 얌전히 그대로 받아들인다.

이렇게 만지면 부끄러워하지 않고 받아들인단 말이지. 그렇게 생각하면서도 아마네는 천천히 머리를 쓰다듬고, 그대로 선을 따라 내려가듯이 뺨을 어루만지고, 손끝으로 간지럽힌다.

눈을 희미하게 뜨고 편안한 듯이 배시시 웃는 마히루가 그대로 아마네에게 몸을 맡기듯 눈을 감았다.

애교보다는 더 야릇한 느낌이 강한, 아마네를 향한 신뢰에서 나오는 태도. 그걸 본 아마네는 한번 입술을 깨문 다음 가볍게 턱에 손가락을 대고…… 곧바로 치웠다.

"아."

"여기서 그랬다간 마히루가 어지러워질 거 같으니까."

가능하다면 지금 당장 입술을 탐하고 싶지만, 몸도 따끈해진 상태에서 그랬다간 확실하게 마히루가 뻗을 것이다.

프렌치 키스 자체가 서로 익숙하지 않아서, 서로가 한없이 몰입할 가능성이 있다. 어쩌면 이성도 부글부글 끓어 버릴지도 모른다. 그래서 신체적으로나 이성적으로나 위험하다고 판단하고 그만뒀는데, 그런 아마네의 설명을 들은 마히루는 "그런가요."라며 시무룩한 기색이니까 은근 기대했던 모양이다.

그 노골적인 태도에 그만 웃어버리자 마히루가 가슴팍을 찰싹 때린다. 아마네는 미소를 거두고 천천히 엄지손가락으로 마히루의 입술을 더듬는다.

자신보다 훨씬 매끄럽고 생생한 입술은 손가락으로 어루만지기만 했는데도 떨리듯 희미하게 벌어진다.

"아쉬웠어?"

"그런 걸 물어보는 아마네 군은 심술궂어요."

놀림당하고 미묘하게 토라졌는지 다시 한번 가슴을 찰싹 때리고 난 뒤, 마히루는 등을 돌리고 아마네의 다리 사이에 도로 앉았다.

아마네도 진심으로 토라져서 그런 게 아니라고 알지만, 이렇게 수줍어할 때 장난치거나 너무 방치하면 좋지 않으므로 "미안해."라고 사과하고 천천히 마히루를 감싸듯 팔을 돌렸다.

쑥스러움이나 본능적인 문제가 있어서 망설임이 있지만, 그걸 뿌리치듯이, 느슨하다고 할 수 있는 움직임으로 살짝 배에 손을 두르고 더욱 밀착하게끔 몸을 기댄다.

등을 거의 가리지 않는 차림새라서 맨살이 딱 맞닿자 마히루가 몸을 흔들었다.

알아보기 쉽게 마히루가 몸을 떤 이유는 이해하지만, 이것만은 어쩔 수 없다. 애초에 마히루가 아마네의 사정도 이해하고 여기에 있는 것도 알고 있었다.

"따뜻하네."

"네……."

"조금만 더, 이러고 있어도 될까?"

은연중에 발칙한 일은 아무것도 하지 않겠다는 의지도 목소리에 담아 어디까지나 부드럽게 끌어안자, 마히루는 순순히 힘을 빼고 아마네에게 몸을 맡겼다.

허락해 준 것에 마음속으로 안도하면서 매끄러운 배를 슬쩍 쓰다듬자 간지럼을 탄 것처럼 마히루가 몸을 움찔거린다.

물속이라는 것과 관계없이 매끄럽고 감촉이 좋으며 군더더기가 하나도 없다. 그러면서도 여성스러운 부드러움도 있는 신기한 감촉이 들었다.

싫은 기색은 아니면서도 배를 만지는 건 복잡한 모양인 마히루가 미묘하게 항의하듯 아마네의 팔을 손가락으로 찰싹 때리지만, 진심으로 거부하는 건 아닌 듯 곧바로 아마네를 어루만지는 듯한 동작으로 바뀌었다.

찰싹. 가벼운 소리를 내며 아마네의 팔에 소소하게 보복한 마히루가 몸을 완전히 기댄 채로 문득 슬쩍 돌아봤다.

"아마네 군."

"응? 왜?"

"저기…… 아까의 이야기 말인데요."

"아까?"

"키스, 이야기요."

아마네도 아주 무관하지는 않지만, 마히루는 직설적인 말을 입에 담기가 어려운 듯 조금 더듬거리는 투로 말했다.

"그게 왜?"

"모, 목욕이 끝나고 나서, 해준다……는 걸로, 알아도 될까요?"

참으로 깜찍한 소리를 한 마히루를 무심코 세게 끌어안고 어깨에 얼굴을 파묻자, 마히루가 갑자기 당황한 듯 아마네의 팔을 찰싹찰싹 때리기 시작한다.

"가, 갑자기 왜 이래요?"

"그게, 참 깜찍한 소리를 해서 말이야. 서로 바라는 것이 일치하니까, 목욕하고 나면 각오해 두시죠."

"아, 으…… 모, 못 들은 걸로 해주세요."

아마네에게 그럴 마음이 생기면 마히루가 밀리는 걸 본인도 잘 아는지, 도망치려고 드는 마히루를 놓치지 않도록 강하게, 부드럽게 껴안는다.

"싫어."

"심술쟁이."

"심술쟁이 맞는데요."

아마네가 잔잔한 목소리로 살며시 속삭이듯 받아치자 마히루는 견딜 수 없게 되었는지 작게 신음하며 "바보."라고 중얼거리고, 화풀이하듯 옆에 있던 아마네의 무릎을 손으로 세게 눌렀다.

욕조에서 자꾸 들러붙어서 화기애애하게 지냈다간 어질어질해질 것 같아서, 스킨십도 적당히 마무리하고 욕조에서 나가기로 했다.

마히루가 욕실에서 추가로 매일 하는 미용 관리를 한다고 해서 먼저 욕실을 나선 아마네는 거실에서 머리를 말리고 마히루가 나오기만을 기다리고 있었다.

잠시 장난기가 발동해서 머리를 말리지 않고 기다렸다가 마히루에게 부탁해 볼까도 생각해 봤는데, 목욕탕에서 머리 손질을 받은 아마네가 머리를 상하게 했다간 마히루에게 혼날 것 같아 후다닥 말려둔다.

침실에서 기다려 볼까도 생각해 봤는데, 그랬다간 초조한 분위기와 긴장한 상태로 마히루를 맞이하게 될 것 같아서 평소에 같이 있는 거실에서 뛰는 가슴을 얼버무리려고 했다.

괜히 긴장하는 걸 막으려고 TV를 켜고 의미도 없이 잘 모르는 방송 프로그램을 보고 있을 때, 복도 쪽에서 소리가 났다.

뒤돌아보는 것도 왠지 낯부끄러운 감이 있어서 그대로 TV 소리에 귀 기울이는 척하고 있자 마히루가 옆에 서는 기척이 느껴진다.

여기서 아마네는 처음으로 고개를 들고, 이어서 조금만 안도했다.

만약 여기서 마히루가 선정적인 잠옷을 입고 왔다면 자신의 이성을 시험하는 게 아닐까 끈질기게 의심할 뻔했는데, 마히루는 무릎길이의 네글리제와 카디건을 조합한 차림이었다.

매끄러운 광택이 도는 원단에 시어 소재를 덧댄 듯 살짝 비치면서도 몸을 직접 안 드러내는 디자인의 네글리제는 야한 느낌이 나지 않는다.

본디 네글리제 본체는 어깨끈이 있어서 소매가 없다. 하지만 그 겉에 레이스 카디건을 걸쳐서 희미하게 비치기만 할 뿐 맨살을 직접 드러내지 않아 청초한 느낌을 살린 것이리라.

그 시선을 느꼈는지 마히루가 수줍게 몸을 움츠리지만, 그래도 감추려고 들지는 않고서 눈치를 살피듯 아마네를 본다.

"이, 이상해요?"

"아니, 귀엽고 잘 어울려. 고향 집에 갔을 때와는 달라서."

"아, 아무리 그래도 부모님 댁에서 이런 차림은 좋지 않잖아요. 그게, 보는 사람이 아마네 군밖에 없으니까, 조금 애썼다고 할까요."

그렇게 말하며 몸을 움츠리던 마히루가 조심스럽게 아마네의 옆자리에 앉아 몸을 바싹 붙였다.

얇은 옷감의 감촉. 그리고 목욕할 때 맡았던 것보다 조금 강해진, 향긋하면서도 너무 자극적이지 않게 상큼한 향기가 느껴진다. 그 바람에 진정시켰던 몸이 쑤시는 걸 느꼈다.

옆에 있기만 해도 이러니까 껴안으면 더 좋은 향기가 날 것이다.

"솔직히, 이럴 때 엄청난 잠옷을 입고 오면 어쩌나 생각했어."

"사실 조금은 고려했어요."

"저기요."

"하지만 저기, 너, 너무, 그러면, 질색할 것 같아서요."

그랬다간 너무 노골적일 거라며 수줍게 중얼거리는 마히루의 모습이 정말 사랑스러워서, 이걸 보고 질색하는 사람이 있다면 안과를 추천하고 싶은 바이다.

"질색하진 않아. 마히루가 나를 위해 입어주었다는 생각이 들어서 기쁠 거야."

"아, 안 입을 거예요."

"안 입을 거야?"

"입었으면 좋겠어요?"

"아니, 언젠가는…… 그게, 입으면 좋겠지만. 마히루가 보여주고 싶어지면 보여줘."

"언젠간, 그럴게요."

"응, 언젠가…… 지금은 무리하지 않아도 돼."

부끄러워 죽으려고 하는 마히루도 귀엽겠지만, 망설이는 상태로 무리하게 입어달라고 할 일도 없다. 아마네에게는 마히루가 자발적으로 선택했다는 것이 중요한 것이다.

얌전히 물러선 아마네에게 뭔가 말하고 싶은 눈치인 마히루. 그걸 본 아마네가 고개를 갸우뚱해 보이자 "아무것도 아니에요."라고 조금 쌀쌀맞은 말을 하는데, 굳이 추궁하지 않고 살며시 마히루의 손을 잡았다.

평소처럼 잡았는데도 마히루가 한순간 몸을 굳힌다. 그러나 아마네가 아무 말 없이 부드럽게 감싸고 있자 긴장을 풀고 어깨에 머리를 기댄다.

딱 붙이지는 않으면서도 떨어지지 않겠다는 듯이 몸을 기대는 마히루. 아마네도 자연스럽게 마히루에게 조금 기울어지도록 체중을 이동시켰다.

시간이 지났는지 예능 프로그램이 끝나가고 TV에서 들려오는 뉴스 아나운서의 담담한 목소리가 거실로 흘러나오고 있다.

그 목소리를 왠지 환상적인, 따뜻함에 집중하지 못한 상황에서 멍하니 들으며 아마네는 다른 모양으로 손을 잡았다.

아까만 해도 손으로 손을 감싸는 느낌이었지만, 이번에는 마히루를 원하듯이 손가락을 걸어서, 떨어뜨릴 수 없다고 손끝으로 주장하는 형태다.

목욕해서 그런지 완전히 따뜻해진 가느다란 손가락은 도망치지도 않고 그저 아마네에게 응답하듯 부드럽게 손을 쥐었다.

"슬슬, 잘까?"

자연스럽게 나온 말에, 마히루는 조용하고 부드럽게 아마네의 손을 다시 꼭 잡았다.

손을 잡고 아마네의 침실로 이동하자 마히루가 잠시 방을 둘러보았다.

몇 번이나 이 방에 발을 들였으니까 별로 신기한 건 없을 테고, 마히루의 성격상 관찰하려는 것도 아니겠지. 아니면 앞으로 있을 일을 생각하고 긴장을 풀기 위해 정신을 딴 데로 돌린 것일까?

그 진심은 알 수 없지만, 마히루는 책상 위로 시선을 돌리고 작게 웃었다.

"인형, 소중하게 간직해 주었군요?"

그렇게 말하며 손짓하는 건 골든위크 데이트 때 마히루가 게임 센터에서 뽑은 고양이 인형이다.

아마네의 방에는 별로 안 어울릴지도 모르지만, 마히루가 애써서 뽑아 준 것이므로 창고에 두는 것도 불쌍하고 아까워서 밖에 뒀다.

기본적으로 방에 다른 사람을 들여보내지 않으니까 딱히 상관없다고 생각했는데, 지금처럼 선물해 준 본인이 지적하면 조금 부끄럽다.

"뭐 먼지가 쌓이지 않게 하는 정도지만 말이야. 마히루처럼 안고 자거나 하지는 않아."

"노, 놀리는 건가요?"

"왜 그래야 하는데. 그렇게 귀여운데 놀릴 이유가 없잖아. 아껴줘서 기뻐."

작년 생일에 선물한 곰 인형은 마히루가 몹시 귀여워해서, 자주 끌어안고 자는 것 같다. 가끔 마히루의 집에서 묵는 치토세가 알려줄 정도니까, 어지간한 거겠지.

인형을 껴안고 잔다는 말을 듣는 건 민망한지 시선을 잠시 이리저리 돌린 다음에 아마네를 원망하듯 다소 눈을 흘기는데, 아마네가 솔직하게 칭찬하면 독기가 빠져서 수줍어하기만 한다.

"아마네 군이 준 건, 소중히 간직하고 있어요."

"고마워. 그런데 오늘은 곰돌이를 안 가져왔구나."

"그게, 오늘은, 아마네 군이 있어서요."

"응……."

자신이 껴안고 자려는 건지, 안겨서 자려는 건지. 어느 쪽을 상정하고 왔는지는 아마네도 굳이 물어보지 않을 것이다. 그래도 마히루가 마음껏 안아줬으면 좋겠다.

　아마네도 마음껏 마히루를 만질 작정이긴 하다.

　얼른 껴안을까 했는데, 마히루가 고양이 인형 옆에 있는 바람에 저절로 그쪽으로 눈길이 간다.

　큼직하게 만들어진, 감정이 없는 듯 똘망똘망한 눈. 그것이 마히루를 끌어안을까 생각하는 아마네를 지긋이 보는 것만 같았다.

　아이에게 부부의 애정 행각을 들킨 듯한 멋쩍은 기분이 든다. 아직 마히루와는 그런 관계가 아니니까 경험해 본 적이 없는 감각이지만, 왠지 비슷한 느낌이 들어서 아마네는 무심코 의자에 걸려 있던 담요를 말없이 고양이 인형에게 씌웠다.

　"왜 그러세요?"

　"아, 아니 그게…… 뭐랄까, 보는 눈이 있으면 왠지 기분이 이상해져서."

　인형이니까 진짜로 보는 일은 없다. 그걸 알아도 왠지 앞으로 있을, 아니 아마네가 마히루에게 할 일을 보여주는 건 좋지 않다고 생각해 버렸다.

　물론 아마네도 자신의 이성이 불탈 정도의 일로는 발전시키지 않을 작정이지만, 저 순진무구한 눈에 남녀의 애정 행각을 드러내는 건 망설여졌다.

　"후후, 아마네 군도 그런 걸 신경 쓰는군요."

"시끄러워."

"그런 점이 귀엽네요."

"곰을 안고 자는 사람이 할 소리야?"

"그 얘기는 아까 끝났잖아요, 아이참."

끝난 이야기를 자꾸 끄집어내서 뾰로통한 기색을 보이는 마히루에게 아마네는 웃음으로 받아치지만, 그것이 마음에 들지 않는 마히루가 자유로운 한 손으로 아마네의 옆구리를 밀었다.

당연히 통증은 없고, 오히려 간지러움에 마히루의 귀여움이 더해져 흐뭇할 정도다.

마히루는 수줍음을 감추려고 이렇듯 귀엽게 반격하지만, 물리적인 수단으로 나서는 상대는 아마네밖에 없다. 상대가 아마네라서 이런 식으로 접촉하고 보복하는 것으로 생각하니 반항하거나 싫어할 마음이 도저히 생기지 않았다.

한동안 마히루는 직접 공격을 퍼붓다가 전혀 효과가 없어 보이는 아마네를 조금 원망 어린 눈으로 봤다. 아마네는 조용히 미소를 지으며 살짝 주먹을 쥔 손의 자유를 빼앗는다.

그렇다고 해도 손바닥을 맞대듯이 서로 깍지를 끼었을 뿐이다.

그런데도 마히루는 눈을 감은 뒤, 뺨을 희미하게 물들이며 시선을 바닥으로 내렸다. 싫어하는 게 아님을 아니까 부드럽게 손바닥을 꾹꾹 자극하면서 그대로 마히루의 손을 잡아당겼다.

저항하는 일 없이, 마히루는 아마네가 이끄는 대로 침대에 앉는다.

이쯤에서 고개를 살짝 들어 조금 휘둥그레진 모습을 보이는데, 아마네는 손을 떼고 그대로 마히루 옆에 앉아 껴안는다.

　"저기, 욕실에서 그만둔 걸, 해도 될까?"

　"네……."

　아마네가 확인차 물었더니 조금 어색한 느낌이 섞인 투로 마히루가 긍정했다.

　싫어하는 내색은 아니지만, 긴장이 돌아오고 말았다. 그렇게 생각하면서도 지금 와서 그만둘 수는 없으니까 아마네는 마히루의 턱을 천천히 들어 입술을 살짝 깨물었다.

　조금은 익숙해진 건지 어떤지는 잘 모르겠지만, 금방이라도 머리가 타버릴 듯한 열정이나 욕망은 솟구치지 않았다.

　솟구치는 건, 어디까지나 푹 빠질 것 같은, 그야말로 빠져서 허우적댈 것만 같은 사랑스러움과 천천히 가슴속을 따뜻하게 덥혀 주는 고양감이다. 보채는 듯한 충동보다 부드럽게 감싸 아끼고 싶어지는 충동이 더 강하다. 천천히, 마히루의 긴장을 풀듯이 부드럽게 입술을 포갠다.

　닿기만 했는데도 녹아드는 것처럼 편안해서, 무심코 그 부드러운 감촉을 즐기려고 가볍게 부딪히자 간지러워하는 웃음소리가 희미하게 들렸다.

　두 사람에게만 들리는 목소리.

　그 목소리를 더 많이 듣고 싶어서, 닿기만 했던 입맞춤은 자연스럽게 더 멀리, 더 깊이 열기를 쫓아가듯 강한 결합이 되어 있었다.

이렇게 서로 열기를 공유하는 듯한 입맞춤은 아직 익숙하지 않지만, 그래도 마히루는 확실하게 아마네를 받아들이고 있다.

목구멍에 걸린 듯 달콤하고 희미한 목소리가 입가에서 흘러나올 때마다 말로 이루 표현할 수 없을 정도의 흥분을 느낀다.

자신이 단순한 건 잘 알았지만, 일이 이렇게 되면 열기가 점점 쌓여서 등을 밀 듯이 아마네의 기세를 키운다.

가냘픈 몸에선 이미 긴장이 사라졌고, 오히려 힘이 빠진 듯 아마네에게 완전히 몸을 기대고 있다. 부드러운 몸이 얇은 옷 너머로 닿았다고 생각하니 참을 수 없고, 귀엽고, 사랑스러워서 —— 손을 뻗었다.

마히루를 껴안고 있던 한 손이 네글리제를 지나서 허리에 닿자, 입맞춤하고 있는 아마네밖에 모를 정도로 약간의 떨림이 생긴다.

천천히 손바닥으로 허리를 쓰다듬는 것만으로 몸을 움츠리고 비트는 마히루지만, 도망칠 기미는 없다. 전진하는 아마네의 손바닥을 그대로 받아들인다.

그 사실이 무엇보다 아마네의 열기에 연료를 부었다.

반쯤 자연스러운, 그것이 당연한 동작으로 손바닥이 더 위쪽에 있는 부드러운 곳에 닿기 전에, 마히루가 한번 크게 몸을 흔들었다.

그제야 자신이 지금 무슨 짓을 하려고 했는지 이해한 아마네는 황급히 손바닥을 치우고 마히루와 떨어지려고 입술을 빼는 걸 멈췄다. 그러자 마히루는 잘 익은 것처럼 빨개진 얼굴로 아마네를 놓치지 않으려고 가슴에 얼굴을 파묻었다.

떨어지려는 아마네의 손에 가냘픈 손바닥이 가지 말라는 듯이 포개져 있다.

"저기, 제가 자고 가겠다고 부탁했을 때 한 말을, 취소할 마음은, 없어요."

가슴에 얼굴을 파묻는 바람에 조금 힘이 빠진 목소리로 똑똑히 말해서, 이번에는 아마네가 몸을 굳혔다.

힐끗 쳐다보는 마히루와 눈이 마주친다.

입맞춤 때문인지 얼굴이 잔뜩 달아오른 마히루는 마치 애원하는 듯한 분위기를 낸다.

캐러멜색 눈은 당장에라도 달콤한 물방울을 떨어뜨릴 정도로 젖은 채로 아마네의 반응을 가만히 살펴보고 있었다.

아마네는 무심코 침을 삼켰다.

아마도, 아니 확실하게, 마히루는 아마네가 뭘 해도 받아들이리라.

그것이 마히루에게 하나밖에 없는 소중한 걸 가져가는 것이라도, 그걸 받아들이고 기꺼이 내놓지 않을까 생각될 정도이다.

그만큼 아마네를 믿고, 사랑한다.

아마네도, 그런 자부심은 있다.

그 믿음과 애정에 응해도 될까?

여러 갈등이 몸속에서 빙글빙글 소용돌이친다.

이제나저제나 하고 몸을 보채는 욕구가, 진심으로 사랑하고 싶다는 감정이, 이성을 깨부수려고 충돌하고 있었다.

숨을 내쉬자 마히루가 몸을 떤다.

자신이 어떻게 될지를 전부 아마네에게 맡겨서, 자신의 미래가 기대와 불안으로 가득한 걸지도 모른다.

여자는 이런 상황에서 수동적일 수밖에 없다. 작고, 가녀린 몸. 만약 무슨 일이 생기면 이 몸에 영향이 가장 크게 미친다.

그걸 생각하면, 아마네의 답은 정해졌다.

"그렇구나."

"네……."

"개인적으로 말하자면, 마히루를 가지고 싶어."

"네……."

맺어지는 날을 얼마나 고대했는지, 마히루 자신은 모를 것이다.

아무리 친구들에게 순진하다고 놀림당하는 아마네라도 당연히 욕구는 있다. 그런 꿈도 꾼 적이 있다. 사귀고 나서는 크나큰 죄책감과 거북함을 느끼면서도 자신을 위로하기 위해 망상으로 더럽힌 적도 있다.

그런데도 실제로 마히루에게 손대는 행위를 망설이는 건, 전적으로 장래를 생각해서 그렇다.

"하지만 말이야. 그 뭐냐, 책임질 나이도 아니고, 만일의 사태가 일어났을 때 곤란한 건 마히루라고 생각해. 아니, 물론 책임은 지겠지만, 당장 법적으로 명확한 관계를 약속할 수 있는 건 아니야."

책임질 수단은 하나밖에 없다.

다만, 법률상 혼인은 만 18세부터 된다.

지금 행위에 이르렀다간 혹시라도 문제가 생기면, 학생 신분으로 낳아야 한다. 아무리 지식을 쌓고 대책도 해서 맺어진다고 해도, 그건 확률을 줄이는 것이지 확실하게 막을 수 있는 건 아니다.

그랬다간 앞으로 마히루의 인생에 영향을 줄 것이고, 마히루에게 무책임한 소리를 하는 사람이 나타날지도 모른다. 아마네가 저지른 일 때문에 마히루가 상처받는다. 마히루가 미래의 소망을 포기하고 만다.

이 충동 하나를 해소하려고 마히루의 장래를 희생한다? 아마네는 그럴 수 없다.

"나는 마히루를 좋아하니까 존중하고 싶어. 장차 마히루가 하고 싶은 것, 배우고 싶은 것이 생겼을 때, 내가 그걸 막는 건 바람직하지 않아. 앞으로 오래 함께할 생각을 한다면, 단순한 감정과 욕구로 마히루의 인생에 해를 끼치는 일이 없어야 한다고 봐."

"네……."

"마히루와 평생을 함께 걸을 각오는 있어. 다만 나는……."

"더 말하지 않아도 돼요."

계속하려던 말을 가로막혀서, 소심하다는 쓴소리를 들을 줄 알았다. 하지만 마히루는 난처한 듯, 그러면서도 예상 밖의 행복을 얻은 듯 천진난만한 미소를 지었다.

"아마네 군이, 저를 최대한 존중하는 것도, 깊이 사랑하는 것도 알아요. 이토록 소중히 여기니까, 저는…… 굉장히, 행복한 사람이에요."

진심으로 행복한 듯이 웃은 마히루는 아마네에게 살짝 입을 맞추고 코앞에서 다시 미소를 짓는다.

"그런 아마네 군을, 진심으로 사랑해요."

세상에서 제일 행복하고 만족스럽게 미소를 짓는, 사랑하는 여자에게, 이번에는 아마네가 먼저 입을 맞추고 작은 몸을 다시 감쌌다.

"내가 책임질 수 있을 때까지, 기다려 주겠습니까?"

아마네의 갈등을 그 몸으로 이해한 듯 마히루는 살짝 시선을 내리깔고 나서 수줍게 고개를 끄덕이며 가슴에 얼굴을 파묻었다.

필시 시끄러울 정도의 심장 소리가 맞이했으리라.

"그때까지, 소중하게 아껴주세요."

누가 들어도 행복할 것 같다고 단언할 수 있을 만큼 부드럽고 만족스러운 투로 그렇게 말한 마히루는, 아마네의 가슴에서 반쯤 고개를 들어 행복으로 가득한 미소를 보여주었다.

그런 마히루를 다시 껴안고 "아끼겠습니다."라고 속삭이며, 살며시 그 몸의 온기와 부드러움을 느낀다.

물론 이 선택에 후회는 없다. 마히루를 아끼고 싶은 마음에 거짓은 없다. 평생 마히루를 곁에서 행복하게 해줄 각오가 있다.

다만 몸이 슬슬 비명을 지를 것 같으니까 조금은 용서해 주길 바란다.

"저기 말이야."

"네."

"한심한 소릴 해도 될까?"

"하세요. 사랑하는 사람의 멋진 점도, 한심한 점도, 부탁도, 전부 받아들일게요."

관대한 태도를 보이는 마히루에게 미묘하게 당황하면서도, 아마네는 마히루의 목덜미에 입을 맞추고 마음을 굳게 먹고 말했다.

"그게, 말이지…… 조금만 만져도 될까?"

조금 전 각오를 헛되이 할 생각은 없다. 맹세를 어기는 일은 있을 수 없다.

그래도 정신이 이상해질 것 같은 욕구를, 조금만 해소하고 싶었다.

마히루는 아마네의 요청을 예상하지 못했다는 것처럼 눈을 크게 깜빡인 다음, 알아보기 쉽게 얼굴을 붉혔다.

다만 그건 거절하는 느낌이 아니라 허락하는 느낌 같아서, 수줍은 듯이 아마네를 한번 올려다본 후에 시선을 내렸다.

"사, 살살, 해주세요……."

속삭이는 듯한 목소리에 희미한 기대가 섞였다고 느끼는 아마네는, 어쩌면 어리석을지도 모른다.

그래도 마히루가 받아들여 주었다는 것에서 느끼는 기쁨을 꾹 참고, 슬며시 그 손을 잡고 침대에 쓰러졌다.

제2화

마음속에 숨긴 결의

아침에 눈을 떴을 때, 어젯밤 품에 안겨 잠들었을 마히루가 없었다.

아직 눈꺼풀이 무거운 상태에서 천천히 주위 상황을 살피자, 마히루가 있었던 흔적은 옆에 빈자리뿐……이라고 생각했는데, 어째서인지 고양이 인형이 침대 가장자리에 놓여 이쪽을 보고 있다.

담요로 가려 아무것도 보여주지 않으려고 했던 봉제인형은 누군가의 소행인지 아마네 옆에 있고, 여전히 둥글둥글한 눈망울을 강하게 주장하고 있었다.

그 눈에 비친 자신이 어딘가 개운한 얼굴을 하고 있다는 걸 깨닫고, 그제야 어젯밤 일이 생각나서 부끄러운 나머지 인형의 얼굴을 벽 쪽으로 돌렸다.

(귀여웠어…….)

아마네의 맹세대로, 마히루의 소원대로, 꽤 자제해서 마히루를 만질 작정이었다.

그래도 마히루에게는 꽤 자극이 강했는지, 아마네도 몰랐던 일면을 보여주었다.

귀에 울리는 가냘픈 목소리, 상기된 피부를 미끄러지는 땀방울, 자신은 가질 수 없는 부드러운 감촉, 신뢰와 기대가 녹아든 눈동자── 모든 것이 기억에 선명하게 남아서 아마네의 이성을 살살 간지럽혔다.

어젯밤에는 이성이 조금 날아간 것 같기도 하지만, 그래도 맹세를 어기는 불건전한 짓은 하지 않았다고 단언할 수 있다.

그건 그렇고, 맹세를 어기지 않을 정도로 만진 건 확실한데.

기억을 떠올리기만 해도 하반신이 뻐근해져서 최대한 머릿속에서 몰아내며 일어났더니 문 쪽에서 문고리가 돌아가는 소리가 났다.

"일어났어요?"

문 틈새로 불쑥 얼굴을 내민 건 마히루로, 앞치마를 두른 걸 보면 아침밥을 차리고 있었던 것 같다. 먼저 갈아입은 듯 사복 차림이다.

간밤에 입었던 네글리제는 구겨졌으니까 당연히 갈아입겠지만, 아마네로선 더 보고픈 마음을 부정할 수 없다. 어젯밤에 마음껏 봤으니까 차마 불평하진 못한 채, "안녕." 하고 자다 일어난 탓에 약간 잠긴 목소리로 대답한다.

마히루는 한순간 아마네를 보고 뺨을 붉혔지만, 그래도 도망치지는 않았다.

"아침밥이 다 됐으니까 옷 갈아입고, 세수하고 오세요."

"응……."

그렇게 말하면 마치 동거하는 것 같아서 정말이지 낯부끄럽다. 실제로 매일 이 집에 와서 취침 직전까지 머무니까 반쯤 동거하는 셈이지만.

"오늘 아침밥은 뭐야?"

"밥과 달걀말이와 된장국, 미리 만든 우엉 무침과 냉두부, 냉동 연어예요."

"아침부터 호화 밥상이네…… 진짜 꿈만 같아."

"너무 호들갑인데요? 잠이 덜 깬 거라면 깨워 드릴게요."

복도에서 방으로 돌아온 마히루가 아마네의 옆으로 다가와 뺨을 잡고 조물조물 만진다.

아프지 않게 하는 걸 보면 잠을 쫓아내려는 게 아니라 그냥 스킨십하러 왔다고 보는 게 옳으리라.

뺨을 조물조물 만져서 만족스러운 기색인 마히루. 그 모습을 본 아마네도 가슴에 햇빛이 닿은 듯 따스하고 행복한 기분을 느끼며 마히루의 목덜미에 손바닥을 살짝 대고, 옷깃을 살짝 올렸다.

조금 전까지 옷에 가렸던 목덜미 근처, 아마네의 손이 닿은 곳에는 눈에 톡 떨어진 동백꽃처럼 작게 붉은 자국이 남아 있다.

희미하게 남은 데다가 교복에 가리는 위치에 있으니까 눈에 잘 띄지 않지만, 그 자국을 만든 당사자로서는 참으로 자극적인 광경이다.

이 자국이 옷에 가린 몸에서도 이어진다는 것은 두 사람밖에 모르리라.

"당분간 숨겨야겠네."

"아, 아마네 군 때문이잖아요."

"그건 정말 미안해…… 왠지, 참지 못해서……."

보이는 곳에 생기면 마히루가 곤란해진다. 이성으론 그렇다고 알지만, 열기에 들뜬 머리는 새로이 내린 눈밭에 발자국을 내고 싶다는 듯이 무의식중에 입술을 대고 말았다.

후다닥 옷으로 가린 마히루가 그 자국보다 새빨개진 얼굴로 입을 꾹 다무니까, 어젯밤 일을 너무 떠올리게 하면 한동안 말도 못 붙이게 할 것 같다.

확실히 마히루가 아마네보다 남에게 잘 보이지 않을 표정을 많이 드러냈으니까, 그 부분을 지적하는 건 피하고 싶다. 괜히 지뢰를 밟아서 아침 식사를 거르긴 싫다.

게다가 아마네도 떠올렸다간 세수하는 것으로 끝날 수 없을 것이다.

"아, 아무튼 빨리 갈아입고 세수하고 오세요. 머리를 식혀주세요."

"마히루가 식히는 게 좋을 것 같은데."

"무슨 말 했어요?"

"아니요, 아무 말도 안 했습니다."

딱 봐도 아마네보다 얼굴에 열이 더 오른 듯한 마히루가 가볍게 눈을 흘겨서, 아마네는 입을 꾹 다물고 입고 있던 잠옷 셔츠에 손을 댔다.

갑자기 마히루가 "꺅."하고 한심한 소리를 지르며 종종걸음으로 방을 나가는 바람에 무심코 웃고 말았다.

(어제는 흥미진진하게 봤으면서.)

주저하면서도 둘만의 비밀을 많이 만든 애인과는 동일 인물로 보이지 않을 만큼 부끄러워하며 마히루를 보고, 아마네는 어깨를 떨고 웃으며 미리 준비한 사복으로 갈아입었다.

마히루가 차려준 아침밥을 싹 해치운 다음 소파에서 숨을 고르는데, 옆에 앉은 마히루의 상태가 이상했다.

평소 같으면 바짝 달라붙는 정도는 아니어도 손이 닿을 거리에 자리를 잡는데, 오늘의 마히루는 조금 거리를 두고 어색한 모습을 보인다.

손이라도 잡으려고 하면 겁에 질린 작은 동물처럼 움찔하니까 죄책감이 들 정도다.

"저기, 너무 거리가 느껴지는데."

"아, 아뇨, 그건, 어쩔 수 없어요. 아마네 군이 나빠요. 그렇게, 잔뜩…… 만졌으니까, 의식하는 게 당연해요."

식사 중에는 다소 어색해도 평소처럼 대했는데, 이렇게 다시 둘이서 앉으니 기억이 떠올라 부끄러운 모양이다.

다행히 마히루는 아마네를 꺼리는 기색도 전혀 없이 뺨을 물들이고 시선을 내렸다.

"뭐, 그, 그건 내 잘못이 맞아. 인정할게. 싫었어?"

"시, 싫다고는 하지 않았고, 제가 먼저 받아들인 거니까…… 기, 기쁘기도, 하고요. 그, 그게 아니라 부끄러워서, 이렇게 아무것도 하지 않고 붙어 있으면 기억이 나니까 곤란한 거예요!"

"그렇, 구나……, 나도 딱히 부끄럽지 않은 건 아니지만……
그래도 더 같이 있고 싶으니까."

물론 아마네도 전혀 부끄럽지 않을 리가 없다.

떠올릴수록 서로 비밀을 공유한 것이 부끄럽고, 평소의 자신
이라면 도저히 생각할 수 없는 일을 했다는 사실에 몸부림을 치
고 싶어진다. 그리고 생각하면 그 온기와 감촉이 모두 되살아나
마히루를 더 원하고 만다.

그런데도 아마네가 비교적 침착한 건 어젯밤 맹세한 약속이
가슴속에 잘 있고, 그것이 자신을 붙잡는 쐐기가 되기 때문일
것이다.

"그, 그런 말을 들으면 부끄러워하는 저한테 문제가 있는 것
같잖아요."

"안 돼……?"

"안 되는 건 아니에요."

치사하다고 작게 중얼거린 마히루가 지금껏 벌렸던 거리를 좁
히고 손이 닿을 정도로 가까이 앉았다.

그 순간에 은은하게 풍기는 향기는 마히루 본연의 것과 더불
어 아마네가 쓰는 섬유유연제 냄새가 나서, 왠지 얼굴이 화끈거
렸다.

(우리 집 냄새가 애인에게 나는 것도 참 좋구나.)

어쩌면 눈치채지 못했을 뿐 이전부터 마히루는 아마네의 향기
를 몸에 지니고 있었을지도 모른다. 그래도 이렇게 한 지붕 아
래에서 자면 마히루가 자신에게 조금씩 익숙해져 여기에 있는

걸 자연스럽게 느끼게 된다. 그 사실을 깨닫자 아마네는 가슴이 물씬 배는 듯한 따스함을 느꼈다.

좀 더 자신에게 가까워졌으면 좋겠다고 생각하는 만큼, 아마네도 마히루에게 홀짝 반했음을 절실히 느꼈다.

"그, 그러고 보니 아마네 군 부모님께선 지금 호텔에 계시죠?"

마히루의 손을 잡으면서 푸근한 온기와 편안함에 눈에 미소를 띨 때, 마히루가 머뭇거리는 기색으로 조용히 묻는다.

"응? 아, 맞아. 오후부터 또 오겠다고 연락이 왔어. 뭔가 타이밍이 기막혀서 무섭지만 말이야."

아마네의 집에서 묵는다는 선택지도 있었을 텐데, 시호코와 슈토는 일부러 호텔을 예약해서 이 동네를 찾은 것 같다.

두 사람이 이곳에서 묵었다면 어젯밤에 마히루와 그런 일은 없었을 테니까 결과적으로 아마네에게 잘된 일이었지만, 여러모로 복잡하다.

"참고로, 아…… 보고했다간 너무 창피할 테니까, 적당히 넘어가자."

"아, 네."

"간파할 것 같아서 무섭다고 할까, 착각이 가속할 것 같다고 할까, 어머니가 폭주하지 않는 게 좋으니까 섣불리 말하지 말아줄래?"

"괘, 괜찮아요."

"글쎄. 마히루는 옆에서 보다 보면 알기 쉬운 태도를 보일 때가 많아졌으니까, 어쩌면 멋대로 짐작하고 혼자 흥분할지도 모를걸?"

아마네와 사귀기 시작하면서 있는 그대로의 모습을 학교에서도 보여주게 된 마히루는, 자연스럽게 웃고 감정을 표현하게 되었다. 노골적으로 감정을 드러내는 건 아니지만, 가까운 사람이 보면 매우 알기 쉽게 되었다.

그 상대가 시호코라면 더더욱 그렇다. 마히루도 완전히 터놓고 친하게 지내는데, 그 친밀감이 이번에는 문제가 될지도 모른다.

쓸데없이 감이 좋은 시호코가 눈치채고 뭔가 지적해서 마히루가 실수하는 일도 있을 수 있으니까, 마히루는 조심했으면 하는 바이다.

"아마네 군도 참. 멋대로 흥분한다는 식으로 자기 부모님을 평가하는 건 아니라고 봐요."

"실제로 폭주 기미잖아."

"부정할 순 없지만, 그래도 자상하고 친절한 분이니까요."

"그것과 이건 차원이 달라. 나는 실실 웃는 게 싫어."

장래에 딸이 될 아이도 폭주 기미라는 사실을 부정하지 못한 시호코이지만, 마히루의 의견도 어느 정도는 이해할 수 있다.

아마네도 한 인간으로서, 한 어머니로서 시호코를 좋아한다. 하지만 폭주해서 이것저것 캐묻거나 참견하려고 들 가능성을 부정할 수 없으니까, 그런 점은 질색이다.

"저도 알아요. 저기, 지금은 저도, 아무에게도 말하고 싶지 않으니까요."

"응…….."

마히루도 역시 치토세에게 말할 생각이 없는지 눈에 수줍음을 선명하게 드러내고 있다.

어렴풋이 뺨이 붉어진 건 아마도 자기 입으로 말하면서 생각났기 때문일 것이다. 아마네를 힐끗 보고는 참을 수 없다는 듯이 시선을 이리저리 돌리고 있다.

그래도 거리를 벌리려고 하지 않는다는 점에서 마히루의 애정을 느낀다.

"두 분은 오후에 오시는 거죠?"

"어, 그렇게 들었는데…… 무슨 일 있어?"

무슨 문제가 있을까 싶어서 고개를 갸우뚱하는데, 아마네를 보는 마히루의 눈이 열기를 띠고 있어서 가슴이 살짝 욱신거린다.

"아, 아뇨. 그게 있죠. 조금만 더 단둘이 있을 수 있겠구나, 싶어서요."

정말이지 귀여운 말을 계속한 마히루를 보고 그만 입가가 느슨해져 버려서, 아마네는 조금 짓궂게 "매일 단둘이 있잖아?"라고 대답했다.

"그, 그건 그렇지만요…… 그게, 오늘은 특별해요."

오늘은 마히루가 아마네를 진심으로 받아들여 온기를 나누고, 서로 각오를 정한 날이다. 마히루가 특별한 날이라고 말한 이유를 이해할 수 있다.

"그래. 우리 부모님이 올 때까지 느긋하게 있을까?"

"네."

다만 새삼스럽게 그 특별함을 의식하는 것도 쑥스러워서 작게 웃고, 아마네는 마히루의 손을 부드럽게 잡아 다시금 그 온기에 빠져들었다.

"마히루, 문화제 이후로 오랜만에 보는구나."

아마네와 마히루가 점심을 다 먹고 한숨을 돌렸을 무렵 아마네의 부모님, 시호코와 슈토가 변함없이 시끌벅적한 분위기로 나타났다.

어제도 봤으면서 시호코는 호들갑스럽게 재회의 기쁨을 온몸으로 나타내듯이 마히루를 껴안으니까, 아마네는 대체 무슨 짓을 하냐고 눈을 흘기고 말았다.

"아직 하루밖에 안 지났는데 오랜만에 보는 분위기를 연출하는 이유가 뭐야?"

"어머, 귀여운 딸아이랑 하루나 떨어져 있었는걸? 쓸쓸한 게 당연하잖니."

"어제 만날 때까지는 한 달 넘게 떨어져 지냈으면서."

지난번, 정확하게는 지지난번이지만, 시호코와 슈토가 마히루와 만난 귀성 마지막 날에서 한 달이 넘게 지났다. 그러므로 문화제에서 재회했을 때라면 그 기쁨을 알겠지만, 오늘도 같은 느낌인 건 도저히 이해할 수 없다.

슈토는 흥분한 기세인 시호코를 차분히 지켜보기만 하니까 마히루에게 들러붙는 걸 말릴 마음은 없어 보인다.

"너무 따지지 말렴. 그리운 건 그리운 거야."

"마히루, 지긋지긋하면 밀쳐도 돼."

"아마네 군도 참. 저, 저는 기뻐요⋯⋯."

실제로 마히루는 시호코가 귀여워하는 걸 좋아하니까 거짓말은 아니지만, 너무나도 강력한 기세에 밀리는 일도 종종 있어서 만나면 쩔쩔매는 모습을 볼 수 있다.

당연히 마히루가 시호코를 좋아하고 받아들이는 것도 알지만⋯⋯ 남친보다 엄마가 더 적극적이고 스킨십이 많은 건 남친으로서도 좋은 일인지 아닌지 고민스러운 부분이다.

어이가 없다는 투로 말하는 아마네에게 반발하는 건 시호코로, 아들이 그 나이를 의심할 만큼 생기발랄한 얼굴로 볼을 부풀렸다.

일부러 그러는 걸 알지만, 자식으로서는 조금만 더 침착하기를 원하고, 밖에서 그러면 부끄러워 몸부림칠 모습이다.

"정말이지, 아마네 너도 이 귀여움을 본받으렴."

"내가 이렇게 착해지면 어머니도 질색할걸."

"하긴 그래. 하지만 예전에는 아마네도 천사처럼 귀여웠으니까⋯⋯ 아니, 지금은 새침해서 귀엽지 않아."

"귀엽지 않아서 미안하네요."

"어머머 삐쳤니? 그런 부분은 귀여운데 말이야."

"이상하게 해석하지 마!"

"어머, 모처럼 칭찬했는데!"

"워워. 아마네도 엄마에게 귀엽다고 칭찬받으면 복잡해질 나이야. 남자의 자존심도 있으니까."

"어머. 그런 점도 귀엽구나, 쑥스러워하긴."

"화내도 될까?."

슈토의 지원이 전혀 도움이 안 되는 바람에 아마네는 눈꼬리가 실룩거리는 걸 참으면서 화목한 부부를 흘겨보는데, 그때 마히루가 중재에 나선다.

마히루로서는 다투지 않았으면 하는 것 같지만, 아마네는 딱히 진심으로 신경질을 부리는 것도 아니고, 싸우고 싶은 것도 아니다. 그것과 상관없이 놀리는 듯한 시호코의 말투에는 살짝 짜증이 나지만.

"아, 아마네 군 진정해요."

"난 침착하거든요~ 다른 사람이 시끄러울 뿐이거든요~."

"어머, 글쎄다? 그리고 남 탓을 하면 못써."

"누가 할 소리야?"

"어허, 그만해요. 시호코 씨는 슬슬 입을 다물지 않으면 아마네가 말을 하지 않게 될 거야. 아마네도 시호코 씨가 장난기가 많은 걸 알잖아. 감정적으로 대꾸해서 꼬리를 잡히지 마."

"네……."

이럴 때 중립으로서 중재하는 게 슈토이며, 시호코를 조용히 시킬 수 있는 사람도 슈토뿐이다.

다들 진심이 아니라는 걸 알지만, 더 계속되면 길어질 것임을 알아채고 말리러 드는 슈토에게는 아마네와 시호코도 얌전히 따른다.

"모처럼 휴가를 내서 왔으니까, 서로 좀 더 느긋하게 지내고 싶지?"

그렇게 말하며 시호코의 등을 토닥이고 아마네에게 미소를 짓는 슈토의 훈훈함이 모두의 분위기를 풀어준다. 아마네가 솔직하게 짜증을 거두며 "작은 일로 예민하게 굴어서 미안해."라고 사과하자, 시호코도 솔직하게 "너무 놀렸구나, 미안해."라고 대꾸한다.

이럴 때 서로 고집을 부려도 소용없다는 걸 잘 알아서, 고향에서도 이렇게 서로 사과하면 무조건 좋게 넘어갔다.

그래도 아마네는 쪼잔한 걸 알면서도 사소한 보복으로 시호코의 손에서 마히루를 탈환하여 자기 곁으로 끌어당겼다. 그러자 시호코는 못마땅한 기색을 보이면서도 마히루가 반기는 내색을 하는 바람에 곧바로 헤실헤실 웃기 시작했다.

오히려 상대를 기뻐하게 한 것 같다는 생각이 들지만, 마히루가 기뻐한다면 상관없을 것이다.

"그런데 용케 둘이서 휴일을 맞췄네?"

아마네로선 맞벌이인 데다가 나름대로 일정이 꽉 찬 부모님이 예정을 맞추면서까지 찾아오는 건 의외다.

아무리 두 직장이 비교적 쉬기 쉽고 육아나 학교행사 참여를 존중한다지만, 아마네도 이제는 거의 다 컸으니까 아이들의 문화제라는 이유로 쉴 수 있는지 의아했다.

"뭐, 나는 납기보다 일찍 마무리해서 시간적으로 여유가 생겼단다. 슈토 씨도 운 좋게 쉬는 날을 잡을 수 있었고."

"굳이 여기까지 오지 않아도 되는데. 둘이서 느긋하게 쉬지 그랬어."

"어머, 문화제를 보여주기 싫었니?"

"아니야. 나름 머니까 일부러 찾아오지 않고 부부끼리 오순도순 지내는 게 낫지 않았냐는 말이야."

솔직히 말해서, 마히루를 동반한 친정 귀성에서는 그런 기색이 없었지만, 아마네의 부모님은 돈벌이가 좋은 대신 나름대로 바쁘다. 그런 만큼 귀중한 휴일을 아들의 문화제에 쓰게 하는 건 미안했다.

차로 일부러 여기까지 오려면 시간과 체력이 필요하다. 그러나 실제로 학교행사를 보는 시간은 반나절도 채 되지 않는다.

그렇다면 평소 피곤한 두 사람의 몸을 위로하는 데 썼으면 했는데, 그렇게 아마네의 걱정 반 배려 반인 말을 가볍게 웃어넘긴 시호코는 "너도 참 바보구나."라며 장난스럽게 미소를 짓는다.

"집에서 항상 오순도순 지내는걸. 지금의 아마네가 참가하는 문화제는 지금밖에 없으니까, 우선하는 게 당연하잖니. 이런 기회에 아들과 딸을 만나러 와도 되잖아."

"아, 그러셔……?"

아마네는 마히루를 완전히 딸로 취급하는 걸 따지기 전에 자식을 아끼는 말을 들어서 쑥스러운 걸 얼버무리는 데 신경을 집중하느라 무심코 툴툴대듯 대꾸하고 말았다. 하지만 시호코는 그런 아마네를 보고 깔깔 웃었다.

"뭐, 아무리 그래도 따끈따끈한 신혼을 방해하는 건 미안해서 호텔을 잡았지만."

"시끄러워. 이상한 걸로 신경 쓰지 마."

그 덕분에 어제 그 일이 있었다고는 도저히 말할 수 없다.

"어머나……."

"왜?"

"아니, 별거 아니야. 하지만 가끔은 호텔에서 묵는 것도 좋아. 돈을 더 쓰길 잘했어."

"그래, 이 근처는 우리가 사는 동네보다 번화해서 야경도 예뻤지."

뭔가 말하고 싶은 눈치인 시호코에게 눈을 흘겨도 본인은 말할 마음이 없는지, 뻔뻔하게 말을 돌려서 슈토에게 웃는다.

슈토도 그걸 눈치챘는지, 아니면 딱히 나무랄 필요를 못 느꼈는지, 고개를 끄덕이면서 어젯밤 묵었던 호텔 프런트의 감상과 창문에서 바라본 경치와 주위의 발전상을 이야기했다.

두 분이 즐거웠다면 더는 할 말이 없으니까 아마네도 참견할 일이 아니겠지만, 문득 생각난 것처럼 시호코가 이쪽으로 시선을 돌렸다.

"너희는 어젯밤에 한 집에서 잔 것 같은데, 정말 사이가 좋구나."

사레가 걸리려는 걸 겨우 참은 아마네가 마히루를 힐끗 보자 고개를 절레절레 흔들고 있다.

아마네도 마히루가 말했다고 의심하지 않는다. 부모님이 아마네의 집에 찾아와서 그대로 넷이서 이야기를 시작했기 때문에 애초에 마히루가 아마네의 집에서 잤다고 말할 타이밍이 없었다는 것도 알 수 있다.

단지 그런 만큼, 왜 그런 말을 꺼냈는지 몰라 무심코 떨떠름한 표정을 지었다. 마히루에게 알기 쉽다고 해놓고 자신이 긍정하는 듯한 얼굴을 해 버리면 면목이 없지만, 시호코는 두 사람의 반응을 아랑곳하는 기색이 없다.

"거기 마히루짱 가방에서 내용물이 살짝 보여서 물어본 건데, 정말이었구나."

그 말을 듣고 시호코의 시선을 따라서 눈길을 돌리자 소파 옆에 어제 마히루가 욕실에 가져온 미용 세트가 가지런하게 놓여 있었다.

유도신문에 화내야 할까, 아니면 이것만 보고 간파한 걸 무서워해야 할까?

미간을 찡그리지만, 이런 태도를 보인 이상에는 발뺌할 수 없을 것 같다. 그래서 아마네가 "시끄러워, 불만 있어?"라고 툴툴대듯 말하자 시호코가 우아하게, 유쾌하게 웃는다.

"아니? 그 나이를 먹고 이것저것 잔소리하면 너도 질색할 거잖니? 어차피 아마네는 슈토 씨를 닮아서 한결같고 고지식하니까 걱정은 안 해."

"말은 그렇게 하면서 시호코 씨는 참견을 많이 하지만."

"후후, 이 정도는 용서해 줘요. 귀여운 아들인걸요."

여유롭게 웃는 시호코에게 거부감은 있지만, 더는 이길 수 없다고 체념하고 한숨을 쉰다.

그런 아마네에게 변함없는 미소를 짓고 있던 시호코는 한바탕 웃고 난 후 마히루를 봤다.

"아참, 아마네. 마히루를 데리고 외출해도 되겠니?"

마히루를 보면서 아마네에게 묻는 지리멸렬한 태도에 얼굴을 찡그리며, 뜬금없이 무슨 소리냐며 눈을 흘겼다.

"나한테 묻지 말고 마히루한테 물어봐."

"물론 물어볼 거지만, 아마네는 독점욕이 강하니까 안 된다고 말할 것 같은걸."

"글쎄, 나는 확실히 독점욕이 강하지만 마히루의 행동을 제한할 마음은 없어. 내 여자친구라고 해도 마히루도 인간이야. 개인의 의견이나 행동을 강요할 생각은 없어."

교제한다고 해서 마히루가 뭘 하든 아마네가 제한할 권리는 없다. 의견을 말할 수는 있어도 강제하지는 않고, 그러고 싶지도 않다.

아무리 가깝고 사랑스러운 파트너든, 자신과는 다른 인격을 가진 타인이다. 그걸 자기 마음대로 하려는 것이 더 이상할 것이다.

그래서 마히루가 시호코와 외출하기를 원한다면 그 선택은 존중받아 마땅하다. 아마네는 고작해야 마히루에게 이상한 소리를 하거나 정보를 누설하지 말라고 부탁할 수밖에 없다.

아마네는 무슨 당연한 소리를 하냐는 눈치로 시호코를 보지만, 어처구니없다는 식으로 보는 그 눈빛을 시호코는 기쁘게 받아들인다.

"후후후. 잘됐구나, 마히루짱. 이럴 때 보면 잘 알겠지만, 정직하고 성실한 아이야."

"네⋯⋯."

"어머니가 그러면 칭찬하는 것 같지 않아."

"얘도 참, 솔직하게 받아들여 줬으면 좋겠는데. 안 그래요, 슈토 씨?"

"그렇지."

"아버지까지⋯⋯."

시호코가 말하면 놀리는 것 같으니까 곧이곧대로 받아들이는 걸 피하는데, 슈토가 그러면 묘하게 낯간지러운 기분이 든다.

기본적으로 슈토는 입에 발린 말을 하지 않는 성격이고, 나쁜 점은 확실하게 지적하는 사람이다. 그러므로 칭찬받았을 때는 진심으로 칭찬해 주는 것임을 알 수 있으니까 좀처럼 침착해질 수 없다.

그래서 슈토가 대놓고 진지하게 칭찬하면 아마네로선 부끄러워서 견딜 수가 없다. 그런데 지금의 슈토는 아마네의 마음을 모르는 게 아니라, 알면서 일부러 칭찬하고 있다.

"실제로 아마네는 가까이 들인 사람을 상냥하고 성실하게 대하려고 하거든. 말이나 태도는 솔직하지 않아도 근본은 착한 아이야. 게다가 평소 아마네를 아는 사람이라면 쑥스러움을 감추려고 그런다는 걸 알 테니까."

"아, 아까부터 왜 그래⋯⋯ 그만하라고."

"좀처럼 낼 수 없는 자식과의 시간이니까 칭찬해도 되잖아?"

"자꾸 그러지 말라고!"

악의나 흑심도 없이 싱글벙글 웃으며 말하면 차마 화낼 수도 없다. 수치심을 뺨에 모으는 것밖에 할 수 없는 것이 답답하다.

단번에 뜨거워진 얼굴을 보이고 싶지 않아 고개를 돌리자 옆에서 방울을 굴린 듯 시원한 웃음소리가 귓불을 간지럽혔다.

"아마네는 슈토 씨가 상대라면 약하단 말이지. 아마네의 퉁명스러운 말투도 슈토 씨가 포근하게 말하면 능숙하게 감싸서 달랠 수 있으니까."

"그런 것 같아요."

"평소에는 새침하면서 이런 구석은 아직 어린애 같아."

"그게 귀여운 거 아닐까요?"

"후후, 그래."

"이 사람들이 진짜."

자기들 일이 아니라고 여유롭게 관찰하는 어머니와 애인을 쩨려보자 시호코가 시치미를 뚝 떼고 마히루에게 웃으며 말한다.

"아, 지금 할 소리는 아닌데, 같이 외출해도 되겠니? 모처럼 쉬는 날을 방해해서 미안하지만, 이런 기회라도 없으면 이 근처를 함께 돌아볼 수 없는걸."

"네, 저도 꼭 시호코 씨와 외출하고 싶어요."

"그럼 그렇게 하자!"

둘이서 아마네를 화제로 삼아 신나게 떠든 걸 원망하듯 못마땅한 눈으로 보는 것도 무시하고 곧바로 외출 약속을 잡았으니까, 아마네로선 다소 불평해도 좋지 않을까 하는 생각이 든다.

외출하는 건 두 사람 마음이지만, 아마네의 평가에 대해 여러모로 이의를 제기하고 싶은 게 있었다.

"나를 무시하고 이야기를 진행하지 말아 줄래?"

"어머, 여자 모임에 끼고 싶니?"

"그건 아무래도 좋지만…… 이제 됐어."

아마 무슨 말을 해도 교묘하게 피할 것 같아서, 아마네는 대놓고 체념의 한숨을 쉬는 것으로 작게나마 불만을 제기하며 슈토에게 눈길을 돌린다.

"여자들이 외출하면, 아버지는 어쩔 거야?"

"아, 슈토 씨는 아마네와 할 이야기가 있다고 하니까."

"이야기……?"

시호코라면 어차피 마히루 관련이라고 상상할 수 있다. 하지만 슈토라면 무슨 이야기를 할지 상상할 수 없어서 무심코 얼굴을 봤는데, 본인은 그저 온화하게 미소를 띠기만 한다.

기본적으로 온화한 표정을 짓는 슈토는 속내를 알 수 없는 사람이라서 무슨 생각을 하는지 모르니까 아마네로선 조금 경계하게 된다.

성격상 아마네에게 뭔가 이상한 소리를 하거나 생트집을 잡을 사람이 아니므로 그 점에서는 안심하지만, 그렇기에 더더욱 무슨 소리를 들을지 몰랐다.

"가끔은 둘이서 이야기하고 싶어서. 그 왜, 아마네는 시호코 씨가 있으면 자꾸 딴지를 거니까 차분하게 대화할 수 없거든."

"그게 누구 탓인데."

"아마네가 세세하게 너무 신경 쓰는 탓이야. 안 그러니?"

시호코가 고개를 갸웃거리며 마히루에게 동의를 구하지만, 마히루는 난처한 듯 희미하게 웃기만 했다.

(어머니가 이상한 소리를 해서 내 딴지를 유도하는 건 마히루도 아나 보구나.)

쓴웃음이 아니라 이러지도 저러지도 않게 애매모호한 웃음을 띤 마히루에게, 아마네는 솔직하게 말해도 된다고 마음속으로 메시지를 보냈다.

"적어도 마히루는 동의하지 않았어."

"말이 많구나. 아무렴 어때. 나는 나대로 마히루짱과 이야기할 게 많은걸."

"쓸데없는 소리를 하려고 들지 마."

"엄마를 못 믿는구나. 걱정하지 않아도, 나도 그 정도는 가릴 줄 알아. 네가 진짜로 싫어하는 일을 할 리가 없잖니. 여자끼리 이야기하고 올 뿐이야."

싱긋 웃는 얼굴로 압박해서는 말릴 방법이 없다. 보험을 드는 차원에서 마히루에게 눈을 돌리자 "괜찮아요."라고 믿어도 될지 어떨지 모르는 자신감을 보인 마히루가 미소를 지었다.

"자, 마히루짱. 가자."

"아, 기다려 주세요, 잠시 집에 가서 준비해야."

뭐 아무리 시호코라도 마히루가 말하지 않으려는 걸 억지로 캐묻지는 않으리라고 믿고, 경쾌한 발걸음으로 손을 잡고 집을 나가는 두 사람을 배웅했다.

집에는 아마네와 슈토만이 남았지만, 아마네로선 완전히 조용해져서 마음이 편해졌다. 아마네는 어머니로서 시호코가 소중하고, 좋아하기도 하지만, 본인의 분위기를 따라가는 것이 힘들고 때로는 짜증이 나니까 해방된 직후에는 안심이 되는 것이다.

"태풍 같다고 할까. 어머니가 오면 좋든 나쁘든 시끌벅적하니까. 평소엔 이렇게 떠들썩하지 않고."

언제나 환하게 아마네에게 웃음을 뿌리는 시호코는 후지미야 일가의 무드 메이커이자 고향 동네의 인기인이기도 하다.

언제나 웃음이 끊이질 않고 수다를 좋아하는 시호코는 타인과 잘 소통하고, 인자하면서도 쳐낼 때는 거침없는 면이 있다. 남들이 좋아하기 쉬운 사람이라고, 아들인 아마네도 그렇게 여긴다.

밖에서든 집에서든 그 기질은 변함없어서, 가족들만의 공간에서도 엄청나게 떠들썩하다.

"너희는 평소에 말을 많이 안 하니?"

"말을 많이 안 하기 이전에, 어머니만큼 흥분하지 않아."

둘이서 있을 때 서로 잔잔하게 대화하는 성격이고, 원래부터 아마네와 마히루는 말이 많지 않다. 아무 말 없이 옆에 있으면서 조용히 지내는 경우도 많으니까 시호코처럼 활력이 넘치는 대화를 연발하는 일은 별로 없다.

"하하, 두 사람 다 차분하니까 말이지."

"어머니가 그냥 방정맞은 거잖아?"

"어허, 그렇게 말하면 못쓰지. 네가 자주 못 봐서 그렇지, 시호코 씨도 집에서는 의외로 조용해."

"어? 어머니가 조용히 있는 건 상상할 수 없는데."

아마네가 기억하는 한에서, 시호코는 활기찬 사람이었다.

언제나 구김살 없이 웃고, 놀리는 듯하면서도 자상한 언동을 빼먹은 적이 없다. 밝게 그 자리를 따스하게 하는, 태양과도 같은 존재였다. 적어도 아마네는 그 활달함에 여러 번 도움을 받았다.

말을 안 하면 좀이 쑤시는 걸까? 그렇게 생각할 정도로 활력이 넘치는 사람임을 지금껏 보고 산 아마네는 차분한 어머니를 상상할 수 없다.

"후후, 아마네에게는 시호코 씨가 떠들썩한 사람으로 보일 테니까 말이야."

"아버지한테는 어떻게 보이는데?"

"그렇구나. 나한테는 외로움을 많이 타는 애처럼 보여. 아마네가 여기로 이사 간 이후로 자꾸 외롭다고 했으니까."

"그런 낌새는 안 보였는데?"

농담으로 웃으면서 외롭다고 말한 적은 있었지만, 진심으로 쓸쓸하게 여긴다고는 생각해 본 적도 없었다.

아마네의 의사를 단단히 존중해 준 시호코는 아마네가 이 지역으로 진학할 때도 웃는 얼굴로 배웅했고, 만류하는 모습도 전혀 보이지 않았다. 슈토가 말한 '외로움을 많이 타는 사람' 평가는 아마네 자신이 내린 평가와는 너무 거리가 멀다.

얼굴을 보고 아마네가 놀란 걸 눈치챈 듯한 슈토는, 조금 난처한 듯이 눈썹을 내리고 웃는다.

"시호코 씨도 뭐가 좋고 나쁜지 분별할 줄 아는 어른이니까, 아이를 떠나보내야 하는 걸 알아. 보내고 싶어 하지 않는 눈치를 보이면, 아마네가 신경을 쓰겠지? 아마네는 자기 갈 길을 정했는데, 부모의 감정이나 형편으로 만류해서는 안 된다고 겉으로는 드러내지 않으려고 했으니까."

"그걸 나한테 말하면 안 되잖아."

"그러네. 비밀로 하자."

얼굴에 약간 장난기 섞인 웃음을 띤 슈토를 본 아마네는 차마 뭐라고 말할 수 없는 기분이 들어서 입을 꾹 다문다. 슈토는 그런 아마네를 부드러운 눈빛으로 바라보았다.

"아마네는 신경 쓰지 않아도 돼. 나도 시호코도, 네가 건강하고 행복하게 지내는 게 제일이야. 정말로 너답게 살아주는 것, 부모로서는 가장 큰 행복이야."

"그래. 나는 정말 행복해."

"그렇다면 다행이고. 나도 그런 아들이 있어서 참 다행이야."

슈토가 한없이 맑은 눈으로 미소를 지어서, 아마네도 솔직하게 받아들일 수 있었다.

왠지 모르게 쑥스러운 기분이 들지만, 그것이 편하게 느껴지는 건 아마네의 모난 부분이 세월과 주위 환경을 통해 둥글어진 덕분이리라.

삐딱한 느낌이 강했던 예전의 아마네라면 부모님의 말씀을 순수하게 받아들일 수 없었을 것이다.

"그래서, 아마네에게 한 가지 이야기하고 싶은데."

"무슨 이야기인데……?"

그러고 보니 슈토는 아마네에게 뭔가 하고 싶은 말이 있다며 집에 남았다. 그걸 떠올리며 아마네가 고개를 갸우뚱하자 슈토는 의도를 알 수 없는 온화한 미소를 지었다.

"그래, 내가 봐도 알겠지만, 시이나 양과는 정말 사이좋구나."

"그건…… 그래. 사귀어서 그런 것도 있지만, 사이는 꽤 좋다고 생각해."

놀리는 기색 없이 감탄한 듯, 안심한 듯한 목소리. 그래서 아마네도 말에서 가시를 빼고 대답했다.

슈토가 두 사람의 교제 사정에 관해 꼬치꼬치 캐묻는 성격은 아니라는 걸 알지만, 역시 그쪽 방면으로 물어볼 것 같으면 경계하고 만다.

다만 아마네가 예상한 질문은 없이 기쁜 듯 "사이좋은 건 좋은 일이야."라고 미소를 지으니까 경계심이 풀린다.

"정말이지, 아버지는 아무 말도 안 하네."

"물어보면 부끄러워하는 게 아마네니까. 삐칠 거고."

"시끄러워."

전부 꿰뚫어 보는 것 같아 민망하다. 눈을 돌리자 웃음소리가 들렸다.

"게다가 봐서는 아직 아무것도 안 한 것 같으니까."

사레가 크게 들렸다.

확신한 듯한 말투니까 어떤 의미론 어머니보다 질이 나쁘다. 사레가 들린 호흡을 가다듬고 슈토를 보니 평소와 똑같은 미소가 맞이한다.

"뭐, 내가 이러쿵저러쿵할 일은 아니겠지? 너라면 잘 생각하고 지낼 테니까. 네 장점이면서 손해 보는 점이야."

"나중 일을 생각하면 이게 옳아."

"내 아들이지만 고등학생인데도 이성적이라고나 할까. 뭐, 홀딱 반한 건 잘 알지만."

"어쩔 수 없잖아."

"그래, 그렇지."

나도 그랬다며 잠시 웃던 슈토는 문득 미소를 억제한 표정으로 아마네를 바라본다.

"그래서, 본론을 말하겠는데."

"응?"

"비용은 걱정하지 않아도 되는데?"

그 한마디에, 아마네는 몸을 굳혔다.

아마네도 마히루도 모두 장차 결혼할 것으로 인식하고 있다. 그렇기에 지금은 마히루의 몸과 장래를 생각해서 지금은 육체적 관계를 갖지 않기로 했다. 서로가 납득해서, 어젯밤에 정한 일이다.

그 이후의 현실적인 문제——금전 문제나, 마히루의 부모님에게 허락받는 일 등은 마히루에게 이야기하지 않고 아마네 혼자 생각하고 있다.

결혼한다면 당연히 금전 문제가 생긴다. 예식이나 주거, 수입 등은 어떻게 할지, 호적에 이름을 올린 뒤를 생각하면 꿈만으로 먹고살 수 없다고 생각하고는 있었다.

그걸 설마 아버지가 말할 줄은 몰라서 경직했는데, 슈토는 역시나 하는 식으로 쓴웃음을 짓고 있다.

"전부터 너희 분위기로 봐서 각오는 했겠다고 생각했었어. 너라면 한번 진심으로 정한 걸 굽히지 않을 거고, 결심은 변하지 않겠지. 오로지 성실하게 사랑할 거라고. 정말 우리와 똑 닮았어."

"아버지도 첫사랑이었어?"

"어렸을 적의 '엄마랑 결혼할래!' 를 제외하면 그렇지. 아마네도 그랬잖아?"

"그건 예외야."

희미하게 소리를 내며 웃는 슈토에게서 눈을 돌린 건 어쩔 수 없는 일이리라.

솔직히 말해서, 어린 시절 시호코에 대한 결혼 선언은 아마네의 흑역사에 가깝다.

상식도 가치관도 배양되지 않은, 게다가 좋아하는 인간이 한정되는 어린아이의 헛소리. 지금 파헤쳐 봐도 다들 농담인 걸 알겠지만, 부끄러운 건 사실이다.

가끔 시호코가 '옛날에는 나랑 결혼한다고 했으면서.' 라고 끄집어내는 바람에 혈압이 오를 때가 있지만, 슈토가 슬쩍 말하면 그저 부끄럽다는 생각만 든다.

"농담은 그만하고. 아무튼 너라면 더 앞을 생각하겠구나 싶어서. 아마네 넌 똑똑하니까, 네 마음만으로 앞으로 있을 문제를 전부 해결할 수 있다고 생각하진 않았겠지?"

그렇게 모든 걸 꿰뚫어 본 것처럼 여유롭고 부드러운 미소에 조금 소름이 돋는다.

아마네도 그걸 아니까 어떻게 할지 고민했다. 다른 사람에게 상담할까도 생각했지만, 설마 슈토가 먼저 말을 꺼낼 줄은 아무도 생각하지 않을 것이다.

"나는 아버지가 무서워."

"아버지니까 말이야, 아이의 생각이 훤히 보이는 법이야."

이렇게 말하면 보통은 허풍이라고 의심하기 쉽지만, 슈토가 말하면 정말 뭐든지 아는 것 같아서 웃어넘길 수 없다. 실제로 아마네의 마음속 갈등을 간파한 상태에서 전부 이해하고 물어보는 거니까, 이쯤이면 오싹한 수준이다.

"정말이지. 혼자 다 끌어안으려는 것도 너다워."

"나 혼자 멋대로 정한 거고, 어느 정도 잘 계획한 다음에는 마히루한테도 말할 작정이었어."

"이렇게 젊었을 적부터 거기까지 계획하려고 하는 건 칭찬하지만, 한 사람…… 아니 둘이서는 한계가 있다고 봐. 쓸 수 있는 건 부모라도 쓰라고 하잖아?"

"그렇다고 부모님한테 매달려서도 안 되지."

아마 부모의 좋은 뜻으로 말하는 거겠지만, 아마네는 부모님을 너무 의지했다.

이렇게 혼자 고향을 떠나는 걸 허락받고, 금전적인 어려움 없이 생활하고, 상의하는 일도 없이 장래를 결정하려고 했다.

자기밖에 모른다는 소리를 들어도 쌀 짓을 했는데도, 슈토는 아마네의 망설임 따위는 아랑곳하는 기색도 없이 "이상한 부분에서 소심하구나."라고 웃어넘기고 있다.

"이런 점은 현실적인 문제로서 부모를 의지해야 한다고 봐. 나로서는 아마네의, 그리고 시이나 양의 부모로서 축복하고 싶어. 오히려 시이나 양 같은 아이는 걱정 없이 행복했으면 좋겠고, 아들도 행복하길 바라니까. 이 정도는 하게 해줬으면 좋겠어."

"그런 건 우리 힘으로 해야 하는 거 아니야?"

"언제가 되는 거야, 그건?"

"윽."

그 말을 들으면 힘들다.

둘이서 전부 하려면 사회에 나가서 몇 년이나 저축해야 간신히 마련할까 말까 한 수준이리라. 여자들의 꿈인 예식은 빠뜨리고 싶지 않고, 마히루의 웨딩드레스나 전통 혼례복 차림도 보고 싶다.

다만, 그것이 마히루를 기다리게 하는 행위라는 것도 아니까 고뇌하고 있었다.

"그렇게 시이나 양을 오래 기다리게 하고 싶어? 특히, 여자에게 시간이란 귀중한 거야."

"윽. 그래도 말이야."

"나는 결혼식이 독립의 출발점이고, 마지막으로 부모에게 드릴 큰 선물이라고 생각해. 귀여운 아들딸이 부모 곁을 떠나서 부부로 살아가니까, 그만큼 부모도 돕게 해줬으면 좋겠어."

미소를 짓고 커피를 입에 댄 슈토는 입을 축이고 나서 다시 입을 열었다.

"물론, 꼭 너희가 전부 해야겠다면, 그 결단을 지지하겠지만. 그렇지 않다면 시이나 양의 부모님 몫까지 우리가 축복하게 해줬으면 좋겠어."

슈토와 시호코가 마히루의 가정환경을 알고 부모를 대신할 작정이라는 건 아마네도 알고 있었다. 친딸처럼, 아들의 반려처럼 마히루를 아껴주는 건 보기만 해도 알 수 있다.

본인 말대로 지금까지 주어지지 않았던 마히루의 부모님 몫만큼, 마히루에게 부모의 애정을 쏟는 거겠지. 그러니까 타협하려는 것처럼 말하면서도 양보할 마음이 없다는 것도 알았다.

정말로 의지해도 되는 걸까? 그 생각을 꿰뚫어 본 것처럼 웃은 슈토는 아마네의 머리칼을 거칠게 쓰다듬었다.

"너는 옛날부터 부모에게 어리광 부리는 것도, 의지하는 것도 서툴렀지, 괜찮지 않을까? 우리도 부모다운 일을 하게 해줘."

"충분히 어리광을 부리고 있어."

"그렇지 않아. 반항기가 오지 않은 대신 자립심만 먼저 자라서 쓸쓸했는데?"

거칠게 쓰다듬는 손을 멈출 생각이 없는 슈토. 아마네도 그 손을 굳이 막지 않았다.

낯간지럽고, 쑥스럽지만, 싫지는 않다. 부모에 대한 신뢰와 안심감이, 이 행위를 순순히 받아들이게 하고 있었다.

"아마네가 부모가 되어서 손자 얼굴을 보여주면 돼. 효도는 너희 생활이 안정되고 나서라도 좋으니까. 다행히 나도 시호코도 건강해. 건강에 유의하고 있고, 집안 내력을 봐도 장수할 거야. 죽기 전에만 좋은 느낌으로 보답하면 돼."

싱글벙글 웃으며 아마네를 어린애처럼 대하는 슈토에게 이 사람들의 아들이라서 다행이라고 가슴에 북받치는 기분을 느끼면서, 아마네는 눈꼬리를 내리고 아이 취급을 달게 받아들였다.

마히루와 시호코가 쇼핑을 마치고 집으로 돌아올 무렵, 슈토도 아마네를 어르는 듯한 눈빛과 몸짓에서 평소의 모습으로 되돌아가고 있었다.

이대로 마히루 앞에서도 어린애 취급을 받는 것은 참을 수 없으니까 다행이지만, 아주 조금은 서운하기도 하다.

하지만 마히루 앞에서는 당당한 남자로 행세하고 싶어서, 아마네는 조금 전 일을 제쳐두고 침착한 표정을 지으며 두 사람을 맞이했다.

"잘 다녀왔어? 쇼핑과 이야기는 끝났고?"

"물론이야. 그러지? 마히루짱."

"네……."

웃으면서 당당한 시호코와는 대조적으로 마히루는 뭔가 몸을 꼬물꼬물 움츠리는 걸 보면 십중팔구 쓸데없는 소리를 들었을 것이다.

다만 그걸 알아내는 건 지금이 아니므로 일부러 무시하고 짐을 받는다.

시선으로 훑듯이 마히루를 보자 얼굴을 붉히는 걸 보면, 쓸데 없는 소리를 했다는 의심이 확신으로 바뀐다. 아마네는 기가 막힌다는 눈치로 시호코를 봤다.

정작 시호코는 태연하게 웃고 있다.

잘 모를 성취감에 찬 웃음이어서, 마히루에게 대체 무슨 헛소리를 했는지 추궁하고 싶어진다.

"제발, 이상한 걸 가르쳐 주지 마."

"어머나, 이상한 건 가르치지 않았는데? 그저 함께 지낼 때 중요한 걸 조언했을 뿐이야."

"그건 우리가 앞으로 천천히 배워야 할 일이 아니야?"

"남자애한테는 가르칠 수 없는 일이니까 상관없어. 인생 선배의 지혜는 배워야 해."

"그건 내가 마히루한테 물어봐도 되는 거야?"

"곧 알게 될 테니까 문제없어. 성미가 급한 남자는 꼴불견이야."

그런 말을 들으면 아마네도 입을 다물지 않을 수 없다.

마히루도 이야기하고 싶은 눈치가 아닌 것 같고, 여자끼리 진지하게 할 이야기가 있다는 것도 아니까 억지로 물어보지 말아야 할 것이다.

하지만 지금까지 시호코가 보인 행동을 생각하면 완전히 신뢰해도 될 것 같지는 않다. 따라서 물어보든 말든 유념해 둘 필요가 있을 것 같았다.

생글생글 웃는 시호코에게 차가운 눈빛을 보내고, 아마네는 슈퍼마켓 봉투에 담긴 신선식품을 주방으로 옮겨 냉장고에 넣는다.

오늘은 아마네의 집에서 저녁 식사를 하고 호텔로 돌아간다고 해서 음식 재료가 4인분이다. 평소보다 두 배는 많다. 그게 왠지 멋쩍었다.

"아마네 군은, 궁금하나요?"

손 씻기를 마친 마히루가 살짝 얼굴을 내밀자, 아마네는 조그맣게 어깨를 움츠린다.

"궁금하지 않다고 말할 순 없지만, 나도 아버지와 여러 가지를 이야기했고, 그걸 마히루에게 가르쳐 줄 마음은 아직 없으니까 피장파장이야."

"어? 무, 무슨 이야기를 했는데요?"

"비밀."

평소 마히루가 그러는 것처럼 장난스럽게 웃으며 채소를 채소 보관용 칸에 넣는 아마네를 본 마히루가 안절부절못하는 기색으로 등을 툭탁툭탁 때리니까 무심코 웃음이 나온다.

'——뭐, 아마네가 마히루에게 해주고 싶은 것이 있다면 우

리는 참견하지 않을게.'

머리를 쓰다듬은 뒤, 슈토가 한 말.

아마네도 그것까지 부모님께 의지할 마음은 없으니까 아르바이트를 해서 자금을 마련할 것이다. 대학 준비도 소홀히 할 생각은 없으니까 양립할 수 있도록 더욱 노력해야 한다.

(키도한테 부탁해야 할 것 같은걸.)

반쯤 농담으로 한 말일지도 모르지만, 예전에 같이 일해 보지 않겠냐는 말을 들은 적이 있다. 그렇다면 그걸 의지하는 게 좋을 것이다. 접객은 자신이 없지만, 사회 경험을 쌓는다는 의미로도 딱 좋다.

앞으로 여러모로 노력해야 할 일이 많겠구나. 그렇게 절실히 고개를 끄덕인 아마네를 마히루가 차분하지 못한 기색으로 올려다본다.

아마네는 그런 마히루에게 웃으며 다시 "비밀이야."라고 말하고는 기분 좋게 냉장고 문을 닫았다.

제3화

목표를 향한 첫걸음

『어? 점장님한테 물어봤을 때 일손이 필요하다고 했으니까 아마 문제없을 거야.』

곧장 다음 날도 휴일인 것을 이용해 지난번 문화제를 준비하면서 아야카와 교환한 연락처로 연락해 보니 아무렇지도 않게 대답했다.

아르바이트를 한다고 해도 어디서 할지 고민하다가 얼마 전 아야카가 한 말이 생각나 사회 공부와 함께 자신의 인상을 개선하고자 의지한 것이다.

일단 마히루에게는 비밀로 놀라게 해주고 싶었고, 알리고 싶지 않은 이야기라서 맨션 입구 근처에서 이야기하고 있었다.

아마네로선 역시 처음에 물어봤을 때 거절해 놓은 주제에 갑작스럽게 부탁하면 제아무리 관대한 아야카라도 난색을 드러내지 않을까 생각했는데, 너무나도 담백한 대답이라 오히려 곤혹스럽다.

"저기, 면접 같은 건."

『아마 할 것 같은데 그냥 합격하지 않을까? 내가 소개하면 인성에는 문제가 없다는 뜻이니까. 이래 보여도 난 일하는 데서 진짜 성실하고 착한 아이로 통하니까, 점장님의 신뢰도 두텁거든.』

딱히 의외인 것도 아니지만, 아야카는 일하는 곳에서도 본인의 좋은 성격으로 신뢰받는 듯하다. 아야카는 성실하고, 친근하고, 싹싹하고, 활기차다. 그 점은 아직 교우 관계가 짧은 아마네도 아니까 당연히 사람들에게 인기가 있겠지.

'에헴.' 하고 전화 저편에서 가슴을 편 모습이 상상될 법한 소리를 내는 아야카에게 무심코 웃음이 나온다.

『나는 딱히 소개해도 상관없지만, 후지미야 군은 이런 일로 괜찮아?』

"뭐, 접객은 익숙해지면 되는 일이라고 보니까."

『음, 그런 뜻이 아니라. 이거 시이나 양은 납득했어? 그 이전에 설명하기는 한 거야?』

"아, 아니, 아직 상의하지 않았다고 할까."

『그렇다면 잘 상의해 보는 게 좋지 않을까? 우리 알바는 시급이 좋지만, 시이나 양이 질투하지 않을까?』

"윽, 그건."

지금 아마네가 부탁하는 아르바이트 자리는 아야카가 일하는 곳이다.

문화제 의상을 대여해 준 곳이며, 다시 말해 그 의상을 입고 접객하는 카페라는 뜻이다. 그 카페에서 일한다면 당연히 아마네도 문화제 때와 비슷한 의상을 입고 접객하게 될 것이다.

만약 아마네가 아무 말도 없이 일한다면, 그 사실을 알았을 때의 마히루는 도저히 마음이 편하지 않을 것이다.

　문화제 당시 여자 손님이 아마네에게 연락처를 알려달라고 부탁했을 때는 마히루가 무척 토라졌기 때문에, 마히루를 불안하게 하는 짓은 하고 싶지 않다. 물론 아마네가 다른 여자에게 바람을 피우는 일은 있을 수 없고, 마히루도 아마네가 그러지 않으리라고 믿겠지만, 심적인 문제는 별개일 것이다.

『애초에 왜 갑자기 알바하려고 생각했어?』

　소박한 의문이라는 식으로 질문을 받고, 아마네는 입을 다물었다.

　비밀로 해 달라고 부탁하면 아야카도 마히루에게 말하지 않을 것이다. 하지만 반지를 살 돈을 모으기 위해서라고 설명하는 것은 부끄럽다.

　아마도 지인 모두가 아마네가 마히루를 끔찍하게 아끼는 것을 알 것이고, 아마네 자신도 그걸 잘 안다. 하지만 반지를 선물하고 싶어서 그러는 것이라고 설명하긴 어려웠다.

　그러나 말하지 않으면 아야카는 납득하지 않을 것이고, 애초에 일자리를 소개해 주는 상대에게 숨기는 건 좋지 않을 것이다.

　"저기, 아무에게도, 특히 마히루에게는 말하지 않아 줄래?"

『아～ 이해했어. 시이나 양에게 뭔가 선물하고 싶은 거구나. 크리스마스 선물?』

　"크, 크리스마스 선물이랄까……. 그게, 내년 일인데 말이야. 그게, 반지를 주고 싶다고 할까……."

말꼬리가 미묘하게 움츠러드는 걸 실감하면서도 대답하자, 침묵이 찾아왔다.

학생 신분으로 너무 급발진한 걸까? 아마네가 속으로 그렇게 초조해하면서 상대의 말을 기다리고 있는데, 아야카는 10초 정도 침묵한 후 『어휴, 전화가 너무 뜨거웠어.』라고 조그맣게 중얼거렸다.

『그렇구나. 후지미야 군의 의도는 이해했고, 납득도 했습니다.』

"응. 그건, 내 힘으로 사고 싶어서."

『그렇구나. 그럼 우리 가게는 그만두는 게 좋을지도 몰라. 후지미야 군이 시이나 양을 위해 노력한다고는 하지만, 애인이 여자와 얽힐 것 같은 장소에서 일하는 건 시이나 양도 달갑게 여기지 않을걸.』

"그렇구나. 생각 없이 말해서 미안해."

참으로 지당한 말이라서 그렇게 대답하며 '집으로 돌아가 다시 구직 사이트라도 볼까.' 하고 앞으로의 예정을 머리에 떠올릴 때, 계속해서 『그 대신에.』라는 말소리가 다시 들린다.

『다른 카페라도 괜찮다면 소개할게. 우리 이모가 하는 카페인데, 조용하고 손님 연령층이 높은 곳이니까 후지미야 군 성격에도 맞지 않을까?』

"그건 기쁘지만……. 키도는 거기서 안 일해?"

그런 인연이 있고, 더군다나 친척이라면 그쪽에서 일하지 않을 이유가 없다고 보는데, 전화 너머의 아야카는 뭐라고 말하기 어렵다는 듯이 『아…… 음…….』 하고 말을 흐리고 있다.

『음, 나는 있지. 이모랑은 파장이 안 맞는다고 할까…….』

"그런데 소개해 주는 거야? 정말 미안해."

『아, 아니 그런 뜻이 아니거든? 우리 이모는, 뭐랄까…… 너무 귀여워한다고 할까?』

"너무 귀여워해?"

『맞아. 이모는 우리 엄마랑 엄청 친하고, 그 딸인 나도 진짜 예뻐해 주는데…… 너무 귀여움받으면 반대로 자립심이 없어지니까. 일할 때도 태도나 대우가 다르면, 같이 일하는 사람들도 불편할 것 같고.』

싫다는 게 아니라 난처하다는 느낌으로 말하는 걸 보면, 아마도 시호코가 마히루를 대하는 느낌이리라.

시호코는 마히루가 성실한 것을 알고서 일부러 응석을 받아주려고 하는 거니까 아야카와는 사정이 조금 다르지만.

『그래서 나는 이모네 가게가 아니라 이모가 아는 가게에서 일하는 거야. 뭐, 여기도 조금은 편애해 주는 것 같지만, 그건 내 성격을 좋아해 주는 거라고 자부하고 있어.』

"그래. 키도는 자꾸 보다 보면 엄청 싹싹해서 끌리는 감이 있으니까."

『아무렇지도 않게 그런 소리를 하면 시이나 양이 질투하니까 적당히 해. 내 사정은 어떻든, 후지미야 군만 괜찮다면 이모한테 확인해 보고, 확인되면 견학을 가는 건 어떨까? 그렇다면 후지미야 군도 현장을 보고 판단할 수 있을 테고, 일하기 편하지 않을까?』

"그러면 나도 좋지만…… 그렇게까지 해줘도 괜찮겠어?"

『당연히 괜찮지. 후지미야 군이 시이나 양을 좋아하는 건 아니까, 돕게 해 달라고요. 뭐하면 반지 상담도 받아줄 수 있거든요?』

"그건 뭐, 그때 가서 치토세와 함께 부탁할지도 몰라."

『후후, 맡겨만 주시라.』

반지 쪽은 여자들 의견도 듣는 게 좋을 것이고, 무엇보다 치토세는 아마네와 마히루를 계속 지켜봐 주었으니까 상의하지 않을 수 없다. 가능하다면 두 사람도 도와줬으면 좋겠다.

어차피 더 나중 일이므로 애매하게 약속하고, 『나중에 또 연락하거나, 학교에서 보고할게.』라는 아야카의 말을 끝으로 전화를 끊었다.

"아르바이트를, 한다고요?"

집으로 돌아가 거실에서 쉬고 있던 마히루에게 말을 걸자 뜻밖이라는 눈으로 봤다.

"어째서 이 시기에 갑자기. 내년부터 수험생이고, 애초에 지금쯤이면 입시 공부를 시작해야 할 무렵이에요."

역시 아르바이트 자체는 숨길 수는 없어서 솔직하게 말했는데, 마히루는 지극히 타당한 의문을 제기했다.

일단 선물하는 그날까지는 되도록 마히루에게 숨기고 싶지만, 2학년 후반이라는 본격적인 수험 준비 기간에 돌입하려는 시기에 아르바이트를 시작하는 것이 조금 이상한 건 아마네 자신도 잘 알았다.

"어, 그게 있지. 꼭 갖고 싶은 것이 있어서 말인데."

"갖고 싶은 게 있어요?"

"그리고 사회 경험을 쌓는다는 목적도 있어. 물론 면학에 지장을 줄 정도로 많이 일할 마음은 없어. 내년에 동아리 활동을 은퇴하는 애들이 생길 즈음이면 필요한 만큼 모일 테니까, 입시 준비가 본격적으로 시작되기 전에는 공부에 집중하고 있을 거야. 성적을 생각해도 조건만 봐서는 동아리 활동을 하는 사람과 비슷할 것 같아. 성적은 내가 노력하기 나름이니까, 떨어뜨릴 생각은 없어. 설사 떨어지더라도 아르바이트 탓으로 돌리지는 않아."

지금은 아르바이트도 안 하고 곧장 귀가하니까 동아리 소속인 학생보다 여유가 있어서 공부에 집중할 수 있지만, 아르바이트를 하기 시작하면 필요한 노력이 달라질 것이다.

굳이 따지자면 공부 쪽으로는 요령이 좋은 편이라고 생각하지만, 아르바이트에 시간을 투자하면 그만큼 지금까지의 노력으로 성적을 유지하기 어려워진다.

다만 아마네로선 진학과 마히루와의 장래 중 어느 한쪽도 포기할 생각이 전혀 없으므로, 이전보다 자습을 늘리고 수업을 똑바로 들어서 그때그때 몸에 익히고 싶다.

비록 그것이 엄청난 고생을 떠안는 행위라 할지라도, 아마네는 의지를 굽히거나 물러나지 않는다.

그런 결의로 진지하게 바라보자 마히루는 난처한 듯이 눈꼬리를 내렸다.

"아뇨. 제가 참견할 일도 아니고, 거기까지 생각했다면 아마네 군의 선택을 존중할게요. 저기, 함께 보내는 시간이 줄어드는 건 쓸쓸하지만……."

조금 쓸쓸하게 미소를 짓는 마히루를 보는 바람에 결심이 흔들릴 것 같지만, 이것만은 양보할 수 없어서 작게 웃는다.

"미안해. 그 대신 아르바이트가 없는 날은 마히루와 함께 보내는 시간을 우선할게."

"아마네 군은 항상 저를 우선하기만 하니까, 자신을 우선해도 되는데요?"

"내 마음을 우선한 결과 마히루를 우선하는 것으로 이어지는 거니까 괜찮습니다."

결국 자신만을 우선해도 마음이 채워지는 일이 없다. 마히루와 함께 있어야 만족하니까, 마히루가 행복한 것이 아마네에게도 행복한 것이다.

마히루의 행복이 아마네의 행복과 직결할 정도로 반했다는 건 알고, 낯간지러운 기분도 들지만, 역시 좋아하는 사람이 기뻐하는 모습을 보는 게 가장 뿌듯하다.

그러니까 마히루를 멀리하거나 무시할 마음은 추호도 없다고 똑바로 바라보자, 아마네의 말이 본심에서 오는 것임을 잘 아는 마히루는 입술을 꼭 다물고 아마네의 팔뚝에 이마를 대고 꾹꾹 문질렀다.

제4화　　**새로운 교류**

　문화제 대체휴일이 끝난 학교는 아직 문화제의 열기와 흥분이 학생들 사이에서 가시지 않았는지 다소 들뜬 분위기였다.

　굳이 따지자면 차분한 편인 아마네의 반도, 평소보다 더 떠들썩하다. 때때로 어느 반의 누구와 누가 사귀기 시작했다고 소곤소곤 말하는 반 아이가 있어서, 문화제는 그러한 남녀 교제에도 영향을 미치고 있는 것임을 통감했다.

　가끔 이쪽에도 시선이 오는데, 주로 마히루를 향하고 있기 때문에 문화제 때 마히루의 의상을 이야기하는 걸지도 모른다.

　"안녕."

　약간 졸린 듯한 이츠키가 교실에 들어와 제일 먼저 아마네에게 다가온다. 아마네는 슬그머니 손을 흔들어 "안녕." 하고 대답하면서 이츠키의 얼굴을 봤다.

　노래방에서 고민을 밝혔던 이츠키가 그 뒤로 집에 가서 어땠는지는 묻지 않았다.

　만일 다이키 씨한테 무슨 말을 들었다면 침울해지거나 기분이 나빠졌을 법도 한데, 봐서는 지극히 정상적인 표정이라 내심 안도했다.

"시이나 양도 안녕. 오늘도……응?"

"안녕하세요. 무슨 일이세요?"

당연하다는 듯이 옆에 있던 마히루에게 싱긋 웃으며 인사한 이츠키가 그 얼굴을 보고 문득 의아한 듯 눈을 가늘게 뜬다.

그리고 무엇인가를 확인하듯 바라본 후 뺨을 긁적인다.

(왜 그런 얼굴로 보는데?)

아마네를 보고 뭔가 말하고 싶은 눈치여서, 아마네로선 무슨 문제가 있냐고 덩달아 눈을 가늘게 뜨지만, 이츠키의 시선은 뭔가 질책하는 느낌이 아니어서 영문을 모르겠다.

"아마네, 이리 온."

"뭐?"

"얼른."

어째서인지 아마네를 호출해서 노골적으로 눈썹을 세우고, 이츠키를 따라 교실 구석으로 이동한다.

그러자 이츠키가 다른 사람들의 시선을 조심하듯이 아마네에게 다가와 슬쩍 입을 연다.

"저기, 시이나 양과 선 넘었어?"

"뭐?!"

이상하게 소리를 지르는 바람에 무슨 일인가 싶어 멀리서 마히루가 바라본다. 그래서 아마네는 터무니없는 소리를 듣고 수치심으로 뺨이 물들려는 것을 꾹 참고 '아무 일도 아니야.' 라는 뜻으로 손을 흔들었다.

그리고 마히루의 시선이 잠시 원래대로 돌아간 순간에 이츠키를 노려보는데, 황당해하는 이츠키의 표정을 보는 바람에 차마 뭐라고 말할 수 없게 되었다.

"야, 왜 자리를 옮겼다고 생각하는 거야? 자폭하지 마."

"자폭은 무슨. 네가 갑자기 이상한 소리를 하니까 그렇지."

"이상한 소리? 그 뭐냐, 너희가 풀풀 풍기는 분위기를 모르겠냐……. 왠지 시이나 양의 느낌이 평소와 다르고, 애초에 네 거리감도 다르다고나 할까. 원래부터 교제 사실을 폭로한 뒤로 가깝긴 했지만, 분위기가 말이지."

뭔가 분위기가 다르다. 그런 소리를 들은 아마네는 잠시 마히루를 슬쩍 봤다.

마히루는 아마네의 자리에서 조용히 기다리면서, 아리송한 눈치로 이쪽을 바라보고 있다. 시선이 마주치면 수줍어했다.

"별로, 변한 게 없잖아."

"사실을 똑바로 보지 못하는뎁쇼. 뭐, 확실히 너희는 항상 꽁냥대지만 말이야. 그 뭐냐, 문화제 때보다 사이에 감도는 공기의 질이 다르다고. '우리는 이제 서로를 잘 알아요' 같은 분위기가 난단 말이지."

"네가 상상하는 일은 없었어."

"오호……?"

"적어도 끝까진 안 했어."

아마네가 두루뭉술하게 표현하자 다 알겠다는 듯이 이츠키가 실실 웃기 시작해서, 그 짜증 나는 얼굴을 일그러뜨리려고 옆구리를 주먹으로 찌른다.

찌르는 것치고는 다소 힘이 실렸지만, 이츠키에게는 큰 타격이 없었던 모양이다. "부끄럽다고 얼버무리지 마."라면서 웃고 있다.

　짜증이 나서 발을 밟았다가 슬쩍 한숨을 쉬었다.

　변화를 깨달은 이츠키의 예리함은 오싹하지만, 어찌 됐든 아마네와 마히루의 장래에 관해서는 이츠키나 치토세에게도 전할 생각이다. 어디까지 서로의 몸을 알았는지는 말할 생각이 없지만, 장래를 시야에 두었다는 것 정도는 전해야 할 것이다.

　"애초에, 아직 할 생각은 없어. 마히루와 약속했으니까."

　"약속?"

　"책임질 수 있을 때까지는, 하지 않아. 평생 책임질 생각이니까, 그때까지 기다려 달라고."

　막상 남에게 말하기에는 부끄러운 약속임을 알면서도 고백하자 이츠키는 눈을 동그랗게 뜬 후 미묘하게 어이없다는 듯, 감탄한 듯, 그렇게 상반된 감정을 내포한 눈으로 아마네를 본다.

　"너의 그 인내심과 성실함은 진짜 대단하고, 존경도 하지만, 여러모로 괜찮겠어?"

　"괜찮지 않을지도 모르지만, 괜찮아. 소중히 여기고 싶고, 그게, 진심이니까."

　앞으로 인생을 함께할 파트너를 찾았으니까, 상대를 존중하고 소중히 여기고 싶은 것이다.

　솔직히 말해 참을 수 있을지 조금 불안하긴 하지만, 약속을 어기는 건 스스로 부끄러워서 할 수 없으므로 참을 생각이다.

"아마네답다고 할까, 진짜 홀딱 반했구나."

"시끄러워."

"뭐, 그 정도로 진심이면 시이나도 기뻐할 거야. 덧붙여서 더 못 참을 것 같다면 말해. 도움이 되는 아이템을 증정하지."

"무엇을 주려는 건지는 알겠지만, 쓸데없는 참견이야."

"그렇게 폼 잡다간 너만 후회할 거 같은데……."

그런 천박한 걱정을 친구가 하면 마음이 복잡해지니까 단호히 거부하지만, 이츠키는 못 말리겠다는 심정을 태도로 드러내듯 어깨를 으쓱하고 있다.

장차 도움을 청할지도 모르지만, 적어도 현시점에서는 의지할 예정이 없고, 애초에 어떻게 입수할지 따지고 싶은 참이다.

이츠키에게 질세라 어처구니없다는 시선으로 받아치면서 요란하게 한숨을 쉰다.

"아무튼 나는 졸업하면 마히루와 함께할 작정이고, 그러기 위해서 지금부터 준비할 거야."

"준비?"

"아, 후지미야 군 안녕~. 왜 그런 데서 비밀 이야기를 해?"

마침 아야카가 교실에 와서 손을 들어 인사하고 아주 느긋하게 다가오면서 신기해하는 눈으로 아마네와 이츠키를 봤다.

"음음? 뭔가 남자애 둘이서 수군대는 게 수상한데. 아카자와 군이 후지미야 군에게 이상한 소리를 했다는 것에 한 표."

"내 신용이 너무 없지 않아?!"

"아하하."

털털하게 웃어넘기는 아야카는 아마네를 보고 말할지 말지 망설이는 모양이었다.

슬쩍 이츠키를 보는 데는 아마도 이츠키가 있는 데서 말해도 되는지, 나중에 다시 용건을 전하는 게 좋을지 하는 의미가 있을 것이다.

아마네로선 아르바이트 자체를 숨길 마음이 없고 이츠키에겐 그 이유도 말할 생각이다. 그래서 아마네가 먼저 "부탁한 일은 어떻게 됐어?"라고 묻자, 아야카는 조금 안심한 듯 웃었다.

"아르바이트 말인데. 이모가 좋다고 했거든. 시간이 되는 날을 알려줬으면 좋겠어."

"응, 알았어. 나중에 또 연락할게."

"네~ 알겠습니다~."

"번거롭게 해서 미안해."

"아니야. 친구가 곤란하면 힘을 보탤 거고, 이모도 내가 의지해 줘서 기쁘대."

슬쩍 난처한 듯이 웃는 아야카에게 아마네도 희미하게 쓴웃음을 짓는다.

이모에게 귀여움받는 아야카는 난처한 기색이지만, 일할 곳을 소개받은 아마네로선 고마울 따름이다. 다음에 정식으로 보답해야 하리라.

나중에 또 이야기하자며 손을 팔랑팔랑 흔들어 자기 자리로 가는 아야카를 배웅하고 이츠키를 보자 다 이해한 것처럼 고개를 끄덕이고 있었다.

"아하. 고생이 참 많겠군."

"예식에 들어가는 돈은 부모님이 내고 싶다고 하셨는데, 반지 정도는 말이야. 내가 선택한 일이고, 내가 바라는 일을 위해서라면 이 정도 고생은 사서 해야지."

역시 평생을 맹세하는 일을 전부 부모에게 맡기는 건 아마네의 자존심이 용납할 수 없으므로, 이건 자기 힘으로 준비해야할 것이다.

아야카에게 일할 곳을 소개받았으니까 전부 자기 혼자만의 힘이 아니라는 생각도 들지만, 원활하게 목표를 달성하기 위해 다른 사람에게 협력을 구하는 건 상관없다고 여겼다.

"너는 진짜 한번 정하면 한결같구나. 훌륭해. 다만……."

"왜?"

"그런 건 나한테 먼저 상의해도 되거든?"

삐친 듯 작게 흘린 말에 눈을 감고, "다음부터는 잘 의지할게."라고 머리를 벅벅 만졌다.

미묘하게 부끄러웠던 듯 이츠키가 손을 쳐내고 어깨를 쿡 찌르는데, 쑥스러워서 그러는 걸 아니까 아마네는 조금 전 이츠키가 그랬던 것처럼 웃어넘겼다.

"아하하, 그러면 잇군도 당연히 삐치지."

점심 식사 후, 아침에 이츠키가 미묘하게 풍한 걸 이상하게 여긴 치토세가 연결 통로로 불러서 사정을 물었다.

솔직하게 말했더니 깔깔 웃으며 등짝을 찰싹찰싹 때리니까 아마네도 눈썹을 곤두세우지만, 치토세의 공격은 그칠 기미가 없다. 오히려 "이러니까 아마네는."이라며 황당해하는 기색마저 섞여서 더 거세지고 있다.

찰싹찰싹하고 아픔보다 충격을 주는 느낌으로 때리는 손에는 뭔가 감정이 담긴 것 같고, 아마네도 자신에게 잘못이 있다는 걸 아니까 생긋 웃는 치토세에게 밀리는 형태로 얌전히 있었다.

"잇군도 이런저런 곳에 교우가 있고 연줄이 있는데 제일 먼저 의지한 게 다른 애라니, 그러면 삐치고 싶어질 거야. 아마네가 제일 친한 사람은 마히룽을 빼면 잇군이니까."

"윽, 그건 미안하지만."

마침 아르바이트를 해 보지 않겠냐고 권한 일이 생각나서 아야카에게 부탁했는데, 이츠키로선 그것이 못마땅했을 것이다.

같은 남자 중에서 아마네와 가장 친한 사람은 이츠키다. 아마네도 지금까지 이츠키를 의지했으니까, 이번에 따돌린 것은 정말 미안하게 여겼다.

평소에 너무 의지하고 있으니까 부담을 주는 걸 피한 거지만, 이번에는 그것이 역효과였다.

"잇군은 의지하길 원했을 거야. 절친이라는 자부심이 있고, 잇군은 아마네에게 도움받은 부분이 있으니까 은혜에 보답하고 싶었던 것 같아."

"도움은 무슨…… 오히려 내가 도움받고 있잖아. 은혜를 갚아야 할 사람은 나니까, 부담을 주고 싶지 않았어."

"아마네는 그게 문제야. 본인의 평가와 다른 사람의 평가가 일치한다고 멋대로 넘겨짚잖아. 잇군은 아마네한테 도움받았다고 생각하니까, 그것까지 부정하면 안 돼. 잇군의 마음도 부정하게 될 거야."

"내 잘못이 맞아."

"뭐, 알면 됐어. 반성했다면 다른 일로 상의하는 게 어때? 물론, 나한테도."

더없이 밝고 환하게 웃으며 아마네를 쳐다보는 치토세에게, 아마네는 뺨을 실룩거렸다.

"혹시 너도 화났어?"

"으흐흐."

묘하게도 생글생글하고 겉과 속이 다르게 보이지 않는 느낌으로 웃는데, 눈은 그런 느낌이 아니다. 언제나 해맑게 웃는 치토세도 지금은 순수하게 웃는다고 보기 어렵다.

"뭐, 그렇지? 1년 반쯤 친하게 지냈는데도 아무 상담도 안 해주니까 슬픈걸."

"으. 지, 진짜 미안해. 다음부터는 조심할게."

"정말이지. 섭섭하다니까. 애초에 우리한테 말하지 않으면 마히룽 몰래 할 수도 없을걸? 깜짝 놀라게 해주고 싶은 거지?"

"지당하신 말씀입니다……."

"그러면 꼭 말했어야지. 안 그럼 곤란해."

치토세가 옆구리를 툭툭 치지만, 이것만큼은 아마네의 자업자득이므로 말릴 수가 없다.

그렇게 한동안 아마네를 주먹으로 툭툭 치며 괴롭힌 후, 기분을 바꾸려는 듯이 숨을 크게 내쉰다.

"뭐, 아마네가 마히루와 장래를 생각하는 건 알았고, 마히루를 진짜 사랑하는 걸 이해했어. 아마네는 옛날 생각이 나지 않을 정도로 마히루가 좋아 죽으려고 하는구나."

"시끄러워."

아마네 자신도 옛날보다 훨씬 마히루에게 푹 빠진 것을 알고, 이전보다 타인과의 거리가 가까워진 것도 느꼈다. 그건 마히루만이 아니라, 이츠키나 치토세 같은 친구들 덕분일 것이다.

좋아 죽겠다는 표현은 조금 못마땅하지만, 마히루에게 반한건 사실이니까 부정할 수 없다.

그렇다고 해서 지적하는 게 달가울 리가 없으므로, 저절로 미간에 주름이 잡힌다.

"아무튼, 나는 이미 결심했으니까. 그러니까, 저기, 협력해주면, 고맙겠어."

여자의 시점에서 도움도 받고 싶고 순수하게 친구로서 힘을 보태 주었으면 해서 허리를 굽혀 머리를 숙이자 치토세가 어이없다는 기색으로 한숨을 쉬는 게 머리 위로 느껴졌다.

"부탁하지 않아도 해줄 건데? 친구의 행복을 위한 일이니까."

"치토세……."

"물론 마히루를 말하는 건데? 아마네는 섭섭하게 해서 등급이 내려갔거든요~."

"끙…… 그건 어쩔 수 없지."

"후후, 농담이래도. 둘 다 소중한 친구니까. 잘되길 바라고,

가능하면 협력할게."

고개를 들자 평소처럼 명랑하게 웃는 머금은 치토세가 가슴을 펴고 있었다. 그래서 아마네도 안도한 느낌으로 웃고 치토세의 어깨를 가볍게 툭 쳤다.

"응? 오늘은 치토세와 따로 간다고?"

그날 방과 후, 여느 때처럼 마히루와 같이 귀가하려고 했더니 미안해하는 투로 거절당했기 때문에, 아마네는 가볍게 웃으며 받아들인다.

애초에 아마네는 마히루를 속박할 생각도 없고, 무조건 함께 해야 할 이유도 없다. 오히려 왜 아마네한테 미안해하는지 모르 겠다.

그렇게 속박하는 사람으로 보였을까 싶어서 평소의 자신을 되 돌아보지만, 마히루는 여전히 미안해하는 눈치다.

"저기, 귀가 시간이 늦어질지도 몰라요. 시호코 씨도 있으니 까 문제는 없겠지만요."

"왜 우리 어머니 이야기가 나와?"

뜻밖의 단어가 뛰어나와서 아마네는 무심코 마히루의 얼굴을 빤히 바라보고 말았다.

아마네의 부모님은 아직 고향으로 돌아가지 않았다. 미리 유 급까지 써서 긴 휴가를 낸 듯, 어머니의 의향으로 관광하고 나 서 돌아간다는 듯하다.

내일 돌아갈 예정이라서 오늘은 이 동네를 돌아다닐 거라고 들었는데, 설마 마히루뿐만이 아니라 치토세까지 끌어들일 줄은 전혀 예상하지 못했다.

"시호코 씨가 치토세 양과 이야기하고 싶다고 해서요……."

"쓸데없는 소리나 할 거라는 예감이 들어."

"아하하, 설마요……."

"어머니라면 그럴 수도 있어. 그때는 마히루가 말려줘."

그렇다고 해도 마히루도 듣고 싶어서 말리지 않거나 시호코의 기세를 막을 수 없을 가능성이 더 큰 것도 아니까 별로 기대하지 않는다.

적어도 흑역사 폭로만은 막아 달라는 간절한 바람을 담아 마히루를 바라보는데, 별로 뜨겁게 쳐다볼 마음이 없었는데도 마히루가 뺨을 물들이며 시선을 돌린다.

그런 마히루에게 귀가 준비를 마친 듯한 치토세가 깔깔 웃으며 홀쩍홀쩍 다가왔다.

"저기요~! 부부 여러분은 지금 뭐 하세요?"

"네가 우리 어머니한테 이상한 소리를 할까 걱정하는 거야."

"마침내 부부를 부정하지 않게 되었구나……. 그 이전에, 서로 빤히 보면서 뭘 하나 싶었더니. 너무 걱정하지 않아도 돼."

"우리 어머니는 별생각 없이 웃으면서 이것저것 폭로하는 타입이야."

"아하. 즉, 남들에게 알려지면 켕기는 일이 있다는 거야?"

"그런 건 아니지만, 어릴 적 이야기를 꺼내면 싫잖아. 너도 옛날 일을 다른 사람의 입으로 듣고 싶진 않을 거면서."

"윽, 그건 뭐……."

치토세는 고등학교부터 알게 된 사이인데, 이츠키나 유타가 말하길 옛날의 치토세는 지금과 정반대 성격이었다고 한다.

치토세는 그게 흑역사나 다름없다며 잘 말하려고 하지 않으니까, 쓸데없이 캐물으려고 했다간 알아서 하라는 눈으로 보자 어깨를 으쓱하고 "알았어."라며 고개를 끄덕여 주었다.

"뭐, 그건 그렇고. 시호코 씨와는 차분히 이야기하고 싶은 것이 있으니까, 아마네와 관계없는 쪽으로 이야기할게."

"무슨 이야기를 하려고?"

"그건 여자의 비밀이야. 그런고로 부인을 빌려갈게."

생글생글 웃으며 마히루와 팔짱을 끼는 치토세. 마히루는 수줍은 듯 시선을 내리면서도 기꺼이 치토세에게 몸을 붙인다.

마히루만 괜찮다면 상관없지만, 도대체 무슨 이야기를 할지 미묘하게 불안하다.

"어? 오늘은 둘이서 같이 안 가?"

되도록 이상한 이야기는 하지 말아 달라고 여기에 없는 어머니에게 마음을 보내며 마히루와 치토세가 사이좋게 밀착한 모습을 지켜볼 때, 불쑥 얼굴을 비치는 여자가 한 명.

예쁘게 묶은 포니테일을 흔들며 친근한 웃음을 띤 아야카는 치토세가 마히루의 손을 잡은 것을 알고 눈을 휘둥그레 떴다.

"키도구나. 둘이서 다른 볼일이 있대."

"그렇구나. 그러면 마히루 양, 남편 빌려가도 돼?"

"네?"

갑작스러운 말에 몸을 굳힌 마히루가 놀란 건 친구라고는 해도 아마네가 여자와 같이 행동해서 그럴까, 아니면 아마네를 남편이라고 불러서 그럴까?

어느 쪽인지는 모르겠지만, 예상하지 못했다는 표정으로 아야카를 바라보고 있다.

"후지미야 군도 다른 약속이 없다면 잠시 나랑 외출했으면 좋겠는데. 아, 시이나 양 안심해. 결코 그런 의미는 아니니까!"

"그, 그건 걱정하지 않지만요⋯⋯."

아야카가 하는 말을 봐서는 아마도 아르바이트와 관계가 있을 것이다.

만일 갑자기 일하기로 결정이 났을 때, 계약서나 부모의 허락 등을 생각하면 아마네의 부모님이 있는 지금이 좋은 기회일지도 모른다.

"후지미야는 어때? 시간 돼?"

"뭐, 특별한 예정은 없지만."

오늘은 평소의 트레이닝이나 과제 말고는 별다른 일정이 없다. 이렇게 갑자기 불러도 대응할 수 있으니까 다행이다.

"다행이야. 마침 시간이 나는 날이고, 너희는 항상 함께 있어서 끼어들기 힘드니까. 말을 걸 때도 신중해진단 말이지."

"언제나 함께 있는 건 아니에요. 집에서도 항상 붙어 지내지 않고."

"그렇게 말하는 걸 보면 같은 공간에 있는 거잖아? 집에 있는 게 당연하다고 말하는 시점에서 아주 사이좋은 거야."

보통은 사귀는 사이라도 그 정도로 같이 지내지 않는다는 말을 들어서 아무것도 반박하지 못해 입을 다물자, 아야카는 깔깔거리며 즐겁게 웃는다.

"뭐, 그만큼 사이좋고 소중하니까 그런 거지? 후지미야 군?"

"그런데…… 불만 있어?"

"아니. 보기만 해도 푸근해지니까 괜찮아. 아아, 시이나 양은 진짜 사랑받는구나."

사랑받는다는 말을 들어서 정말이지 행복하다는 오라를 내고 수줍게 웃는 마히루로 인해 주위에서 피해가 발생하고 있지만, 본인은 눈치챈 기미가 없다.

아야카는 다소 일부러 그러는 것 같지만, 큰 빚을 져야 하니까 불평할 수 없다.

그래도 아르바이트의 이유는 말하지 말라는 뜻으로 보면 싱긋 웃으며 엄지를 척 세우니까, 아마네는 그냥 한숨을 쉬었다.

마히루, 치토세와 헤어진 아마네는 아야카가 이끄는 대로 걷고 있었다.

보아하니 전철을 타야 하는 거리 같은데, 너무 멀지는 않으니까 통근하는 데는 문제가 없을 것 같다.

문제는 과연 채용될지 어떨지인데……. 아야카에게 물어보니, 싱글벙글 웃으면서 "괜찮아. 괜찮아."라고 대답했다.

"이모네 가게는 적은 인원으로 운영했는데, 요새 손님이 늘어서 인력이 부족하니까 예의 바른 사람을 모집하고 있었대. 시급은 좋지만, 가게 분위기에 맞고 손님이 좋아할 인재가 좀처럼 오지 않아서 곤란했다나 봐. 마침 잘됐다고 할까? 후지미야 군이라면 그런 점에서 괜찮을 거고."

"예의 바른지 어떤지는 미묘한 것 같기도 한데."

일부러 무례한 짓은 하지 않지만, 예의 바른지는 의문이다. 꼭 필요한 예의는 갖추었다고 보지만, 이상적이라고는 도저히 말하기 어렵다.

과대평가라며 어깨를 으쓱하는데, 아야카가 "겸손하긴." 하는 밝은 목소리로 즉석에서 부정했다.

"후지미야 군은 사람에 따라서 태도를 잘 구분하잖아. 선생님 앞에선 굉장히 공손하고 예의 바른 우등생처럼 행동하고."

"그야 웃어른이고……. 안 좋은 의미로 찍히는 것보다 좋은 의미로 눈에 들고 싶다고 할까, 좋게 보이면 여러모로 이득을 보기 때문인데."

물론 상대가 웃어른이니까 경의로써 대하고 있지만, 교직원에게 잘 보이는 것이 성적이나 장래의 진학에 유리하다는 불순한 동기도 있다. 그것이 전부는 아니지만, 역시 타산은 있으므로 진짜 우등생은 아니다.

진짜 우등생이란 마히루나 유타 같은 타입이고, 아마네는 교묘하게 위장했을 뿐이다.

그런 생각이나 하는 시점에서 자신도 참 귀염성이 없다. 그래서 아마네가 어깨를 으쓱하자 아야카는 가벼운 씩 웃는다.

"그게 뭐 어때서? 이럴 때는 예의와 시간, 장소, 상황에 맞춰

상대방을 존중하는 게 중요하니까. 개인의 의지가 어떻든, 눈에 보이는 건 결과뿐이야. 그 결과가 좋다면, 속마음 따위는 관계없는걸."

"키도는 그런 타입이야?"

"이상해? 나는 꽤 구분하는 타입이야. 모든 일에서 이득을 추구하지는 않지만, 어느 정도는 행동에서 이득을 추구하는 게 이상하지 않다고 봐. 항상 좋은 뜻으로만 행동하는 것도 아니니까."

아무렇지도 않게 말하고 있지만, 제법 신랄한 생각을 지닌 아야카에게 놀라서 눈을 크게 뜬다. 다만 황당하게 여기거나 거리끼는 것이 아닌, 친근감과 비슷한 느낌이 든다.

"이번에도 그래. 나한테도 득이 되니까 제안했어. 백프로 선의는 아니야."

그걸 대놓고 말하는 시점에서 아야카가 얼마나 착한지도 잘 아니까, 아마네는 희미하게 쓴웃음을 지으며 "그래서 이번엔 뭐가 이득인데?"라고 물어봤다.

갑작스러운 요청에도 대응해 준 아야카는 대부분 선의로 해주고 있다고 생각하지만, 본인은 인정하고 싶지 않은 것 같다.

"음…… 물론 이모가 곤란해서 그런 것도 있지만……. 첫 번째 이유는, 소우짱에게 친한 친구가 더 늘어나길 바란다고 할까?"

"카야노?"

"응. 그게 있지. 소우짱은 꽤 얌전하고 멍한 타입이라 다른 사람에게 흥미를 보이지 않는단 말이지. 하지만 후지미야 군은 비교적 인상이 좋은 것 같았고, 조용한 타입인 후지미야 군이라면 상성이 좋지 않을까? 싶어서. 그래서 마침 일자리를 구하는 후지미야 군을 돕고, 이모의 일손 문제도 해결하는 겸사겸사 소우짱이 일하는 가게를 소개한 거야."

시무룩한 기색으로 "미안해, 나만 득을 보는 이야기라서." 라고 사과하는 아야카에게, 아마네는 고개를 가로저으며 웃는다.

"아니야. 카야노가 일한다는 건 처음 들어서 놀랐지만, 내가 먼저 소개해 달라고 부탁했으니까. 동급생이 일하면 안심할 수도 있으니까 잘됐어."

"그래? 다행이야."

긴장이 확 풀린 것처럼 배시시 웃는 것을 보고, 역시 아야카는 좋은 사람이라고 확신했다.

"그나저나 남친이 있는데도 이모네서 일하지 않는구나."

"으, 그건 말이지, 전에 이야기한 이유도 있지만…… 이모는 나도 무척 좋아하지만, 내가 소우짱과 함께 있는 걸 가장 좋아하는 것 같거든."

"어?"

"같이 있으면 싱글벙글 웃으면서 지켜보니까 일할 수 없다고 할까? 어렸을 적부터 우리 모두 예뻐해 주었으니까. 그리고 나도 소우짱이 있으면 그쪽을 보게 되고, 소우짱은 '침 흘릴 것 같으니까 그만둬.' 라고 하거든."

"풉……."

"우, 웃었지? 나도 자제할 줄 알거든? 사람들 앞에서 침 흘리거나 하지 않아요!"

아야카는 얼굴을 희미하게 붉히고 눈꼬리를 세웠다. 하지만 내용이 내용인지라 박력이 전혀 없어서 웃음을 더 유발하는 바람에 아마네는 일부러 참지 않고 웃음을 터뜨렸다.

약간 토라진 아야카를 달래며 겨우 도착한 가게는 조용한 카페였다.

역사가 오래된 카페인 것처럼 시크한 분위기를 자아내고, 딱 봐도 손님들의 연령층도 높아 보이는, 다소 고급스러운 느낌을 엿볼 수 있다.

"정말 여기야?"

"왜 의심해? 차분하고 좋은 가게잖아."

"좋은 가게 같지만, 학생이 일하기는 조금 그렇지 않을까?"

학생 알바생이 있는 카페라면 흔한 대형 체인점을 상상하기 쉬운데, 여기는 그 정반대 위치에 있을 듯 중후한 분위기의 점포다.

"그러니까 후지미야 군처럼 젊으면서도 성실한 사람을 부른 거잖아. 아무튼 이모한테 인사하러 갈까?"

작게 "내키지는 않지만……."이라고 덧붙이면서도 긍정적인 아야카의 모습에 쓴웃음을 지으며, 아마네는 그 이모란 어떤 사람일지 호기심을 품고 뒤따라간다.

CLOSE 간판이 걸린 중후한 느낌이 나는 문을 열자 경첩이 희미하게 삐걱거리는 소리와 왠지 모를 그리움마저 느끼게 하는 경쾌한 종소리가 딸랑딸랑 울렸다.

아야카가 먼저 발을 들인 카페는 외관의 기대에 부응한 것처럼 정말 아늑했다. 다크 오크와 흰색이 바탕이 된 깔끔하고 세련된 인테리어. 구석구석 잘 청소한 가게 내부에는 고급스러운 느낌이 감돌고 있다.

벽에는 책이 **빽빽하게** 들어찬 책장이 마치 벽 전체를 가리듯 서 있었다.

봐서는 좌석이 별로 많지 않다. 카페 체인점과는 비교도 안 될 정도로 적은 좌석은 개인이 경영하는 곳임을 여실히 드러냈다.

다만, 그 덕분에 체인점과는 다르게 매우 조용하고 한숨 돌릴 수 있는 공간이 되었다.

휴무일답게 사람이 없어 무심코 인테리어를 바라보고 있는데, 안쪽에서 남색 앞치마를 두른 여자가 나타난다.

언뜻 봐도 아마네와는 한 세대 차이가 나는, 차분한 느낌이 나는 여자다.

찻집이나 고서점에 있는 것이 어울릴 것 같은 긴 흑발 미인인데, 미안하지만 밝고 친근한 아야카의 이모라고는 믿을 수 없을 정도로 조용해 보이는 여자다.

"어머나……. 아야카 양, 어서 오렴."

"오랜만이에요, 후미카 이모님."

공손하게 머리를 숙여 인사하는 아야카에게, 후미카라고 불린 여자가 조용히 눈웃음을 짓는다.

"와 줘서 기쁘구나. 소우지 군이 있을 때도 좀처럼 들르지 않아서 외로웠어."

"윽. 그건 죄송한데요…… 후미카 이모님 일을 방해할까 봐서요."

"방해는 무슨…… 나는 너희가 있기만 해도 기쁜걸. 엄청 열심히 일할 거야."

이어서 "그건 그거대로 문제인데요."라고 작게 중얼거리는 아야카의 말은 귀에 닿지 않은 것 같다.

한 발짝 뒤에서 그런 두 사람을 바라보며, 아마네는 속으로 고개를 갸우뚱했다.

깔끔한 외모와 몸짓에선 아야카가 거리낄 요소가 보이지 않아 아마네로선 곤혹스러울 수밖에 없다. 이야기하는 걸 조금 지켜본 바로는, 지극히 평범한 여자로 보인다. 오히려 차분하고 다소곳한 사람이라는 인상이 강해서, 거리낄 만한 요소가 보이지 않았다.

굳이 말하자면 아야카에 대한 애정이 눈에 가득 담겼다는 정도이지만, 이것만으로는 아야카가 파장이 안 맞는다고 말한 의미를 이해할 수 없다.

호불호는 사람마다 다른 법이니까 따질 수는 없지만, 납득하기는 어려운 기분이다.

아야카가 미묘하게 쩔쩔매는 모습을 바라보고 있을 때, 문득 그 여자의 시선이 아마네를 향한다.

검은 눈이 한순간 탐색하는 듯 번뜩였지만, 다음 순간에는 부드러운 눈빛으로 변해 있었다.

"이쪽이 아야카 양이 말한 아르바이트 지원자일까?"

"아, 그래요. 아르바이트 직원으로 일하고 싶대요. 후지미야 군, 이분이 오너인 이토마키 후미카 씨, 우리 이모야."

"후지미야 아마네라고 합니다. 이렇게 시간을 내주셔서 감사합니다."

"뭐…… 괜찮아요, 아야카 양의 부탁인걸요. 아야카 양은 사람 보는 눈이 확실하니까 문제는 없을 것으로 봐요."

부드럽게 미소를 지은 이토마키 씨는 시선으로 쓰다듬듯이 아마네를 한차례 본 뒤, 다시 한번 미소를 짓는다.

우아한데도 속을 알 수 없는, 압력마저 느껴지는 아름다운 미소에, 아마네는 등에서 솜털이 곤두서는 기분이 들었다.

"그나저나 아야카 양과는 무슨 관계죠?"

"반 친구이고, 저와 제 애인의 친구입니다."

왠지 오한이 들어서 단호히 부정하자 미소는 온화해진다. 몸서리칠 것만 오한이 사라진 걸로 봐서는 아마도 이것이 정답일 것이다.

"그래요? 다행이군요. 아야카 양과 소우지 군은 서로 사랑하는 사이니까, 중간에 끼어드는 사람이 있으면 곤란해지니까 말이에요."

"저에게는 장래를 약속한 애인이 있으니까, 있을 수 없는 일이군요."

"어머, 멋지군요……!"

검은 눈이 광채를 띤 것처럼 반짝반짝 빛나고 있어서 아마네가 무심코 살짝 뒷걸음질 치는데, 후미카는 아랑곳하는 기색 없이 뺨을 발그레 물들였다.

그것이 마치 사랑에 빠진 소녀가 짓는 표정처럼 보여서, 아마네는 아야카가 무엇을 멀리했는지 조금은 이해할 수 있었다.

"그 나이에 확고한 결의가 있는 건 훌륭하군요. 아르바이트를 지원한 것과도 관계가 있나요?"

"네, 애, 애인에게 반지를 선물하고 싶어서……."

"멋져라! 그래요. 그렇군요. 꼭 여기서 일해주세요……!"

"이모님이 속전속결?! 아니, 예상은 했지만……!"

변변한 면접도 없이 채용하겠다는 말을 듣고 굳어 버린 아마네. 황당한 듯, 난처한 듯한 얼굴로 한숨을 쉬는 아야카. 후미카는 그런 두 사람에게 정말이지 기분 좋게 생긋생긋 미소를 짓고 있다.

"이모님, 너무 꼬치꼬치 캐묻는 건 좋지 않으니까요."

"어머, 본인이 싫어하는 건 묻지 않을 건데? 그래도 두 사람의 첫 만남 정도는……."

"이모님의 취미와 일에 쓰이는 후지미야 군이 불쌍하니 적당히 해주세요."

"허가는 받을 거고, 상황을 참고할 뿐이에요."

"취미와 일……."

"후미카 이모님의 본업은 카페 주인이 아니야. 본업은 작가이고, 그 밖에도 다양한 일을 하거든. 왜 카페를 경영하는지 모르겠다니까…….."

그런데도 전부 돈을 버니까 신기하다고 아야카가 중얼거린다. 그 말을 들은 아마네가 무심코 본 후미카는 얼굴에 속내를 알 수 없는 웃음을 띠고 있었다.

"물론, 카페 운영도 탄탄하니까 망할 걱정은 안 해도 돼요. 시급도 좋게 쳐줄 테니까."

"이모님, 시급 계산 잘하세요. 용돈이라고 더 주면 안 돼요."

"너무 걱정하지 않아도 되는데……."

시무룩하게 눈꼬리를 내린 후미카에게 진지하게 잔소리하는 아야카. 아마네는 여기서 잘 일할 수 있을지 조금 걱정되었다.

운이 좋은 건지 나쁜 건지, 채용이 즉석에서 정해진 아마네는 고용 계약서를 받고 집으로 돌아왔다.

면접보다는 단순히 얼굴만 확인한 수준에 아깝지만, 고용주의 마음에 든 것 같아 한시름 놓았다.

그렇게 시원시원하게 정해도 될지는 모르겠지만, 일자리를 구한 건 잘된 일이리라. 오히려 너무 순조로워서 불행이 찾아오지 않을까 걱정될 정도다.

이제는 부모님의 서명과 날인을 받아서 계약서를 보내면 된다고 한다.

돌아오는 길에 아야카가 사과했지만, 사전에 후미카의 개성이 강하다는 이야기는 들었고, 그 정도라면 아야카가 쩔쩔매는 것도 어쩔 수 없을 것이다. 이건 시호코와는 다른 차원에서 밀어붙이는 기세가 강하고 의지가 확고한 타입이다.

(이토마키 씨도 우리 어머니와 만나면 안 되는 타입이야.)

오늘은 시호코가 치토세와 만났는데, 개인적으로 그 둘은 접촉하면 위험한 타입이라고 보니까, 솔직히 어떻게 될지 불안한 부분이 있다.

치토세든 시호코든 넘지 말아야 할 선은 아니까 괜찮을 것 같지만, 마히루가 흥분한 두 사람의 먹잇감이 되는 건 틀림없을 것이다.

돌아오면 위로하자. 그렇게 마음먹고 현관문을 연다.

"다녀왔어요……. 어? 아버지?"

"잘 다녀왔니?"

틀림없이 아무도 없을 줄 알아서 귀가 인사도 작게 했는데, 어째서인지 관광을 즐기고 있어야 할 슈토가 맞이하는 바람에 한순간 경직했다.

이 집은 시호코와 슈토가 빌린 곳이고, 여벌 열쇠도 있으니까 집에 있어도 이상하지 않다. 애초에 불평할 마음도 없지만, 슈토도 동행했을 줄 알았으니까 집에 있는 것을 예상하지 못했다.

뻣뻣하게 선 아마네에게, 슈토가 의아한 기색을 보인다.

"어? 미리 연락했는데, 혹시 못 봤니? 시호코 씨는 밖에서 다 같이 저녁 식사를 한다고 하니까, 아르바이트 계약서를 받아서 보는 김에 내가 저녁을 차리려고 했지."

면접 비슷한 무언가를 마치고 귀가하는 길에 아르바이트 면접에서 합격했으니까 계약서에 보호자 사인을 부탁한다는 메시지를 보내기는 했는데, 곧바로 스마트폰을 집어넣어서 메시지가 온 줄 몰랐다.

그 말을 듣고 스마트폰을 꺼내자 알림창에 슈토의 메시지가 도착했다는 표시가 있었다.

"미안해, 몰랐어. 그나저나 아버지도 같이 가지 그랬어?"

같이 외출한다는 말은 들었지만, 설마 같이 외식할 줄은 몰랐다. 그만큼 의기투합한 건 알겠지만, 아버지만 쏙 빠진 것을 어떻게 생각하면 좋을까?

"후후, 여자 셋이서 사이좋게 지내는 거니까. 내가 있으면 시라카와 양이 불편하겠지? 그러니까 처음부터 사양하고 나만 따로 움직였는데⋯⋯ 네 메시지를 봤더니 마침 잘된 것 같았거든."

어쨌든, 아버지가 여자들 모임에 참전하는 건 어느 쪽도 힘들었을 것이다.

배려한 거니까 어머니도 무리하게 권하지 않았겠지. 그렇게 납득하고, 아마네는 어깨를 으쓱했다.

"괜찮아? 모처럼 쉬는 날에 우리 집에 와서."

"처음부터 너희가 어떻게 지내는지 보러 온 거야. 관광은 내 친김에 하는 거지. 애초에 나는 옛날에 여기서 살았으니까 시호코 씨가 보는 것보다는 신선하지 않겠지."

"그건 그럴지도 모르지만."

"게다가, 너도 혼자서 밥 먹으면 외롭지 않겠어? 요리할 수 있을지도 걱정되니까."

"일단 평범하게 만들 수는 있거든요."

좀 놀리는 듯한 말에 퉁명스럽게 대꾸한다.

어디까지나 할 수는 있다는 수준이지만, 아마네도 요리할 수 있게 되었다. 물론 마히루처럼 탁월한 솜씨와는 도저히 비교할 수 없지만, 그래도 처음 이사 왔을 때와 비교하면 하늘과 땅 정도로 차이가 난다.

조리법대로 만들기만 하면 마히루가 합격 도장을 찍어 줄 정도로는 발전했다.

부족한 부분에서 전혀 노력하지 않는다고 여겨지는 것이 싫어서 조금 짜증을 내는 말투가 되었지만, 슈토는 그런 아마네를 보고 어째서인지 더욱 흐뭇하게 미소를 짓는다.

"그렇구나, 아마네도 하면 되는 아이니까. 정말 장해."

"지금 놀리는 거야?"

"설마. 다만 자식과 같이 요리하고 싶었으니까 말이지. 그 기회가 저절로 찾아와서 기쁜걸."

다른 뜻이 없는 온화한, 자애로운 미소를 짓는 바람에 아마네도 독기가 빠져서 슈토를 보자 "도와줄 거지?"라고 확신한 듯한 말이 들려온다.

물론 슈토에게만 맡길 생각은 없었지만, 아마네의 마음속을 간파한 듯한 말투에 도저히 이길 수 없겠구나 싶어서 쓴웃음만 짓는다.

"알았어."

순순히 고개를 끄덕이자 부드럽게 미소를 짓는 슈토에게, 아마네도 덩달아 다른 느낌으로 웃음을 띠면서 고개를 끄덕였다.

　슈토와 아마네의 합작 미트볼 파스타를 먹어 치우고 한숨 돌렸을 무렵, 마히루가 귀가했는지 현관문이 열리는 소리가 났다.

　집에서 마히루를 맞이하는 건 드물다고 생각하면서 아마네가 현관으로 나가자 쇼핑백을 잔뜩 안고 있는 마히루와 시호코가 보였다.

　아무리 생각해도 하루 쇼핑으로 보이지 않을 만큼 쇼핑백이 많은데, 도대체 뭘 어떻게 하면 이렇게 되는지 물욕은 별로 없는 아마네는 도무지 이해할 수 없었다.

　"짐이 왜 그렇게 많아?"

　"어머, 아마네 것도 있으니까 걱정하지 않아도 돼."

　"아니, 내 건 아무래도 상관없는데 왜 그렇게 뭘 그렇게 많이 산 거야?"

　아마네는 부모님이 돈을 잘 버는 것도, 기본적으로 낭비하지 않는 성격인 것도 안다. 그러니까 정말로 원해서 산 것임을 알겠지만, 그렇다 쳐도 양이 너무 많다.

　"마히루에게 입히고 싶은 옷이라든가 귀여운 액세서리라든가? 일부러 마히루가 고르게 해서 너한테 꼭 입히고 싶은 옷도 샀는걸?"

　"일부러 샀다고 말하는 걸 보면, 내가 평소에 입지 않는 옷을 샀나 보네."

어머니가 옷을 사 주면 기분이 싱숭생숭하지만, 마히루가 골랐다면 너무 끔찍하지는 않을 것이다.

그건 나중에 마히루에게 알아보기로 하고, 그렇다 쳐도 쇼핑백의 양이 많은 것 같다.

은근슬쩍 어이없다는 기색으로 보고 있자니 당사자인 시호코는 시원시원하게 미소를 지으며 아마네의 옆을 슬쩍 지나치니까, 아마네는 남겨진 마히루를 봤다.

마히루는 조금 당혹스럽다고 할까, 너무 많이 산 게 아닐까 하는 의문이 얼굴에 드러나고 있지만, 시호코가 마히루를 위해 의기양양하게 산 듯 미처 말리지 못한 것처럼 보인다.

"이상한 건 안 샀지?"

"이, 이상한 건 없는데요……?"

"그렇구나, 그렇다면 됐어."

의아해하는 마히루에게 잠시 안심하면서 쇼핑백을 받는다. 마히루의 것인지는 잘 모르겠지만, 짐을 계속 들게 해서는 안 되겠지.

마히루가 신발을 벗는 걸 지켜보면서 거실 쪽으로 귀를 기울이자, 시호코는 거실에서 슈토와 이야기하고 있었다. 아무래도 아르바이트 이야기도 하는 듯 "어머나." 하고 입버릇에 가까운 목소리도 들렸다.

일단 아르바이트 계약서는 슈토가 대표로 보호자 칸을 다 채웠으니까 시호코의 사인은 필요 없지만, 시호코에게도 미리 이야기하는 게 나았을지도 모른다.

(아버지가 말하기 편하고, 어머니를 붙들지 못한 탓도 있지만.)

오늘은 이렇게 결과적으로 집으로 왔지만, 원래라면 부모님은 관광하고 나서 여기 올 예정이 없었다. 그러므로 부모님은 잠시 쉰 다음에 호텔로 돌아갈 것이다.

슬리퍼로 갈아신는 도중인 마히루가 아마네의 몸을 붙들고 선 사실에 낯간지러운 기분을 느끼면서 기다리고 있는데, 마히루가 문득 떠올린 것처럼 올려다본다.

"그러고 보니, 아르바이트 견학은 어땠어요?"

"음, 뭐 마음에 든 것 같아서 채용하겠대."

아마네는 설마 그토록 쉽게 채용될 줄은 몰라서 당황했지만, 마히루는 "아마네 군이라면 합격할 줄 알았어요."라고 아무렇지도 않은 듯이 대답한다.

마히루는 아마네를 신뢰한다고 할까, 다소 과대평가하는 것 같지만, 이걸 말하면 '또 자신을 비하하는군요.'라고 나무랄 게 뻔하니까 가만히 있었다.

"참고로 가게 주인은 어떤 분이세요?"

"뭐랄까, 독특한 누나랄까⋯⋯."

"누나?"

"키도의 이모라고 들었는데, 키도의 어머니보다 훨씬 젊은 것 같아. 나이 많은 누나 느낌이야."

아마네는 여자에게 나이를 묻는 것을 금기로 여겨서 질문하지 않았지만, 얼추 20대 중후반 정도가 아닐까 싶다.

여담으로 가는 길에 아야카에게 물어봤는데, 아야카의 어머니는 나이 차이가 많은 동생인 후미카를 무척 귀여워하셨던 것 같다. 그래서 후미카도 언니를 따랐고, 그것이 언니의 딸인 아야카를 무척 귀여워하는 지금으로 이어졌다고 한다.

'누나'라는 말에 마히루의 뺨이 미묘하게 딱딱해진 것 같아서, 아마네는 그것을 푸는 것처럼 손가락으로 살짝 찔렀다.

"걱정하지 않아도 돼. 커플을 너무 좋아해서 지켜보고 싶은 분 같아서 나랑 마히루가 사이좋게 지내는 이야기를 듣고 싶어했어."

작은 질투가 발동할 것 같아 미리 방지했는데, 마히루는 곧바로 얼굴을 붉히며 멋쩍은 듯이 몸을 슥 움츠렸다.

"딱히 의심하는 건 아닌데요? 단지 아마네 군에게 반하면 어쩔까 싶어서……."

"그럴 리가 있나."

"있어요."

어째서인지 힘껏 말하는 마히루에게 쓴웃음을 짓고, 불안하게 해서 미안하다며 살며시 머리를 쓰다듬는다.

처음에는 살짝 못마땅한 기색이었던 표정이 서서히 풀리고, 그대로 부드러운 머릿결을 즐기듯 부드럽게 머리카락 사이로 손가락을 집어넣었다.

"설령 그렇게 되더라도 나는 응하지 않아. 만약 그런 일이 생겨서 업무에 지장이 있을 것 같으면 그만두겠어."

"그, 그렇게까지 해 달라는 건……. 그게, 왠지 가슴이 답답했을 뿐이에요."

"그렇구나. 그러니까 여친의 마음이 상할 바에는 차라리 거기서 일하지 않는 게 낫잖아. 내 목적은 거기서 일하는 게 아니라, 목적에 필요한 돈을 버는 거니까."

그 낌새로 봐서는 만에 하나라도 아마네에게 반하는 일은 있을 수 없으리라. 하지만 정말로 만에 하나라도 그런 일이 생길 경우, 아야카에게는 미안하지만 그만두고 다른 일자리를 찾을 것이다.

마히루를 행복하게 하려고 일하는 거다. 마히루를 슬프게 한다면 구애받을 필요가 없다. 다른 수단을 찾아볼 거다.

목적과 수단을 착각할 마음은 없다. 아마네는 그걸 잘못 선택할 정도로 어리석거나 둔감하지 않다.

그러니까 걱정하지 않아도 된다고 덧붙이자 마히루가 아마네의 가슴에 얼굴을 파묻는다.

"왜 그래?"

"그런 점을 좋아해요."

"그런 점만?"

"그런 점도, 예요. 바보."

놀리듯 말하자 조금 토라진 기색으로 중얼거리며 가슴에 머리를 부딪혀서, 아마네는 웃으며 그걸 받아들이며 마히루의 등을 부드럽게 토닥였다.

제5화   **두 사람의 점심 식사**

"그래서? 결국 일하는 건 확정된 거야?"

다음 날 학교에서 이츠키가 물어봐서 솔직하게 고개를 끄덕이자, 이츠키는 가벼운 느낌으로 어깨를 으쓱했다.

"키도가 소개했다고 하니까 걱정은 안 했는데, 정해졌으면 다행이야. 뭐, 아마네가 뭔가 할 말이 있는 눈치인 건 신경이 쓰이지만."

"뭐, 그렇지. 뭐랄까, 개성이 강한 사람이었어."

"네가 그렇게 말할 정도면 엄청나겠구나."

반대로 궁금해진다고 의자에 무게를 실어 기울이며 웃는 이츠키에게 아마네도 쓴웃음을 짓지만, 지금은 일하는 곳을 비밀로 할 작정이다. 알려주면 곧바로 일하는 곳에 찾아오겠지.

아마네가 아르바이트를 시작하더라도, 최소한 일에 익숙해질 때까지는 지인들이 일터에 오지 않도록 할 것이다.

아침에 마히루에게 그렇게 전했더니 성대하게 토라져서, 아침 준비 시간에서 10분 정도가 마히루 달래기 겸 응석 받아주기 타임이 되어 버렸다.

그 마히루는 치토세와 이야기 중이다.

치토세는 왠지 이쪽을 보고 히죽거리고 있는데, 반응해서 즐겁게 하는 것도 마음에 들지 않으니까 일부러 무시했다.

"다소 특이한 사람이지만, 문제없이 일할 수 있을 거야. 키도도 무슨 일이 있으면 주저하지 말고 카야노를 의지하라고 했고."

"아, 키도의 남친? 숨겨진 근육남인."

"그 인식을 본인이 알면 복잡한 얼굴을 할걸……. 그런 다음에 키도에게 눈을 흘길 것 같지만."

말한 사람을 탓하지 않고 그런 인식을 심은 아야카를 비난할 것 같다.

아야카는 미안한 기색도 없이 '뭐가 어때서?' 라고 말할 것 같으니까, 본인도 모르는 사이에 바라지도 않는 인식이 퍼지는 소우지를 위로하고 싶어진다.

덧붙여서 아야카는 아직 학교에 오지 않았는지, 아니면 소우지와 같이 있는지, 현재는 교실에서 찾아볼 수 없다.

"아무튼 아는 사람만 있어도 안심이 되고, 가게 주인의 말로는 연령대가 높고 온화한 사람들이 단골이라고 하니까 곤란한 일도 별로 없다는 것 같아."

"흐응. 그렇다면 다행이고. 어쨌든 일할 곳이 확정된 건 축하할 일이야. 다음부터는 무슨 일이 있으면 나랑 상의해 줘."

"네, 알겠습니다. 믿겠습니다, 절친 양반."

아직도 뒤끝이 남은 듯한 이츠키의 등짝을 때리자 쑥스러운지 입을 시웃자로 만든 이츠키가 아마네보다 더 세게 등짝을 때려

복수했다.

이것도 이츠키 나름의 우정 표현법이므로, 아마네도 기침하면서 웃고 "이 자식이." 라며 주먹으로 뺨을 살짝 누른다.

이츠키의 뺨에 미묘한 공격을 가하면서 마히루를 힐끗 보는데, 마히루는 왠지 못마땅한 기색으로 약간 뾰로통한 표정을 짓고 이쪽을 보고 있었다.

아침에 일터에 찾아오는 건 일단 보류하자고 한 것을 받아들일 수 없는지, 불만이 오래가는 느낌이다.

다만 이성으로는 이해하는 것 같고 아침 응석 타임에서는 마히루가 참기로 했으니까 문제는 없을 것이다.

그 시선을 따라간 이츠키가 "여전히 사랑받고 있구나." 라고 난데없이 놀리는 바람에 아마네가 미간에 주름을 잡지만, 이츠키는 아마네의 주먹을 슬쩍 뿌리치며 히죽 웃는다.

"참, 어제 시이나랑 치이가 너희 엄마를 따라서 쇼핑하러 갔지? 치이가 아마네의 옷을 골라서 즐거웠다고 했는데, 시이나 양은 뭘 샀어?"

"그걸 꼭 말해야 하겠어?"

"그렇지, 나를 버린 친구여."

"역시 뒤끝이 있네. 그 뭐냐…… 고양이 잠옷이야."

어제 마히루가 준 쇼핑백의 내용물이 생각나서 마지못해 말했더니, 이츠키가 성대하게 뿜었다.

참고로 시호코와 마히루가 아마네에게 주려고 산 것은 고양이 귀 모양의 후드가 달린 잠옷이다.

딱 봐도 여자들이나 입을 것 같은 잠옷을 평균보다 키가 큰 아마네가 입을 수 있을 리가 없다고 생각했는데, '남성용도 있었거든요.'라며 아마네가 체격에도 문제없는 사이즈로 샀으니까 골치가 아프다.

"네가, 인형 잠옷이라니…….."

"말이 참 많네. 대신에 마히루는 토끼를 입으니까 괜찮아."

이 나이와 체격으로 귀여운 인형 잠옷은 부끄럽기 짝이 없지만, 마히루가 눈을 초롱초롱 빛내고 바라보면 차마 안 입을 수도 없다.

이걸 아마네 혼자 입어야 한다면 단호하게 거부했을 테지만, 아무래도 그건 불공평하다고 느꼈는지 그 대신이라는 듯 마히루도 자기 것으로 토끼를 모티브로 한 연한 분홍색 인형 잠옷을 산 모양이다.

그걸 마히루가 입는다, 그리고 사진을 찍지 않는다는 조건으로 아마네도 인형 잠옷 착용을 허가했다. 다음에 또 같이 잘 때 입을 것 같다.

지난번 네글리제보다는 훨씬 건전한 모습이 될 것이므로, 아마네로서도 여러모로 참기 쉬워져서 도움이 될 것 같다.

"시이나에게 말해서 아마네의 잠옷 차림을 찍어서 보내달라고 해야지."

"야, 그러지 마. 애초에 절대로 찍지 말라고 했거든?"

"어어? 뭐가 어때서. 괜찮아. 귀여울 거야."

"입 떠는 걸 가리고 나서 말해, 이 바보야."

아마네가 입가를 떨며 쓸데없이 결의하는 이츠키의 어깨를 찰싹찰싹 때리는데도, 이츠키는 반격하지도 않고 그저 몸을 떨며 웃음을 참을 뿐이다.

조금 떨어진 곳에서는 "정말 사이좋아~." "그러네요."라며 고개를 끄덕이고 있는 치토세와 마히루가 있어서, 아마네는 한껏 떫은 얼굴로 이츠키를 살살 때렸다.

평소에는 마히루와 점심을 먹는데, 오늘은 아야카의 제안으로 아야카, 소우지와 함께 식사하게 되었다.

아야카는 굳이 말하지 않았지만, 요컨대 같은 직장에서 일할 소우지와 친목을 다질 기회로 삼겠다는 것 같다.

아마네 역시 아무리 반 친구의 남친이라도 거의 대화한 적이 없는 상태에서 같이 일하는 것보다는 먼저 익숙해지는 것이 마음 편하니까 순순히 승낙했다.

아야카를 따라서 옥상으로 간 아마네는 이미 레저 시트를 깔고 대기 중이던 소우지를 봤다. 소우지는 아마네가 올 줄 미리 알았는지 딱히 동요하는 기색이 없다.

"그래서 후지미야 군이 소우짱과 함께 일하게 되었어!"

시트 한쪽을 차지하고 앉은 아마네를 보면서, 아야카는 친근한 느낌으로 활짝 웃고 있다.

여담으로 소우지는 아야카가 웃는데도 담담하게, 아니 다소 동정하는 눈빛으로 아마네를 봤다.

"아아…… 아야카에게 딱 낚였구나."

© Hanekoto

"낚이긴 뭐가 낚여! 너무해! 나는 적절한 인재를 적절한 직장으로 이끈 건데요~!"

"그야 후지미야라면 그 가게에 잘 어울릴 것 같지만……."

"그렇지? 소우짱은 나를 재평가해야 한다고 봐."

정말이지 너무하다며 못마땅한 기색으로 투덜대는 아야카는 평소보다 조금 유치한 느낌인데, 이것도 필시 카야노한테만 보여주는 모습이겠거니 싶어서 저절로 웃음이 나온다.

"아니, 내가 부탁한 거야. 키도의 도움을 많이 받았어."

"그래? 그래도 후미카 씨는 좀 당혹스럽지?"

"그건 뭐……."

설마 그런 성격일 줄은 미처 몰랐으니까 다소 압도당했지만, 나쁜 사람은 아닌 것 같다. 게다가 그런 사람은 적당히 땔감을 주면 얌전해질 테니까, 자신들에게 피해가 생기지 않을 정도로 이야기해 보고 싶다.

다만 미리 말해 줬으면 마음의 준비를 했을 테니까, 그 점에서는 아야카에게 항의하고 싶기도 하다.

아야카에게 슬쩍 시선을 돌리자 가져온 도시락을 풀면서 몸을 움찔 떨었다.

"후미카 이모님 같은 사람을 어떻게 설명해야 할지 몰랐단 말이야. 강렬하니까……."

"뭐, 결과적으로 일하는 건 정해졌으니까 괜찮아. 나쁜 사람은 아닌 것 같고."

"좋은 사람이긴 하거든? 다만 가까운 사람을 너무 귀여워하고, 조금 어벙한 구석이 있고, 평소에 망상이 심할 뿐이야."

"망상에 보탬이 되는 건 어쩔 수 없어. 피해만 안 준다면."

"아마 괜찮을 거야. 응, 그래, 아마도."

자신감이 너무 없는 거 아니냐고 딴지를 걸까 고민했지만, 이 것만큼은 본인 탓이 아니므로 그만둔다. 아마네도 마히루가 직 접 만든 도시락 꾸러미를 푼다.

어제 저녁 식사는 슈토가 만든 파스타여서, 이 도시락에는 평 소에 만들어 놓은 음식과 남은 재료로 슈토가 만든 반찬, 그리 고 마히루가 아침에 만든 반찬이 있다.

아침부터 제법 양이 많게 반찬을 만들어 줘서 매우 미안하지 만, 마히루가 즐거워 보여서 말릴 수도 없었다.

평소 마히루에게는 부담을 주니까 아마네도 직접 도시락을 만 들까 생각했는데, 그랬다간 마히루가 '제가 만든 것으로는 만 족할 수 없나요……?' 라며 시무룩해지니까 실천으로 옮기지 못하고 있다.

여담으로 부모님은 아마네와 마히루가 귀가할 때쯤이면 이미 이 동네를 떠났을 테니까 아침에 전화로 작별 인사를 했다. 서 로가 별로 대수롭지 않게 말한 건 어차피 겨울방학이나 봄방학 때 다시 귀성하기로 약속했기 때문이리라.

"아, 그거 시이나 양이 만든 거야?"

아마네가 도시락 뚜껑을 열고 오늘도 마히루가 직접 만든 달 걀말이가 있다는 사실에 만족했을 때, 그 모습을 관찰하던 아야 카가 호기심이 강하게 드러난 기색으로 웃으며 묻는다.

"이건 마히루가 만든 거야. 이쪽 소스 완자는 우리 집에 온 아버지가 미리 만든 거고."

"아빠가 요리하실 줄 아는구나. 우리 아빠랑 똑같네. 엄마는 요리고 집안일이고 다 못해서 아빠가 하거든."

"카오리 씨는 너무 특수한 것 같은데."

카오리 씨란 아마도 아야카의 어머니를 말하는 것이리라. 듣자니 집안일을 전혀 못 하는 것 같다.

"저, 저기, 오해하지 않게 변명하자면, 우리 엄마는 일을 척척 잘하거든? 집안일을 조금 못할 뿐이야! 요새는 전자레인지도 터뜨리지 않고, 빨래 정도는 할 수 있어!"

"전자레인지는 애초에 넣은 걸 확인하지 않는 것이 나쁘고, 빨래는 세탁기에 세제를 넣고 버튼만 누르면 되니까."

"소우짱은 감싸줄 생각이 없는 거야?"

"아야카가 먼저 꺼낸 말이잖아……."

소우지가 "나는 구체적으로 카오리 씨가 무슨 일을 저질렀다고는 말하지 않았는데."라고 말하자 그제야 본인이 말실수한 것을 깨달은 듯 아야카가 뺨을 실룩거리는 것이 보였다.

좌우지간 아마네는 못 들은 척하고 뻔뻔하게 시선을 피했다.

"뭐, 그래서 우리 부모님은 내가 집안일을 할 수 있기를 바랐겠지. 아니, 할 수 있게는 됐거든? 그런데도 아빠는 불만이 있는 눈치랄까?"

"참한 여자가 되기를 바라고 키웠고 그렇게 자란 건 좋은데, 근육을 너무 좋아하는 아이가 되었다고 나한테 자주 한탄하시

던걸? 아야카가 남자 알몸이나 쫓아다닌다고 말이야."

"말이 너무 심하잖아?!"

사정을 모르는 사람이 들으면 십중팔구 오해할 발언에 눈을 크게 뜨고 비명을 지르듯 불만을 제기하는 아야카를 보고, 아마네는 '차마 부정할 수 없겠는걸.' 이라는 소감이 들었다.

(뭐, 근육을 좋아한다는 건 진짜 근육을 보고 싶다는 뜻일 테니까.)

본인 딴에는 별생각 없이 육체미를 탐구하는 거겠지만, 그 모습을 평소 목격하는 아버지로서는 눈물이 나올 법도 하다.

"소우짱이 나를 이상하게 만들었어. 애초에 쫓아다니지 않거든? 소우짱밖에 없거든? 소우짱이 잘못했어."

"남 탓하지 마."

"그언 헉 어허든요."

아야카의 뺨을 꼭꼭 쥐는 소우지와 말이 제대로 안 나오면서 불만을 호소하는 아야카를 보자 무심코 웃음이 나온다.

사귀는 사이라서 그럴 수도 있겠지만, 이것이 소꿉친구의 거리감일 것이다. 이츠키와 치토세 커플과도 다른 거리감이 보기만 해도 신선했다.

"왜, 왜 웃어?"

"그냥 사이좋은 것 같아서."

"그런 소리는 후지미야 군한테 듣고 싶지 않은걸. 시이나 양과 꽁냥대면서."

"그 정도는 아니야."

"아니거든요. 꽁냥대거든요. 보는 우리가 닭살이 돋는걸요."

검지로 척 아마네를 가리킨 아야카에게 소우지가 "삿대질하면 못써."라며 손을 치우게 했을 즈음에는 정말이지 호흡이 척척 맞는다고 생각하면서, 아마네는 조용히 숨을 내쉰다.

"딱히, 일부러 그런 건 아니야."

"즉, 평소에 알콩달콩 러브러브인 거구나. 굉장해."

"시끄러워."

"하지만 뭐, 그러니까 시이나 양을 위해서 알바하기로 결심한 거겠지. 장래를 내다보고 행동할 수 있다는 건 대단해."

"아하, 갑자기 알바하기로 한 게 시이나 양을 위해서였어? 후지미야는 접객을 별로 좋아하지 않는 타입이라고 지레짐작해서 신기하게 여겼는데. 그런 거였구나."

미리 설명하지 않은 것이 아니라, 아마네가 너무 퍼뜨리지 말아 달라고 아야카에게 부탁한 탓이리라. 하지만 미처 몰랐던 듯한 소우지가 다 이해한 듯이 고개를 끄덕이자 아야카가 미묘하게 멋쩍은 기색을 보인다.

아마 소우지가 마히루를 위해서라고 말하는 바람에, 자신이 약속을 어겼다고 생각했을 것이다.

어차피 소우지와는 같은 직장에서 일할 테고, 그 부분은 감추려고 해도 언젠가는 물어볼 일이니까 의미가 없다. 아마네로선 마히루 본인에게만 말하지 않으면 문제없다.

"마히루한테는 비밀이야. 놀라게 하고 싶으니까."

"그렇게 된 거야. 말하면 안 돼. 소우짱."

"아야카가 말실수한 거잖아?"

"아야!"

딱밤을 맞고 울상을 지으며 이마를 손으로 붙잡은 아야카를 못 말리겠다는 듯이 슬쩍 본 소우지가 난처한 표정을 짓고서 어안이 벙벙해진 아마네에게 웃는다.

"뭐, 그런 사정이라고 인식했어. 나도 무슨 일이 생기면 최대한 도와줄게."

"고마워……."

"나야말로 이런 아야카와 친구가 되어 줘서 고마워."

"어? 이상하네……, 내가 소우짱의 새로운 친구 만들기에 공헌했을 텐데……? 그 이전에, 난 소우짱이 걱정할 정도로 불쌍한 아이가 아니거든?"

"아야카는 입만 열었다 하면 실수하니까."

"너무해!"

소우지의 말에 입술을 삐죽 내밀었던 아야카가 벗으면 굉장한 (by 아야카) 가슴팍을 두드리는 모습을, 아마네는 가슴에 따스함을 느끼며 지켜보았다.

"아, 알바 말인데, 시작하는 건 조금만 기다려 달래. 근무 시간대 상담과 유니폼을 준비하는 관계로 1, 2주는 기다려 주면 좋겠다고 하던걸."

두 사람의 부부 콩트가 정리되고 다시 점심을 먹기 시작했는데, 문득 떠올린 듯 아야카가 중얼거린다.

아마네가 사인받은 계약서를 아직 제출하지 않아서, 후미카는 전화번호나 다른 연락처를 모른다. 그래서 아야카에게 말을 전해 달라고 부탁할 수밖에 없었던 것 같다.

아야카 역시 본인의 허락 없이 연락처를 알려주는 건 좋지 않다고 여겼는지, 이렇게 아르바이트가 확정된 지금까지도 메신저 역할을 해주는 듯하다.

"뭐, 금방 시작할 거라곤 생각하진 않았어. 그런데 가게 유니폼이 뭐야?"

"아, 요전번의 우리 가게 거랑 다르게 심플해. 딱 봐도 웨이터 느낌이 나. 여자 옷도 더 심플해. 하늘하늘한 게 아니니까 안심해도 돼."

"그 카페처럼 요란한 옷이면 어떻게 할지 고민했어."

일부러 휴무일에 가게에 나와 준 듯한 후미카와 대면하느라 유니폼의 존재를 몰랐지만, 아마네가 염려할 수준은 아닌 듯해서 안심했다.

문화제 때는 비교적 차분한 의상이었지만, 다소 화려하기는 했다. 아르바이트 한정이라고 해도 그런 걸 매번 입기는 힘들 것이다.

그 이전에 그런 걸 입고 일하는 모습을 친구들에게 보여주게 된다면 아마네도 골머리를 앓았을 것이다. 문화제 때는 적지 않게 들떠 있었던 데다가 이틀 한정이라고 납득해서 착용했지만, 아르바이트 현장에서 일상적으로 입는 데는 거부감이 있다.

평범한 웨이터 의상이라서 다행이다. 그렇게 안도하는 아마네에게, 아야카가 "아, 맞다."라고 문득 떠올린 것처럼 목소리를 높였다.

"아, 후지미야 군의 치수를 가르쳐 줬는데, 괜찮을까?"

"나야 상관없긴 한데, 어떻게 알았어?"

"지난번 문화제 때 본 수치가 있고, 눈대중으로 알 수 있거든."

남자의 신체 사이즈는 옷을 입어도 대충 알 수 있다며 아야카가 생긋 웃는다. 어쩌면 본인의 근육 사랑이 가능하게 하는 기술일지도 모른다.

옆에서 그 말을 들은 소우지는 황당해하는 표정을 감추려고도 하지 않고서 "솔직하게 변태라고 말해도 돼."라고 여친에게 조금 심한 말을 꺼냈고, 이에 아야카가 "너무해!"라며 눈썹을 곤두세웠다.

"참……. 아, 아무리 그래도 대충 아는 거지, 근육의 질이라든가 밀도는 직접 만지거나 눈으로 봐야 알 수 있으니까…… 무, 물론 성희롱은 하지 않거든? 나는 합의하에 검사할 거예요."

"그, 그래……? 아니 뭐, 사이즈를 알려주는 수고를 덜었으니까 괜찮나……?"

"아야카, 이건 질색하는 거야. 후지미야도 이걸 너무 무리해서 칭찬하지 않아도 돼."

"사람더러 이거라고 하면 못써."

툴툴대며 깜찍하게 화내는 아야카. 하지만 아마네와 시선이 마주치자 난처한 듯 눈썹을 힘없이 늘어뜨렸다.

"왠지 미안한걸. 이상한 모습을 보여서."

"어? 아니 별로. 지금 와서 놀랄 일은 없는데?"

"윽, 비수가 꽂혔어. 하지만 아무 말도 할 수 없어……. 문화제 때부터 평범하게 보여줬으니까 말이지……."

"아니, 뭐. 키도의 취미가 남들과 다른 건 잘 알았어. 그렇다고 해서 딱히 뭐가 어떻다고 생각하는 일은…… 직접적인 피해가 없는 이상 있을 수 없고, 취미나 취향은 사람마다 다른 법이니까 말이야. 이상하게 여기거나 비난할 마음은 없어."

아마네가 그 먹잇감이 되어서 문제가 생겼다면 또 모를까, 그렇지 않다면 아마네가 먼저 이러쿵저러쿵 따질 생각은 없고, 그럴 권리도 없다.

취향은 사람마다 다 다른 법이므로, 자신에게 피해를 주지 않는 한 존중해야 할 것이다.

애초에 자신과 다르면 배척해야 한다는 사상을 지니고 자란 기억은 없다.

그리고 마히루도 은근슬쩍 근육 취향에 눈을 뜬 낌새가 있어서 그다지 남 일 같지 않았다. 영향을 받았다는 점에서는 아야카에게 따져도 될지도 모르겠지만, 마히루는 즐거워 보이는 데다가 아마네를 좋아하는 부분이 늘었다고 한다면 잘된 일……일지도 모른다.

뭐, 아야카의 강렬한 근육 취향을 거부하거나 부정할 마음은 없지만, 다소 오싹하는 것 정도는 애교로 넘어가자.

"애초에 남에게 뭐라고 할 권리는 없으니까."

마히루 특제 달걀말이를 젓가락으로 집으며 그렇게 중얼거리자 아야카는 감동한 것처럼 몸을 떨고 활짝 웃더니 기쁜 듯 아마네의 어깨를 두드렸다.

"후지미야 군은 교육을 잘 받고 자랐다고 할까, 좋은 사람이구나! 시이나 양이 좋아하는 이유를 알 것 같아!"

"아야카……."

"왜? 소우짱, 질투하는 거야? 괜찮아, 나한텐 소우짱밖에 없으니까……."

"아, 그건 됐고. 그게 아니라, 후지미야가 충격을 심하게 받은 것 같은데……."

아야카가 어깨를 두드린 충격으로 젓가락에서 달걀말이가 떨어지고 어제 저녁에 먹은 미트볼 파스타의 남은 재료로 만든 완자의 소스에 처박혔다.

시트나 옷에 떨어지지 않아서 다행이지만, 섬세하게 간을 본 달걀말이의 맛을 좋아하는 아마네는 이런 맛 변화에 큰 충격을 받아 몸이 굳어 버렸다. 그걸 본 소우지가 크게 낙담했다고 이해한 것이다.

완자 소스로 범벅이 된 달걀말이를 바라보는 아마네에게 아야카가 허둥지둥 말을 건다.

"미, 미안해! 그럴 생각은 없었어!"

"아, 아니야, 먹을 수 있으니까. 딱히 바닥에 떨어뜨린 것도 아니고, 이 소스도 맛있으니까……."

"기운이 엄청 없잖아! 미안해! 나중에 시이나 양한테 무릎 꿇고 만들어 달라고 부탁할게!"

"아, 아니야. 괜찮아."

정작 아마네는 그렇게 심각하게 실망하지는 않았다고 생각하는데도 아야카가 넙죽 엎드려 사과하니까 가볍게 미소를 지어주었다. 그랬더니 어째서인지 아야카가 더욱 미안한 얼굴로 머리를 숙였다.

"아마네 군은 정말 달걀말이를 좋아하는군요."

아야카에게 사정을 들은 듯, 마히루는 하교 도중에 문득 떠올린 것처럼 웃었다.

오늘은 서로 아무 데도 들를 예정이 없어서 평소처럼 나란히 하교하고 있는데, 저녁 메뉴를 정하려다가 생각난 듯 "정말 기쁜 일이지만요."라고 덧붙였다.

아야카에게 들은 아마네의 반응이 어지간히 재미있는지 "후후." 소리를 내며 어디까지나 우아하게 웃으니까 주위 사람들의 시선이 슬쩍슬쩍 이쪽을 향한다.

괜히 웃지 말라고 맞잡은 손을 아마네가 꼭꼭 쥐는데, 마히루의 웃음은 사그라질 기미가 없어 보인다. 뺨을 잡고 싶어도 한 손은 마히루의 가방을 들었고, 반대쪽 손으로는 마히루의 손을 잡고 있으니까 그것도 여의치 않다.

"도시락에 정기적으로 넣잖아요. 오늘 아침에도 도시락에 넣고 남은 걸 내놓았고, 저녁 식탁에도 종종 올리는데요?"

"그건 그거고, 이건 이거야. 나는 오늘 점심때 먹고 싶었어."

"아마네 군도 참. 그러니까 키도 양이 심각한 표정으로 사과하고 애원한 거잖아요."

아야카는 책임감을 느꼈는지 일부러 마히루에게 고개를 숙이고 부탁하러 갔다.

아마네로선 아야카를 탓할 마음은 전혀 없었다. 사소한 일로 낙담한 건 자신이고, 딱히 땅바닥에 떨어뜨린 것도 아니다. 맛이 다소 달라진 정도였을 뿐이다.

그랬는데 설마 진짜로 사과하러 갈 줄은 아마네도 몰랐던 데다가, 아마네가 없는 사이에 사과하러 갔다는 소식을 접하고 오히려 미안해졌을 정도다.

"아, 키도한테는 미안한 짓을 했어. 내가 멋대로 아쉬워한 건데 말이야."

"아마네 군이 무척 심각한 얼굴이었다고 들었는데요?"

"그야…… 마히루가 해준 달걀말이였으니까."

"언제든지 만들어 줄게요."

"저녁에도……?"

"메뉴 변경을 원하시나요? 방금 막 정했는데, 정말 못 말리는 사람이군요."

정말이지 기가 막힌다는 듯이 말하면서도 목소리는 즐거운 듯이 약간 들뜬 느낌이니까, 싫다는 뜻은 아닐 것이다.

온화하게 웃는 얼굴을 보면 미묘하게 낯간지럽고, 아이 취급을 받는 기분이 든다. 아마네는 입술에 힘을 주어서 삐죽 나오려는 걸 참았다.

"그렇다면 오늘 저녁은 달걀말이를 추가해 드릴게요. 그 대신에 오늘은 제 응석을 받아주셔야겠어요."

"뭐야, 그런 거라도 좋다면 얼마든지 할 건데? 굳이 부탁하지 않아도 할 거고."

기본적으로 똑 부러진 마히루가 응석을 부린다면 기꺼이 받아들일 것이고, 정 뭐하면 본인이 바라지 않아도 다 받아줄 것이다. 마히루를 귀여워하는 것이 하나의 취미가 되었다고도 말할 수 있다.

아마네가 순순히 승낙하자 말을 꺼낸 마히루가 오히려 주춤거린다.

"그건 그것대로 곤란해요……."

"왜?"

"왜긴요. 아마네 군은 조절할 줄 모르잖아요."

"조절해야 해? 내가 그렇게 심하게 굴었어?"

"그게 아니라…… 한번 받아들이기로 결심하면 한없이 받아준다고 할까요……."

"그야 한번 결심하면 그렇게 하겠지."

한번 하기로 결심했다면 어지간한 일이 없는 이상 끝까지 하는 아마네로선, 마히루가 부탁한다면 원하는 만큼, 마음껏 응석을 받아줄 작정이다.

마히루가 싫어할 때까지 할 마음은 없지만, 흐물흐물 녹아버릴 정도는 해도 괜찮다고 여긴다.

"너무 받아주기만 하면, 제가 힘들어요."

이어서 "한동안 다리에 힘이 안 들어가서 일어설 수 없게 되니까요."라며 나지막하게 덧붙인 마히루를 보고, 아마네는 피식 웃고 말았다.

응석을 받아준다고 해 봐야 스킨십과 입맞춤, 포옹 정도인데. 마히루에게는 그것만으로도 너무 벅찬 듯하다.

한없이 응석을 받아주는 바람에 힘이 빠져서 흐물흐물해지는 건 아마네도 자주 보지만, 마히루로서는 그런 상태가 되고 싶지 않은 것 같다.

아마네가 "귀여운데."라고 말을 흘리자, 마히루가 희미하게 빨개진 얼굴로 "한도 끝도 없이 하니까 싫어요."라고 토라진 듯, 투정을 부리는 듯 중얼거리는 소리가 들렸다.

"아무튼 과도하게 하면 안 돼요. 평범하게 해주세요."

"평범하게 응석을 받아주라고 해도 말이지. 언제나 평범하게 하는걸."

"이것이 후지미야 가문의 혈통이 낳은 기술……."

"아버지만큼은 아니야."

아무리 그래도 아버지만큼 잘 받아주는 기술은 없고, 자연스럽게 할 수도 없다.

아마네에게 아버지란, 가족에게 한없이 관대하고, 자상하고, 애정이 깊은 남자다.

몸과 마음을 침식하는 독처럼 단순히 밑도 끝도 없이 응석만 받아주는 게 아니다. 누구보다도 가족을 잘 보고, 정말 필요할 때는 거리를 두고 다정하게 지켜보면서, 가족에게 도움이 되게 끔 받아준다. 아마네의 아버지란 그런 사람이며, 누구보다 깊은 애정을 아낌없이 준다.

아마네로선 아버지보다 다소 얌전하게, 더 차분한 느낌이 되고 싶지만. 아무튼 그렇게 되고 싶다고 생각하는 이상적인 모습의 하나이다. 그 수준에 도달했다고는 생각하지 않고, 아마네 자신도 깔끔한 부분이 부족하다고 여긴다.

아마네가 생각하는 마히루는 자제심이 강하고 꿋꿋한 척하는 타입이라서, 아마네가 응석을 받아주지 않으면 어디선가 부러질 가능성이 있다. 따라서 적당히 녹여 주려고 응석을 부리게 하는데, 마히루는 그것을 과다한 애정으로 받아들이는 낌새가 있다.

"지금 아마네 군이 한 말을 시호코 씨에게 들려주고 싶네요. 애석하게도 이미 여기에 안 계시지만요."

"왜 어머니 얘기가 나오는데……? 뭐, 고향 집에 갔으니까."

아마네의 부모님은 이미 이 동네를 떠났다. 내일부터 일이 있으니까 당연하다.

문화제와 대체휴일 동안 꽤 떠들썩했으니까, 지금처럼 새삼스럽게 두 분이 없다고 생각하면 그 변화가 당혹스러울 지경이다.

"쓸쓸해지네요."

"마히루는 우리 부모님하고 있는 게 무척 즐거워 보였으니까 말이야."

"당연히 즐겁죠. 아마네 군의 옛날 일을 들을 수 있고요."

"특급으로 응석을 받아줘야겠는걸."

"어, 그, 그건 좀……."

부모님이 무슨 말을 했는지 까발리기 위해 오늘은 철저하게 응석을 받아주기로 결심한 아마네에 마히루가 당황하지만, 이건 마히루가 말실수한 게 잘못이다.

　그걸 몰랐으면 살살 하려고 했는데, 아무래도 그럴 수는 없는 모양이다.

　어떻게 녹여 줄까 하는 생각으로 아마네가 입술에 웃음을 띠자, 마히루는 미묘하게 뻣뻣해진 얼굴로 슈퍼마켓에 도착할 때까지 아마네의 팔뚝에 머리를 툭툭 들이댔다.

　"저, 저기 있잖아요. 아마네 군은 적당히 할 줄 알아야 한다고 생각해요."

　저녁 식사 후, 응석 받아주기 특급 형을 집행하고 있을 때 마히루가 새빨개진 얼굴로 아마네를 올려다본다.

　소파에 함께 앉은 김에 마히루를 쓰다듬고 있을 뿐인데, 마히루는 몹시 부끄러워했다.

　딱히 성적인 접촉을 한 것도 아니고, 민망한 곳을 건드린 것도 아닌데 얼굴이 달아오르는 건 아마네가 마히루의 얼굴을 바라보며 머리를 쓰다듬어서 그럴까, 아니면 허벅지 위에 올려서 몸을 기대게 해서 그럴까?

　"적당히 하라고 해도 말이야. 내 무슨 이야기를 들었는지 가르쳐 줘야 말이지."

　"아마네 군이 걱정할 이야기는 듣지 않았다고 했잖아요!"

　"구체적으로는?"

"아마네 군이 어릴 적에 그네를 너무 힘껏 타다가 날아가는 바람에 울어버린 이야기나, 시호코 씨의 뺨에 뽀뽀하려다가 힘껏 박치기한 이야기를요."

"아웃. 정상 참작의 여지는 없습니다."

"그럴 리가요……!"

어릴 적 아마네는 어머니의 분위기에 너무 영향을 받아서 자주 사고를 쳤는데, 그게 마히루에게 알려지면 무슨 벌이냐고 생각할 정도로 부끄럽다.

특히 어렸을 때 어머니 뺨에 뽀뽀한 이야기는 남자 앞에서 꺼내면 안 된다. 완전 흑역사다.

지금 아마네가 귀여워하는 마히루보다, 모르는 데서 과거에 저지른 짓을 폭로당한 아마네가 확실하게 더 부끄럽다.

애초에 어머니에게 뽀뽀하려던 것은 미수였으니까 그냥 넘어가더라도, 정작 어머니는 아마네에게 뺨을 문대면서 뽀뽀하는 것쯤은 했을 테니까, 그 이야기를 끄집어내면 아마네도 골치가 아플 것이다.

쓸데없는 이야기나 듣고 말이야. 그렇게 말하는 대신 마히루의 옆구리에 손가락을 미끄러뜨려 살살 만지자, 몸을 움찔거린 마히루가 뺨을 떨면서 아마네를 올려다본다.

물론 그만두라는 간청이겠지만, 아마네로선 벌을 주는 것이므로 그만둘 마음이 없다. 아마도 이야기 자체는 시호코가 꺼냈겠지만, 흥미진진하게 들었을 게 틀림없다.

똑같이 유죄라고 말하듯이 부드럽게, 또 부드럽게 손가락을 놀린다.

마히루는 간지럼을 너무 잘 타니까 일단은 조심스럽게 간지럽힌다. 그러자 마히루는 평소보다 높아진 목소리로 비명을 지르며 아마네에게 매달린다. 도망치려고 하지 않는 건 몸의 균형이 흐트러지기 때문일 것이다.

"히끅……흐윽. 미, 미안해요."

"또 뭘 들었어?"

아마네는 일단 마히루가 완전히 백기를 들게 해서 시호코가 쓸데없이 이야기한 옛날 일을 전부 알아내려고 했다. 그래서 손끝으로 간질이듯이 꼼꼼하게 옆구리와 허리를 쓰다듬자 마히루가 웃음이 나오려는 것을 참으며 몸부림친다.

"이, 이번에는 없어요."

"이번에는?"

"마, 말이 그렇다는 거니까요……."

"설령 지금 전부 말했더라도, 앞으로 더 들을 예정이 있는 것 같군요, 아가씨. 나만 흑역사가 알려지는 건 너무 치사하지 않겠습니까?"

"그야 제 흑역사라면, 그 이전의 문제니까요……."

딱히 할 이야기가 없다고 덧붙이는 바람에, 아마네는 마히루를 간지럽히는 걸 그만두었다.

싫은 기억을 떠올리게 했을지도 모른다. 마히루에게 어린 시절이란 부모에게 비호와 사랑을 받지 못했던 시기이므로, 본인으로선 언급하기 싫었을 것이다.

그런 화제로 이어지게 해서 미안하다며 눈썹을 축 늘어뜨리고 마히루의 눈치를 살피자, 마히루는 아마네가 무슨 생각을 했는지 꿰뚫어 본 듯 살며시 웃는다.

"그건 별로 신경 쓰지 않아도 되는데요? 지금의 저한테는 딱히 중요한 게 아니니까요. 지금이 행복하면, 그걸로 족해요."

"마히루……."

"게다가 전 어릴 적에도 얌전한 편이어서 아마네 군 같은 개구쟁이가 아니었고요."

"개구쟁이라서 미안하네. 뭐, 마히루가 말괄량이인 건 상상할 수 없겠는걸."

놀리는 말에는 뺨을 잡고 복수하면서, 아마네는 어릴 적 마히루를 상상했다.

하긴, 말괄량이인 마히루는 상상할 수 없다.

어릴 적부터 부모님께 인정받고자 착한 아이가 되려고 했다는 마히루는 지금보다 훨씬 얌전했을 것이다. 아마네도 얌전한 마히루는 쉽게 상상할 수 있으니까, 말괄량이 마히루도 한번쯤 보고 싶어진다.

(마히루를 닮은 아이가 생기면 볼 수 있을까?)

어느 성질을 이어받든 얌전할 것 같다는 생각이 들기도 하지만, 진짜로 태어날 때까지는 모를 일이다.

얌전하든 말괄량이든, 어쨌든 귀여울 게 틀림없다. 귀여운 구석이 없는 아마네보다는 부디 마히루를 닮았으면 좋겠다.

이츠키가 들으면 '너도 참 성급하다.' 라고 딴지를 걸 듯한 일을 멋대로 상상하며 따스한 기분으로 있을 때, 마히루는 아마네의 가슴에 얼굴을 묻고 뺨을 비볐다.

"어릴 적의 저는 그다지 귀엽지 않았는걸요? 정말로, 부모님께 칭찬받고 싶어서 착한 아이로 있었을 뿐이라서요. 그 덕분인지 또래 아이들보다 잘하는 게 많았지만, 결국 귀엽지 않은 아이라는 험담도 들었고요."

"누가 그랬는데?"

"당시 같이 놀던 아이의 어머니가 그랬던 것 같은데요. 아마네 군, 얼굴, 얼굴."

"어쩔 수 없잖아."

아이가 있는 데서 다 들리게 험담하는 사람이 있다고 믿을 수가 없어서 그만 미간에 주름이 꽉 잡혔는데, 마히루가 꾹꾹 눌러서 풀어준다.

특히나 아이는 상처받기 쉬운데도 안이하게 악감정을 돌린, 그 낯선 아이 엄마에게 따지고 싶은 게 많지만, 이미 지나간 일이니까 어쩔 수가 없다.

마히루가 힘들어하지 않고 담담한 눈치라서 다행이지만, 상처로 남았다면 어떻게 해줄까 생각할 정도로는 화가 치밀었다.

"걱정하지 않아도, 코유키 씨가 귀엽다고 칭찬해 줬어요."

"코유키 씨 굿잡."

아마네는 마히루의 부모를 대신한 얼굴도 모르는 여성에게 속으로 엄지를 척 세우면서 머리를 쓰다듬어 준다. 그리고 추억을 서랍 깊은 곳에서 꺼내던 마히루를 껴안았다.

"아마네 군이 생각하는 것보다 저는 아무렇지도 않았어요. 낯선 다른 사람이 뭐라고 하는 것보다, 친부모가 뭔가 말하는 것이 저에게는 더 괴로웠거든요."

"마히루……."

"우울한 이야기를 하고 싶은 건 아니니까 이쯤에서 그만할까요. 한 가지 말하자면, 당시에 괴로운 일은 있었어도 아마네 군과 이렇게 알고, 맺어진 것도 그런 과거가 있었기 때문이라는 거예요. 그 과거까지 부정할 일은 없으니까, 그런 얼굴 하지 마세요."

걱정이 참 많다며 웃는 마히루의 이마에 입술을 대며 다시 껴안자, 품에서 꼼지락거리면서도 뺨에서 긴장을 푼 마히루가 먼저 아마네에게 입을 맞춘다.

"게다가 지금은 아마네 군에게 사랑받으니까, 괜찮아요."

눈앞에서 수줍게 웃는 마히루를 본 아마네는 "귀여워."라고 중얼거렸다. 그리고 오늘은 더 많이 응석을 받아주기로 마음먹고 다시 가볍게 키스한 다음 머리를 쓰다듬었다.

이렇게 받아주는 건 대환영인지 아마네의 행위를 순순히 받아들인 마히루는 몽롱해진 눈으로 아마네에게 몸을 기대고 있다.

이대로 가다간 너무 몰입한 나머지 마히루를 끝없이 응석받이로 만들 기세다. 그랬다간 아마네 자신도 여러모로 녹을 수 있으니까 적당히 해야 한다며 이성으로 다시 제어하는 와중에 그러고 보니 깜빡하고 말하지 않았던 것이 생각난다.

"잊기 전에 먼저 말하겠는데, 아르바이트를 시작하면 평일에는 확실하게 귀가 시간이 늦어지니까 먼저 밥 먹고 있어도 돼."

조금만 더 일찍 말해야 했다고 생각하면서 쓰다듬는 손을 멈추고 고백하자, 마히루는 아마네의 품에서 눈을 크게 깜빡였다.

"근무 시간은 상의 중이지만, 평일에는 가게 문을 닫을 때까지 있을 거야. 집에 도착하면 밤 9시쯤 되겠지. 아무리 그래도 그때까지 기다리게 할 수는 없으니까."

"그 정도면 기다리겠는데요."

배고픈 마히루에게 기다려 달라고 하는 건 미안하니까 먼저 먹으라고 한 건데, 마히루는 아주 당연하다는 듯이 대답했다.

무슨 소리를 하는 거냐고 물어보는 눈빛으로 바라보면 아마네도 난처한 듯 눈썹을 축 늘어뜨릴 수밖에 없다.

"아니, 배고프잖아."

"배보다 마음을 채우고 싶으니까 아마네 군을 기다릴게요. 혼자 먹어도 심심하고, 저는 아마네 군을 기다리는 시간을 싫어하지 않아요."

"늦을 건데?"

"아마네 군이 아니더라도 동아리 활동이나 아르바이트를 하는 사람도 많이 있으니까요. 그 사람들과 비교해서 늦다고 할 정도는 아닙니다. 아니면 제가 기다리는 게 싫을까요?"

"싫을 리가 없잖아. 단순히 기다리게 하는 게 싫을 뿐이야."

아마네로선 마히루가 혼자 조용히 밥상을 차리고 기다리는 상황을 만드는 것이 더 미안하다. 차라리 먼저 식사하는 것이 아마네의 정신건강에 좋지만, 마히루는 양보할 기미가 전혀 없어 보인다.

"아무것도 안 하고 기다리는 건 아닌데요? 기다린다면 그동안 할 일이 얼마든지 있으니까요. 목욕한다거나 과제, 예습, 복습, 미용 관리 등등. 할 일은 나름대로 많으니까, 그 순서가 바뀔 뿐이에요."

별로 어려운 일도 아니라는 듯이 말한 마히루가 "걱정이 참 많군요."라고 웃으며 아마네의 뺨을 콕콕 찌른다.

"아마네 군은 꼭 원하는 것을 위해 노력하는데, 제가 응원하지 않을 리가 없잖아요? 말은 그렇게 해도, 할 수 있는 일이란 따뜻한 밥과 목욕물 준비 정도지만요."

"그것만으로도 정말 고마워. 제일가는 건, 집에 왔을 때 마히루가 맞이해 주는 건데. 그러면 기운이 많이 날 거야."

"저를 보기만 해도 기운이 난다면 참으로 쉬운 일이로군요."

"무리하지 않아도 되거든? 네 형편을 우선해 줄 거지?"

마히루라면 자기 할 일이 있어도 아마네를 우선할 것 같은데, 정작 당사자인 마히루는 웃음으로 흘려넘기고 있다.

아마네로선 마히루를 속박할 마음이 없지만, 마히루는 아마네와 함께 있지 않으면 싫은 듯 자기 뜻을 굽힐 기미가 보이지 않는다.

그만큼 사랑받고 아껴주는 거니까 기쁘기도 하지만, 역시 무리하지 않았으면 좋겠다는 생각도 든다.

"아마네 군이야말로 너무 무리해서 일하지 마세요. 아마네 군이 원하는 것이 뭔지 모르겠지만, 아마네 군은 한번 결심하면 하는 사람이니까 걱정이에요."

"무리하진 않아. 마히루에게 걱정을 끼칠 수는 없고."

"아르바이트를 한다는 시점에서 조금 걱정되는데…… 아마네 군은 아무리 좋게 봐도 사교성이 좋다고는 말할 수 없으니까요."

"사실이지만, 조금 너무해."

하긴 그건 자타가 공인하는 사실이지만, 대놓고 지적하면 어떻게 반응해야 할지 모르겠다.

사교성이 하나도 없는 건 아니라고 아마네가 변명도 안 되는 말로 투덜대자 마히루가 살짝 한숨을 쉰다.

"사교성이 없다고 할까요. 아마네 군은 단순히 평소 사교성의 필요성을 느끼지 않는 거니까, 필요해지면 할 수 있다고 봐요."

"딱히 불특정 다수와 친해질 마음은 없고, 좁은 범위에서 만족할 수 있으니까."

"그래도 정말로 하려고 마음먹으면 가능한 거잖아요. 스위치를 전환할 수 있으니까요. 하아."

"왜 한숨?"

"혹시라도 아마네 군이 인기를 끌면 어쩌나 해서요……."

참으로 깜찍한 걱정을 하는 애인에게 무심코 웃어버리자, 그 소리를 들은 마히루가 뚱해진 얼굴로 고개를 든다.

"괜찮아. 그럴 일은 없어."

"아마네 군은 요즘 본인의 평가가 어떤지 몰라요."

"있잖아. 그 카페의 손님층은 메뉴의 가격이나 분위기 면에서 중후한 신사들이나 부인들이라고 하거든? 인기를 끌 일은 없고, 끌어도 별수 없잖아?"

젊은 사람들은 이렇게 개인이 운영하는 조용한 카페보다는 다소 소란스러우면서도 마음 편하게 먹고 마실 수 있는 체인점 쪽으로 갈 것이고, 메뉴를 봤을 때 고등학생, 대학생들이 부담 없이 차를 즐기기에는 다소 비싸다.

그만큼 음식물 전반의 맛은 매우 좋고, 아늑한 공간이 어르신들에게 인기가 많다고 한다.

뭐 경영하는 사람이 젊은 미인 아가씨라는 것도 어떻게 보면 신사들이 다니는 이유일 테지만.

소우지가 말하길, 젊은 여자 손님은 별로 찾아오지 않는다고 하니까 안심하고 일한다는 모양이다.

그런고로 만일 다소 인기를 끈다고 해도 상대는 아마네보다 한두 세대는 떨어진 사람이며, 그 시점에서 끄는 인기는 아들이나 손자를 귀여워하는 듯한 느낌이 되리라.

"그러니까 마히루가 걱정할 일은 없어. 가게 주인도 좋은 사람 같았고."

"그렇다면 좋겠지만⋯⋯."

아마네는 일단 납득한 눈치인 마히루를 달래듯이 머리를 쓰다듬었다. 그러자 마히루는 살짝 못마땅한 듯, 그러면서도 역시나 기쁜 기색으로 얼굴을 살짝 펴고 아마네가 하고 싶은 대로 내버려 두었다.

제6화   친구들의 압박

"뭘 보는 거야?"

"아르바이트 매뉴얼. 먼저 보고 익히는 게 좋을 거라고 키도가 가져다줬어."

'아르바이트 일을 시작하기 전에 알아두면 마음이 편해지지 않을까?' 라는 말과 함께 아야카가 준, 바인더로 정리한 업무용 매뉴얼. 아마네가 그것을 보는 것을 알아챈 이츠키가 말을 걸었다.

기본적인 접객 방법에서 시작해서 메뉴, 기구 사용법, 원두의 이름, 종류, 맛의 경향 등 일하면서 알아야 하는 것들이 정리되어 있다.

문화제를 통해서 기초는 배웠으니까 접객 방법과 메뉴를 외우는 것 자체는 별로 어렵지 않았지만, 가게에서 제공하는 커피의 종류와 맛, 콩의 원산지 등을 외우고 손님이 물어봤을 때 잘 설명할 수 있어야 한다는 점이 의외로 복잡해서, 시간이 날 때마다 읽어 보기로 했다.

"그런 걸 외부로 반출해도 돼?"

"어디까지나 접객이라든가 기구를 사용하는 방법을 설명하는 거니까 문제없대. 딱히 기업 비밀 같은 게 아니라는 이유로 키도가 허가를 받았다나 봐. 가게로서도 빨리 일을 익히는 게 좋잖아."

아야카가 여기까지 챙겨주는 건 본인이 소개했다는 책임감 때문이기도 하겠지만, 아마네라면 잘 기억할 수 있다는 믿음도 있어서 그럴 것이다.

함께 일하게 된 소우지만 의지할 수도 없으니까, 최대한 빨리 일할 수 있게 되어서 가게 업무에 보탬이 되어야 할 것이다.

애초에 안 그러면 마히루를 가게로 부를 수 없으므로, 여친의 기대에 부응하기 위해서라도 매우 진지하게 매뉴얼을 보고 있었다.

여담으로 아마네가 집중한 걸 봐서 그런지, 평소 같으면 쉬는 시간에 찾아오는 마히루도 지금은 아마네의 곁으로 오지 않고 어디론가 모습을 감췄다.

시선을 다시 매뉴얼로 돌려서 차분히 뇌에 새기는 아마네에게, 이츠키는 못 말리겠다는 느낌으로 한숨을 쉬었다.

"아마네 넌 그런 부분이 성실하단 말이지. 뭐, 그 원동력은 사랑이지만."

"시끄러워."

그 이유는 차마 부정하지 않지만, 다른 사람의 입으로 말하는 걸 들으면 부끄러움이 앞서서 쏘아붙이고 만다. 하지만 이츠키는 그 볼멘소리에 움츠러든 기색도 없이 그저 웃고 있다.

"거참, 그토록 얌전하고 사람을 꺼리던 아마네가 이렇게 변하다니…… 사랑은 참 위대하구나. 사람은 변할 수 있는 거였어."

"아까부터 나를 놀려서 뭘 어쩌고 싶은 거야? 화나게 하고 싶은 거야?"

"아니, 아니지, 그냥, 왠지 눈이 부셔서."

"보다가 눈이 멀든 말든 마음대로 해. 그러면 내가 알바하는 곳에 올 수 없을 테니까."

"너무해. 나한테도 알바하는 모습 보여줘."

"자기는 보여주려고 하지 않으면서 말은 잘해요."

아마네를 놀리는 이츠키도 아르바이트하는 건 알고 있다. 다만, 어디서 무슨 아르바이트를 하는지는 아마네도 모른다.

기본적으로 개방적이고 관대하지만, 어째서인지 이츠키는 자신이 일하는 것에 관해서는 그다지 화제로 삼으려고 하지 않는다.

꼭꼭 숨기려는 것은 아니어도 되도록 언급하지 않기를 바라는 감정이 은근슬쩍 느껴지니까 아마네도 괜히 건드리려고 하지 않았지만, 슬쩍 찔러 보는 정도는 괜찮으리라.

매뉴얼에서 눈을 떼고 이츠키를 보자 "어? 나?"라며 반웃음으로 말을 흐리고 있다.

"넌 내가 일하는 데를 구경하고 싶다면서 자기가 일하는 데는 안 데려가고, 애초에 어디서 일하는지도 안 알려주잖아."

"아하하, 말할 필요가 없었거든."

"맞는 말이긴 하지만, 뭔가 수상한 아르바이트를 하는 게 아닐까 걱정되는데?"

"아무리 그래도 그건 아니야!"

"그러면 무슨 일을 하는데?"

"아…… 뭐, 괜찮나. 꽃집인데요~ 아는 가게에서 일하고 있걸랑요~."

"네가 꽃……?"

예상을 완전히 벗어난 직종을 듣고 무심코 눈이 휘둥그레진 아마네에게, 이츠키가 멋쩍은 얼굴을 보인다.

"거봐. 그럴 줄 알아서 말하지 않았다고. 나랑 안 어울린다고 말할 게 뻔했거든."

"안 어울린다고 말하진 않겠지만…… 평소 꽃 얘기는 전혀 안 하잖아."

"애초에 말할 기회가 없잖아. 나도 아직 잘 안다고 할 정도는 아니고…… 뭐, 화도(華道) 쪽으로 꽃을 만질 수도 있으니까, 거기라면 괜찮다고 아버지가 말해서 하는 거야. 거기 말고는 아르바이트 허가를 받지 못했어."

"켁." 하고 말을 내뱉는 이츠키는 혐오감을 짙게 드러내고 있다. 그것이 누구를 향한 것인지는 굳이 말하지 않아도 아니까, 아마네로선 눈살을 찌푸릴 수밖에 없었다.

아마네가 다니는 고등학교에서는 학생이 아르바이트를 하려면 보호자의 허락을 받고 신청해야 한다.

다행히 아마네는 아버지 슈토에게 허가를 받아서 재빨리 신청했지만, 이츠키는 다이키 씨의 존재가 걸림돌이 된 거겠지.

아마네가 봐도 엄격한 그 사람은, 면학이 본분인 학생이 아르바이트하는 것 자체를 별로 달갑게 여기지 않을 것 같다. 애초에 실제로 거부한 듯, 이츠키는 "이것도 타협하게 한 다음에 우격다짐으로 밀어붙여서 된 거야."라고 투덜거리고 있다.

다이키 씨를 굽히게 하는 데 얼마나 큰 노력이 들었을지는 묻지 않는 게 좋을 것이다.

"꽃 자체에는 딱히 불만이 없지만, 이것저것 참견하는 게 싫어. 난 벌써 고등학생인데? 내가 자유롭게 쓸 돈을 벌겠다는데 뭐가 불만이야. 점장이 아버지 지인이라서 아버지한테 연락하고 말이지. 뭐, 점장은 내 처지를 동정하니까 무난하게 보고하겠지만."

"그렇게까지 해서 아르바이트를 할 정도면, 뭐가 그렇게 갖고 싶은 건데?"

아마네가 아는 이츠키는 딱히 돈을 펑펑 쓰는 타입도 아니고, 놀려고 돈을 쓰는 일도 별로 없다. 가끔 패스트푸드점이나 노래방에서 쓰는 정도이고, 그것 말고는 아마네가 아는 한에서 돈을 쓰는 모습을 볼 수 없다. 애초에 용돈 자체는 받는 것 같고, 금액도 점심값을 포함해 넉넉하게 나온다는 듯하다.

그렇다면 뭔가 큰돈이 필요한 게 있을까 생각했지만, 이츠키는 아무렇지도 않게 고개를 가로저었다.

"응, 집을 나가도 살 수 있게 지금부터 저축하고 있어."

"미안해……."

밟지 말아야 할 지뢰를 힘껏 밟는 바람에 아마네가 솔직하게 사과하자, 이츠키는 쓴웃음으로 대답했다.

"이럴 때 사과할 것 같으니까 별로 말하지 않았어. 이건 내 고집이니까, 너무 급발진했다는 말을 들어도 싸."

"다이키 씨랑은 그 뒤로도……."

교실에 치토세가 없는 걸 확인한 후 목소리를 낮추고 묻는다.

같은 반 아이들이 적당히 수다를 떠는 덕분에 아마네의 목소리는 옆에 있는 이츠키에게만 들릴 것이다.

반 아이들을 통해서 치토세의 귀에 들어갈지도 모른다는 생각에 목소리를 낮춘 건데, 이츠키는 아마네의 배려를 보고 슬쩍 웃었다. 기뻐서 웃는 게 아니다. 난처해서 웃는 것임을 아니까 아마네는 가슴이 아팠다.

"아무것도 달라진 게 없는데? 뭐, 중학교를 졸업하고 고등학교에 입학할 때까지 내가 엄청 반항하고 날뛰었으니까, 애초에 대화가 거의 없지만 말이야."

역시 그렇다고 할까. 집에서도 대화가 없는 상태가 계속된 것이리라.

어쩌면 문화제에서 아마네가 쓸데없이 참견해서 더 꼬였을지도 모른다고 걱정했는데, 이츠키의 태도를 봐서는 꼭 그렇지도 않은 모양이다.

"학생일 때는 부모에게 생활이 달려 있으니까, 진심으로 제한하면 자식은 어쩔 수가 없단 말이지. 유비무환이란 거야."

"아무리 다이키 씨라도 학비나 생활비로 악랄하게 협박하는 짓은 안 할 것 같은데."

확실히 다이키 씨는 생판 남인 아마네가 봐도 나쁘게 말하자면 융통성이 없고, 고집이 센 사람이다. 동시에 올바른 어른으로서 책임감도 매우 강한 사람이라고 생각한다.

이런 사람이 아들을 무조건 따르게 하려고 모든 걸 제한한다면 설령 남의 집 일이더라도 아마네 역시 거리낌 없이 항의하겠지만, 실제로는 어느 정도 제약이 있기는 해도 이츠키에게 강제하는 수준은 아니다.

교착 상태이기는 하지만, 무턱대고 강요하는 일로 발전하지는 않으리라.

그걸 이츠키도 이해하는지, 어이없다는 느낌이 강한 한숨을 내쉬고 있다.

"아버지도 고집이 세긴 하지만, 인간의 도리를 저버리는 짓은 하지 않을걸? 그것과는 상관없이, 만약 무슨 일이 생겨서 아버지 곁을 서둘러 떠나야 할 때 밑천이 없으면 방법이 없잖아. 나는 아버지의 고집을 잘 아니까."

"너도 참 복잡하게 사는구나……."

"알아. 하지만 이게 나니까."

경박해 보이면서도 생각이 깊고, 신념이 확고한 이츠키는 태평하게 말하지만, 그 말이 고뇌 끝에 나온 것임을 알고 있다.

아무리 아버지의 말이더라도 굴하지 않겠다는, 모종의 고집이 보인다.

그런 부분은 아버지를 똑 닮았다는 말은 지금의 이츠키에게 차마 할 수 없어서 가슴속에 묻어두고 쓴웃음을 짓는데, 보아하니 밖에 있다가 교실로 돌아온 듯한 치토세가 훌쩍훌쩍 가벼운

걸음걸이로 다가오는 것이 보여서 평소의 표정으로 돌아갔다.

"뭐야? 무슨 일이야? 심각한 표정으로 무슨 얘길 했어?"

"응? 아마네도 알바 때문에 정신이 없어서 같이 놀기 어려울 것 같다고 했어."

철저하게 치토세가 절대로 모르게 하려는 이츠키가 히죽 웃으며 스리슬쩍 다른 말을 꺼냈다. 그래서 아마네도 편승해서 "뭐, 근무표에 시간을 나름 많이 넣었으니까."라고 말을 이었다.

"진짜 그래. 너무 알바만 하면 내가 외로워하는 마히룽의 마음을 채갈 거야."

"그렇게 되면 곤란하니까 마히루도 방치하지 않게 조심하겠습니다."

"오냐. 그렇게 하여라."

"잘난 척하기는."

"아야!"

마히루에 관해서는 일가견이 있는 것처럼 구는 치토세의 이마를 손끝으로 톡 치자 호들갑스럽게 비틀거리며 "잇군~."하고 이츠키에게 달라붙었다. 이츠키는 실실 웃으면서 "어유어유." 하고 머리를 쓰다듬고 달랬다. 보아하니 조금 전의 아마네와 이츠키의 분위기는 잘 얼버무린 것 같다.

별로 힘을 주지 않았는데도 이마를 붙잡고 귀엽게 화내는 치토세는 싸한 아마네의 시선을 받고 혀를 쏙 내밀었다.

"그런 얼굴로 보지 말래도."

"치토세가 잘난 척한 탓이야."

"아이참~ 뭐가 어때서. 나랑 마히룽 사이인걸. 그보다 아마네가 빨리 우리를 불러줄 때를 기대할게!"

"부르기 싫어졌어."

"왜! 그냥 친구의 멋진 모습을 보고 싶은 건데!"

"웃거나 장난치지 않겠다고 맹세할 수 있어?"

눈을 피하는 치토세를 세게 흘겨보자 얼굴이 점점 엉뚱한 곳으로 돌아간다.

"그런 일은…… 없을, 것, 같습니다."

"얼굴을 보고 단언할 수 없는데 신용할 것 같아?"

"그치만~ 안 그러면 아마네의 접객 스마일이 우리에게 향할 일이 없는걸. 유짱도 보고 싶지?"

"아하하, 그래."

셋이서 모인 걸 보고 어느새 근처로 다가온 유타가 부드럽게 미소를 지으며 고개를 끄덕인다.

어째서인지 유타도 편승하는 바람에, 아마네로선 무슨 생각인지 전혀 몰라서 뺨을 떤다.

"접객 스마일은 얼마 전에 봤잖아……."

"그건 마히룽이 있어서 보정이 걸린 거잖아. 우리를 향한 게 아니잖아."

"저기 말이야."

"뭐가 어때서, 괜찮잖아. 그렇지? 유짱?"

"그래."

"너희는 왜 이럴 때만 잘 뭉치냐. 나만 보고 웃는 건 불공평잖아……라고 생각했는데, 카도와키는 육상부 활동이 있어서 아르바이트를 안 하니까 말이지."

육상부 에이스인 유타는 그 활동으로 바빠서 당연히 아르바이트할 틈이 없다. 아무리 이 학교 육상부가 근성론이 아니라 합리적인 판단에 근거해서 탄력적으로 단련한다지만, 쉬는 날에도 일이 있어서 항시 움직여야 한다면 체력적으로 힘들 것이다. 아마네가 유타라면 절대로 안 한다.

여담으로 치토세의 부모님은 아르바이트를 허락하지 않는다고 한다.

안 그래도 학업이 불안하니까 그럴 여유는 없을 거라고 철저하게 타이른 모양이다. 남의 집 일에 참견할 수는 없지만, 치토세의 성적이 그토록 안 좋은 걸 생각하면 부모님 말씀에도 일리가 있다.

"유짱은 카페에서 일해도 잘 어울릴 것 같아."

"카도와키는 언제나 웃는 얼굴에 태도도 정중하니까 비교적 상상하기 쉬운걸."

"실제로 일할지 어떨지는 몰라도, 평소에 웃어야 분위기가 밝아지잖아?"

"뭐 그렇지. 카도와키가 웃으면 주위도 자연스럽게 평화로워……지나……?"

"왜 의문형이야?"

"글쎄다."

남자든 여자든 배경에 사나운 짐승이 깔린 듯 질투심을 드러내는 사람이 일부 있어서 그런데, 이건 유타의 잘못이 아니므로 본인도 깊게 생각하지 않는 게 좋으리라.

최근 들어 같은 반에서는 유타를 질투하거나 유타를 둔 쟁탈전을 자제하는 분위기지만, 다른 반에서 호의를 드러내는 여학생들의 어필은 여전히 많은 듯하다. 그걸 본 아마네는 인기가 많아도 고생이구나, 라고 새삼스럽게 통감했다.

만약 카페에서 일하면 학교 밖에서도 인기를 끌 것이고, 여자들이 줄을 설 게 뻔하다. 그러니까 유타도 아르바이트에는 손을 대지 않을 것이다.

"어쨌든, 후지미야가 빨리 우리를 불러도 될 정도로 일에 익숙해지길 바랄게."

"역시 카도와키도 오고 싶은 거야?"

"어? 당연하지. 모처럼 친구가 일한다면 가보고 싶어지잖아. 안 그래, 이츠키?"

"윽, 유타가 나를 압박해."

지금껏 어디서 일하는지 아마네에게 말하지 않았다면 유타에게도 그랬을 것 같은데, 역시나 알려주지 않았던 것 같다.

치토세는 이츠키가 어디서 일하는지는 아는 듯, "잇군은 나도 가까이 못 오게 하는걸."이라며 압박당하는 이츠키를 어이없다는 눈치로 바라보니까, 도와줄 마음은 없는 듯하다.

"그야 성실하게 일하는 모습은 보여주기 싫은 법이라고!"

"그렇게 말하면 네가 맨날 불성실하다고 고백하는 셈인데, 그래도 되겠어?"

"당연하지. 나는 불성실한 사람이니까."

"글쎄다……."

실제로 평소 불성실한 언행이 많지만, 그것만이 아니라는 건 여기 있는 모두가 안다.

그래서 유타도 못 말리겠다는 듯이 조금 쓸쓸한 느낌으로 미소를 짓지만, 그래도 뭔가 말할 마음은 없는지 어깨를 한차례 으쓱하기만 했다.

곧이어 평소처럼 웃으며 아마네에게 시선을 돌린다.

"아무튼, 일하는 후지미야를 보는 걸 기대하고 있을게."

"웃는 얼굴이 무서운데요……."

"아하하."

아마네는 '따돌리지 말아줘.' 라는 유타의 압력을 느끼고 몸을 부르르 떤 다음 "아직 멀었으니까."라는 말로 얼버무렸다.

제7화　첫 아르바이트

　아마네의 아르바이트 장소가 정해지고 일주일이 지났을 때, 카페 오너인 후미카가 유니폼이 나오고 향후 근무 시간표도 정해졌다고 연락했다.

　상의한 결과, 평일 3일과 토요일 하루를 출근하는 주 4일 근무로 정리되었다. 아마네도 2학년이다. 수험도 의식해야 하므로 학업에 지장이 안 가는 선에서 근무한다. 들어가는 시간은 동아리 활동을 하는 학생들과 크게 다르지 않을 것이다.

　내년도에는 대학 입시가 있는 데다가 아마네도 공부에서 손을 뗄 생각은 추호도 없으니까 지금과 같은 근무 일정이라면 문제가 없을 것 같았다.

　(뭐든지 타협하지 않고 하는 건 힘든 일이구나.)

　일반적인 학생 생활에 대학 입시를 대비한 학습과 체력 단련, 자기 연마, 추가로 아르바이트가 들어가므로, 마히루를 알기 전만 해도 한가한 사람이었던 아마네는 도저히 상상할 수 없을 정도로 예정이 꽉 찼다.

　그런데도 힘들어하지 않는 건 명확한 목적이 있고, 그 목적을 위해서 노력을 아끼지 않겠다는 강한 각오가 있기 때문이리라.

바쁘다는 감각은 있지만, 그 이상으로 달성감이 든다.

"잘해 보자."

아마네는 앞으로의 예정을 일정표에 적고, 기운을 북돋우듯이 조용히 말했다.

"나는 오늘부터 아르바이트 일이 있으니까, 먼저 집에 가."

처음으로 출근하는 날. 방과 후 마히루에게 그렇게 말하자 약간 쓸쓸한 미소를 지었다.

그걸 보는 아마네도 가슴이 조금 아프지만, 이것만큼은 어쩔 수 없는 일이다. 마히루가 웃는 걸 보려고 일하는 거니까, 꾹 참을 수밖에 없다.

비록 일하려는 이유는 몰라도 아마네가 각오하고 행동에 나선 걸 아니까 마히루도 그 결단이 흔들릴 짓을 하지 않고, 아마네의 의사를 존중하는 기색이다.

다만 그 분별력이 오히려 아마네를 불안하게 한다.

(아무튼 쓸쓸하겠지.)

마히루는 기본적으로 고집을 부리지 않는 성격인 데다가, 상대를 잘 관찰하고 그 사정을 고려해서 양보해 버리는 경우도 많이 있다.

그렇듯 겸허한 것은 미덕이겠지만, 마히루 자신도 모르게 스트레스를 쌓는 요인이 되니까 아르바이트를 시작하고 나서는 마히루를 더 많이 보려고 노력할 것이다.

"아, 아마네 오늘부터 알바 가? 에헤, 힘내~."

아마네는 웃는 얼굴이면서 조금 기운이 없는 마히루를 미안한 마음으로 바라보고 있는데, 마히루와 같이 하교하는 듯한 치토세가 가벼운 느낌으로 응원해 준다.

치토세는 마히루가 쓸쓸해하는 걸 아는지, 아르바이트가 결정된 후부터 마히루에게 찾아오는 일이 늘었다. 마히루를 걱정하는 걸 아니까 고맙지만, 가끔 아마네를 감시하는 눈으로 보는 것이 미묘하게 무섭기도 하다.

"몰래 쫓아오지 마."

"……그런 짓은 하지 않을 건데?"

"대답이 미묘하게 늦은 걸 보면 신용할 수 없는걸."

기분 탓인지 어색하게 말하는 치토세가 조금 수상하지만, 미리 경고하면 무리해서 미행하지 않을 것이다.

치토세는 남이 싫어하는 짓을 적극적으로 하지 않지만, 그것과는 상관없이 호기심이 발동해서 뒤에서 몰래 슬금슬금 움직이는 일이 있으니까, 그런 점에서는 완전히 신용하지 않는다. 치토세가 움직이면서 좋은 쪽으로 일이 굴러가는 것도 알지만, 이번에는 평범한 아르바이트니까 얌전히 있어 주길 바란다.

"일에 익숙해지면 와도 상관없지만, 그때가 되기 전에는 기다려 줘. 서투른 접객을 보이고 싶진 않으니까."

"서투르다면서, 문화제 때는 잘했던 거 같은데."

"그건 무난한 수준이잖아. 키도가 지도해 준 덕분이고."

"그렇다면 아마네 군이 일하는 곳에도 금방 갈 수 있겠네요. 아마네 군은 배우는 게 빠르니까요."

기대하겠다고 말하며 아마네를 순순히 배웅하려는 마히루를 보고 뺨을 긁적인 뒤, 아마네는 부드러워 보이는 황갈색 머리를 마구 쓰다듬었다.

놀란 듯 캐러멜색 눈을 동그랗게 뜨는 마히루의 표정을 물끄러미 보고, 아마네도 뺨을 부드럽게 푼다.

"뭐, 되도록 빨리 익숙해지도록 노력하고, 집에 일찍 갈게."

"언제가 되더라도 기다릴 거지만요. 일찍 돌아와 주세요."

"알아. 저녁을 기대하고 열심히 해 볼게."

일단 같은 반 아이들은 아마네와 마히루가 이웃집에 산다는 걸 알지만, 지금처럼 당연하다는 듯이 같이 저녁을 먹는 사이라는 것이 알려지면 부끄럽다. 그래서 목소리를 낮추고 말을 주고받는데, 옆에 있어서 다 들리는 치토세는 히죽히죽 웃고, 이츠키는 휘파람을 부는 것처럼 흥겨운 소리를 냈다.

좌우지간 이츠키만 손등으로 때렸다.

그러자 이츠키가 "아야!"라고 호들갑스럽게 치토세에게 몸을 기댄다. 하지만 수줍게 웃는 마히루를 관찰하는 치토세가 "잇군 무거워."라며 귀찮다는 듯이 밀쳐내니까, 이츠키는 참으로 서글픈 표정을 지었다.

그런 두 사람을 본 아마네가 무심코 웃자 마히루도 덩달아 웃기 시작해서, 이츠키가 미묘하게 부끄러웠는지 복수하듯 아마네의 옆구리를 쿡 찔렀다.

이렇게 다 같이 화기애애하게 대화하는 것에 아쉬움을 느끼면서도 이야기를 마치고, 학교를 나와 아르바이트 장소로 향한다.

첫날이기도 해서 동급생이자 아르바이트 선배가 되는 소우지와 같은 날 출근하게 되었다. 이 상황에는 아야카도 일부 개입했는지 "그런고로 오늘부터 소우짱을 잘 부탁해!"라고 웃으며 말했다.

굳이 따지자면 아마네가 잘 부탁해야 하지만, 아마네로선 순수하게 웃는 아야카에게 차마 뭐라고 할 마음이 생기지 않아서 순순히 고개를 끄덕였다.

건물 출입구에서 소우지와 만나기로 했는데, 소우지는 아마네의 모습을 보고도 무슨 생각을 하는지 모르는 평온한 표정을 흐리지 않는다.

"오늘부터 잘 부탁해."

"나야말로 잘 부탁해. 익숙하지 않은 일이라서 한동안 불편을 끼칠 것 같지만……."

"불편은 주로 우리가 끼치겠지. 아야카가 제법 신나게 후지미야를 추천했으니까."

"아, 아니, 키도 덕분에 일자리를 구한 셈이니까. 은혜를 느끼는 일은 있어도 싫어할 일은 없어."

아야카의 아르바이트 권유는 타이밍이 참 좋았다. 이렇게 얼굴을 아는 사람이 있고, 시급도 나쁘지 않은 데다가, 학생을 배려하는 직장을 마련해 준 것이다. 오히려 아야카에게 황송할 따름이다.

여담으로 아마네가 뭐든 보답하고 싶다고 했더니 '시이나 양 취향의 근육으로 키우는 걸 돕고 싶어.'라고 정말이지 아야카 다운 부탁을 받았다. 아마네는 표정이 살짝 뻣뻣해지면서도 그 부탁을 받아들이기로 했다.

이렇게 유타에 이어서 아마네의 트레이닝 코치에 아야카가 추가되었으니까 웃어야 할지 어떨지 잘 모르겠다.

좌우지간 마히루가 기뻐하는 일로 이어졌으면 좋겠다.

그 대화를 아는지 모르는지, 소우지는 조금 헝클어진 머리를 가볍게 긁적이며 "그렇다면 다행이고."라며 한숨 섞인 목소리로 중얼거린다.

소우지도 아야카의 폭주 때문에 고생하는 눈치다. 교류한 지 얼마 안 된 아마네도 아야카가 근육에 관해서 야단법석을 떤다는 걸 잘 아니까, 소꿉친구이자 남친인 소우지는 고생이 참 많을 것이다.

(착한 아이이긴 하지만.)

사람을 잘 따르고 겉과 속이 다르지 않은, 그러면서 이해득실도 잘 계산할 줄 아는 유능하고 착한 여자아이. 아마네도 그걸 아니까 질색하진 않지만, 남친인 소우지의 고생은 쉽게 짐작할 수 있다.

아마네의 심정이 눈빛에 드러났는지, 소우지는 그걸 알아차린 듯 한숨을 더 크게 쉬었다.

그렇게 대화하는 동안 아마네와 소우지는 역에 도착했다.

아르바이트 장소에 가려면 전철을 타야 하는데, 가까운 역에서 두 역 거리다. 이츠키나 치토세의 집이 더 멀 정도이다. 일이 끝나면 마히루가 기다리다 지치기 전에 귀가할 수 있을 것 같다.

아르바이트 장소도 역에서 별로 멀지 않아서 통근하기 어려운 일은 없을 것이다.

"후지미야의 집은 학교에서 도보 거리?"

전철 정기권이 없어서 먼저 교통카드를 충전하는 아마네를 보던 소우지가 조용히 묻는다.

"응, 나는 학교에서 별로 멀지 않은 맨션에서 사니까."

"그렇구나. 부러운걸, 집하고 학교가 가까우면 푹 잘 수 있을 것 같아."

"뭐 통학 시간을 생각하면 여유가 있는 편이겠지만, 나는 가끔 마히루가 아침에 깨우러 오니까……."

원래 휴일이 아니면 어느 정도 여유로운 시간대에 일어나지만, 마히루가 아침을 만들러 오게 되면서부터는 아침 시간에 여유가 늘어나고 있다.

굳이 깨워주지 않아도 혼자 일어날 수는 있지만, 마히루가 깨워주는 행복한 한때를 맛보고 싶다는 비밀스러운 이기심 때문에 가끔 깨워달라고 부탁했다.

원래 아마네가 잠든 사이에 집에 찾아와서 아침밥을 차리는 일도 많았으니까 딱히 번거롭지는 않다고 한다.

소우지는 아마네가 하는 말을 듣고 "조금 의외인걸." 이라고 중얼거렸다.

"후지미야는 진짜 성실할 줄 알았어."

"그렇게 말하는 걸 보면 요새는 겉으로 괜찮게 보인다는 거겠지? 사실은 꽤 한심해."

옛날에 비하면 사생활이 건전해졌지만, 마히루에게 의지하고 있는 측면도 많으니까 성실하다는 말을 들으면 고개가 저절로 기울어진다.

물론 마히루만 의지하는 건 아니다. 아마네가 할 수 있는 일은 직접 하지만, 마히루에게 주는 부담도 크다.

정말로 조심하고 주의하고 있지만, 아마네는 자신에게 나태한 경향이 있다고 평가했다.

소우지와는 문화제 때 알게 된 사이니까, 그런 소우지에게 성실한 사람으로 보였다면 대외적으로는 잘 위장했다는 뜻이리라.

"아마도 한심하게 보는 기준이 다를 거야. 한심하다면 아야카가 훨씬……."

"키도가?"

"아야카는 빠릿빠릿해 보이지? 집에서는 엄청 게을러. 나도 남 말 할 처지가 아니지만."

"상상하기 어려운걸."

"뭐, 아야카도 밖에서는 빠릿빠릿하게 구니까. 나를 돌봐주려고 하거나 말이지. 하지만 방심하면 나보다 훨씬 느슨해져. 밖에서는 자립한 느낌이지만, 안에서는 정반대로 바뀌어."

"그건 카야노에게 어리광을 부리는 것 같지만. 상대가 애인이니까 방심한 모습을 보이는 게 아닐까?"

아마네도 가끔 아야카가 덜렁대고 사고를 치는 걸 목격하지만, 그래도 꿋꿋하고 마음 씀씀이가 좋아 믿음직한 사람이라고 생각한다. 밖에서 드러내지 않는 느슨한 모습을 애인인 소우지에게 보여준다는 건 그런 뜻이겠지.

소우지는 눈을 깜박이고 나서 잠시 생각에 잠겼다가 멋쩍은 듯이 시선을 비스듬히 낮췄다.

"이건 혹시 애인 자랑일까? 미안해."

"아, 아니야. 나는 별로 신경 쓰지 않는데⋯⋯."

소우지가 부끄러워하는 바람에 아마네도 묘하게 민망해서 시선을 돌린다.

어쩌면 자신도 이렇게 무의식중에 애인 자랑을 했을지도 모른다. 그런 생각이 든 아마네는 뺨에 힘을 줘서 부끄러움을 참고 떨리려는 입술을 다물었다.

소우지와 대화하면서 걸어가다 보니 어느새 일터인 카페에 도착했다.

아마네로선 이렇게 일하는 게 처음이라 다소 긴장했지만, 소우지는 그 마음을 아는지 모르는지 망설임 없이 아마네를 데리고 가게로 들어간다.

추억을 자극하는 종소리를 등지고 안으로 들어서자 지난번 방문 때는 보지 못했던 대학생 정도로 보이는 남자 점원이 맞이해주었다.

얼핏 보면 아마네보다 나이가 많고, 세련된 분위기가 나는 청년이다. 앞으로 아마네도 입게 될 웨이터 의상을 잘 소화하고 있다.

"카야노 군, 잘 왔어. 뒤에 있는 사람은 예전에 들었던 그 신입인가?"

"응. 마침 같은 시간대라서 딱 좋았어."

이미 이야기가 전해진 듯 아마네의 모습을 보고 싱긋 웃는 남자 점원에게 고개를 끄덕인 소우지는 그대로 아마네의 등을 밀고 가게 안쪽으로 통하는 복도로 향한다.

그때 고개를 슬쩍 돌려서 뒤쪽으로 시선을 돌린 소우지를 따라 뒤를 보니, 가게에 들어오려는 나이 지긋한 남자 손님이 보였다.

"손님이 왔으니까 우리는 먼저 갈아입고 올게. 미안해, 미야모토 선배, 인사는 나중으로 미뤄야 할 것 같아."

"알았어. 신입은 나중에 보자."

미야모토라고 불린 점원이 긴장해서 움직임이 뻣뻣해진 아마네에게 장난기 어린 눈으로 윙크를 날린 뒤 가게에 입장한 손님을 향해 몸을 돌렸다.

인사할 타이밍을 놓친 아마네가 머리를 꾸벅 숙이는 것이 보였는지 뒤로 살짝 손을 흔드는 걸 보고, 아마네는 소우지와 함께 가게 안쪽에 있는 직원용 탈의실로 들어갔다.

"이게 후지미야의 사물함이야. 열쇠는 이거. 유니폼은 사물함에 있으니까 그걸 입어."

가게 주인인 후미카에게 아마네의 서포트를 부탁받은 듯, 미리 받은 사물함 열쇠를 아마네에게 주고 교복 상의를 벗는 소우지를 따라 아마네도 가게 유니폼으로 갈아입기 시작한다.

　미리 사이즈를 맞춰서 당연하지만, 준비되어 있던 유니폼은 아마네의 체격에 딱 맞았다.

　지금 아마네가 입은 건 아까 마주친 미야모토라는 남자 점원과 똑같이 흰 셔츠에 검정 커머번드 베스트, 같은 색깔의 가르송 에이프런에 슬랙스 바지를 조합한, 심플한 차림이다.

　목에는 검정 넥타이를 매서, 문화제 때 입었던 급사복보다 캐주얼하면서도 우아한 웨이터 복장이다.

　일단 접객업이니까 분위기가 칙칙하면 가게에 불편을 끼칠지도 모른다는 생각에 머리도 산뜻하게 세팅하고 왔는데, 의상과 맞을지 불안해진다.

　아마네는 탈의실에 있는 전신거울을 확인하고 낯선 모습에 당황하면서 소우지를 보는데, 소우지는 유니폼을 잘 차려입고 당당한 모습을 보였다.

　익숙한지 현시점에서 복장이 붕 뜬다는 느낌을 부정할 수 없는 아마네와 다르게 옷을 잘 소화하고 있다. 평소 패기가 없다고 표현할 정도는 아니어도 다소 졸려 보이는 그 표정에 조금만 힘이 들어간 건, 업무 모드이기 때문이리라.

　"이상하지 않아……?"

　"별로 이상하진 않은데, 시이나 양이 보면 기뻐할 것 같아."

　이미 소우지도 마히루가 아마네에게 홀딱 반한 걸 아는지, 야유하는 말투가 아니면서도 놀리는 듯한 말이 날아온다.

"뭐, 마히루한테는 당분간 보여줄 생각이 없으니까……."

"시이나 양이 아쉬워할 것 같아."

"이미 그랬지만, 그 부분은 이해해 줬어."

빨리 일에 익숙해져서 직장 사람들에게 폐를 끼치지 않도록 할 테니까, 그때까지 기다려 달라고 할 작정이다.

희미하게 쓴웃음을 짓는 아마네에게, 소우지도 비슷하게 웃는다.

"그러는 카야노는 키도가 기뻐했나?"

"아야카는 옷을 입는 것보다 벗는 걸 좋아하니까."

"아……."

아마네가 납득한 표정을 짓는 바람에, 소우지는 조금 전보다 더 떨떠름한 기색이 섞인 웃음을 띠며 한숨을 쉬었다.

"아야카도 꾸미는 것에 관심이 없는 건 아니지만 말이야. 그 취향이 문제일 뿐이지."

"뭐, 확실히 카야노의 근육은 굉장해. 비결이 있어?"

옷을 갈아입으니까 당연히 소우지도 맨살을 드러냈는데, 옷을 입은 상태에서는 상상할 수 없을 정도로 탄탄하게 솟은 근육이 보였다.

다만 쓸데없이 굵은 게 아니다. 필요한 만큼 단련해서 군더더기를 털어낸, 강철 같은 몸매라는 인상을 준다. 아마네도 무심코 감탄할 정도이다.

(이거면 키도도 반할 수밖에 없겠네.)

아마네의 주위에도 스포츠맨답게 몸에 균형이 잘 잡힌 유타나 그보다 한층 더 단련한 카즈야가 있는데, 소우지의 몸은 그것과는 또 다른, 육체미가 있는 것처럼 보였다.

 "아마 나보다 아야카에게 물어보면 쓸데없이 자세하게 설명해 줄 거야."

 "아…… 그야 그렇겠지……."

 오히려 설명하게 하라는 듯 포니테일 머리를 붕붕 흔들면서 눈을 초롱초롱 빛내고, 헬렐레 웃으며 말하는 모습이 상상이 되니까, 아마네로선 약간 어색한 웃음이 나온다.

 좋아하는 걸 말할 때는 멈출 기미가 없다고 하는 아야카는 아마네에게도 종종 근육의 매력을 설파하고 싶은 눈치인데, 역시 그만큼 이야기하면 아마네도 곤란하므로 해설은 적당한 선에서 부탁하고 싶다.

 "후지미야도 단련하고 싶어?"

 "뭐, 적당히 단련하는 것이 보기에도 좋고, 마히루도 기뻐한다고 할까…… 네 여친이 마히루한테 이것저것 가르쳐 주고 있으니까."

 "미안해. 그건 진짜 미안해."

 "아, 아니야. 나로서도 단련에 힘을 쏟는 이유가 되니까."

 여친이 있는 힘껏 근육의 장점을 포교하고 있는 소우지가 착잡해진 얼굴로 사과하는 바람에, 아마네도 어깨를 으쓱하고 그 걱정을 부정하듯 손을 슬쩍 흔들었다.

"미안해요, 내가 마중을 못 나가서."

소우지를 따라서 간단한 식사를 만들 때 쓰는 공간인 주방으로 안내받아 기구의 위치와 설명을 듣던 아마네에게, 뒤늦게 주방을 찾은 후미카가 미안해하는 얼굴로 사과했다.

"오늘인 건 기억하고 있었는데……. 소우지 군이 함께라서 안심해 버렸네요. 잘 왔어요. 후지미야 군. 유니폼도 사이즈가 맞는 것 같아서 다행이네요. 아야카 양이 잘 봤어요."

"아야카의 눈은 정확하지만, 애초에 그게 이상하단 말이지."

소우지가 작게 중얼거린 말에 웃음이 살짝 나오려는 것을 참고, 아마네는 후미카에게 가볍게 고개를 숙인다.

"오늘부터 여기서 신세를 지겠습니다. 잘 부탁드립니다."

"나야말로 신세를 져야 하니까 잘 부탁해요. 저기, 다른 사람들과는 인사했나요?"

"미야모토 선배는 얼굴만 본 상태고, 오오하시 선배는 아직이네요. 아까 봤을 때는 카운터 뒤에서 커피를 내리고 있었으니까, 얼굴도 못 봤을 거예요."

"그럼 일단 소개부터 할까요? 마침 지금은 손님 주문도 없는 것 같으니까 그게 좋겠군요. 앞으로 같이 일할 사람들이니까요."

온화하게 미소를 지은 후미카는 "소우지 군, 잠시 밖에 있는 사람들과 교대해 줘."라고 소우지에게 지시하고, 느긋하게 움직여 출입문을 통해 매장에 있는 점원들을 부른다.

소우지는 격려하는 것처럼 아마네의 등을 토닥여 준 다음 밖으로 나갔다.

그런 소우지와 교대하듯 주방으로 들어온 건 아까 소우지와 말을 주고받은 미야모토라는 남자와 살짝 웨이브가 진 밝은색 미디엄 헤어에 여자들 사이에선 좀처럼 찾아보기 어려울 만큼 큰 키가 특징적인 20대 초반의 여자였다. 대학생쯤 됐을까. 어른스러운 풍모를 드러낸 그 여자는 치토세보다 주먹 하나쯤은 머리의 위치가 더 높아 보인다. 신장은 170을 넘지 않을까.

소우지가 말한 내용을 생각하면 아마도 이 사람이 오오하시일 것이다.

"아, 아까 카야노가 데려온 아이야. 알바생이 더 들어온다고 했잖아. 잘 부탁해."

싱긋 웃은 여자가 그대로 느슨하게 미소를 지으며 다가와 흥미로운 기색으로 주위를 돌며 아마네를 관찰하기 시작한다.

키가 큰 여자라서 다가오면 필연적으로 얼굴의 위치가 가까워진다. 아마네로선 선배이자 여자인 상대를 거침없이 밀어낼 수도 없으니까, 대체 무슨 일인가 싶어서 얼굴을 굳힐 수밖에 없었다.

그걸 본 미야모토는 어이없다는 듯 노골적으로 한숨을 쉬며, 목덜미를 잡고 아마네에게서 떼어놓았다.

갑작스러운 접근에 경직한 아마네에게, 미야모토는 오오하시라고 불린 여자의 목덜미를 잡은 채로 싱그럽게 웃는다.

"미안해, 놀랐지? 나는 미야모토 다이치. 이건 오오하시 리노. 뭔가 곤란한 일이 생기면 의지해줘."

"사람을 물건처럼 말하지 마. 곤란한 일이 생기면? 리노짱은 지금 곤란한데요. 붙잡혀서 곤란한데요."

"그렇다면 똑바로 인사해. 본론은 그때부터 해야지?"

못마땅한 표정을 짓는 오오하시를 나무라듯 말한 미야모토가 어쩔 수 없다는 기색으로 오오하시의 옷에서 손을 뗐다.

구겨진 셔츠 깃을 만지며, 오오하시는 다시 아마네를 보고 입가에 살가운 미소를 짓는다.

"깜짝 놀라게 해서 미안해. 나는 오오하시 리노. 네 선배입니다. 언제든지 의지해 주게나, 후배."

"얘는 믿지 않는 게 좋아. 사고를 잘 치니까."

"저기, 다이치. 말을 너무 심하게 하지 마."

"내가 뒤치다꺼리를 얼마나 많이 했는데……. 손님한테 몇 번이나 실수한 줄 알기나 해?"

"그건 반성했거든요! 미안해! 일부러 그런 거 아니야!"

"고의가 아닌 것도, 돌발 사고인 것도 인정하지만, 너는 말썽을 너무 많이 부렸어. 알아?"

마치 아이를 타이르듯 부드럽게 반론을 봉쇄하며 말하는 미야모토는 자상해 보이는데도 눈빛이 결코 평온하지 않다.

듣기로 어지간히 사고를 많이 쳤다고 하는 오오하시는 미야모토에게 찍소리도 못하는 듯 "알았다고!"라며 비명을 지르고 있다.

이걸 어떻게 반응하면 좋을까. 부부 싸움이라고 표현할 수는 없어도 그것과 비슷한 분위기로 옥신각신하는 두 사람을 아마네가 바라보고 있을 때, 그제야 정신을 차린 듯한 미야모토가 "미안해, 우리끼리 시끄럽게 굴어서."라며 멋쩍은 듯이 뺨을 긁적인다.

"아무튼 오늘부터 직장 동료니까 잘 부탁해."

"네. 저기, 미야모토 씨와 오오하시 씨죠? 자기소개가 늦었는데, 저는 후지미야 아마네입니다."

"흠흠. 후지미야짱이구나. 알았어."

"툭하면 사람 이름을 귀엽게 부르는 녀석이니까. 관대하게 봐줘, 후지미야 군."

"그, 그건 편하게 불러주셔도……."

호칭 정도로 눈을 부라릴 마음은 없으니까 신경 쓰지 않지만, 아마네의 나이와 외모를 보고 그렇게 부르는 건 왠지 어색하게 느껴진다.

미야모토는 그런 오오하시 때문에 고생한다는 듯이 한숨을 쉬면서, 조용히 지켜보던 후미카에게 시선을 돌렸다.

"그래서 말인데요. 오늘은 후지미야 군에게 뭘 해 달라고 할까요?"

"일단은 안에서 하는 일을 배우게 할 작정이에요. 접객한다고 해도 우선 긴장을 풀어야 하겠고, 현장의 상황을 모르면 잘 풀리지 않겠죠. 미리 준 매뉴얼은 잘 확인해 준 것 같고, 소우지 군도 가르쳐 준 것 같으니까 오늘은 우선 그 지식과 실제 현장에 대한 인식을 일치시키는 걸 우선할까 해요. 다행히 평일이라 손님이 많이 안 계시니까요."

"번거롭게 해서 죄송합니다."

"아니에요. 곧바로 현장에서 일할 수 있는 사람은 많지 않고, 처음이라면 더더욱 그래요. 서두르지 않아도 일손은 충분하니까요."

"일손이 충분하다는 말에는 조금 의문이 생기는데요, 오너. 우리가 근무를 돌려서 아슬아슬하게 굴러가는 느낌이고……. 뭐, 이 카페는 극단적으로 크지 않으니까요! 그래서 지금의 인원으로도 돌아가긴 했지만……. 그러니까 후지미야 군이 들어와 줘서 다행이야."

안심시키듯 싱긋 웃어서 아마네의 어깨를 토닥인 미야모토를 따라서 아마네도 웃자, 후미카가 흐뭇해하는 눈치로 이쪽을 바라봤다.

직장 선배들에게 이래저래 교육받고 귀가했을 즈음에는 평소라면 목욕하고 있어도 이상하지 않은 시간이 되었다.

집이 있는 맨션의 엘리베이터를 타면서 아마네는 크게 숨을 내쉬었다.

고작 4시간 정도의 근무인데도 지친 건, 익숙하지 않은 환경이나 업무가 큰 영향을 미쳤을 것이다. 큰 실수는 저지르지 않았지만(애초에 큰 실수가 생길 일을 맡지 않았다), 역시 처음 하는 일에는 긴장이 뒤따르기 마련이다.

다행히 함께 일하는 선배들은 조금 독특하면서도 하나같이 좋은 사람 같아서, 어리어리한 아마네라도 친절하게 대해 준다.

분위기가 온화하고 부드러운, 아주 좋은 직장이다.

하지만 피곤하다는 사실은 변함이 없다.

엘리베이터에서 내려서 평소보다 무거운 발걸음으로 집 앞까지 걸어가 여느 때처럼 현관문을 열자 거실로 이어지는 복도 안쪽에서 마히루가 달려오는 참이었다.

너무 서두른 모습을 보고 무슨 일인가 싶어서 눈을 연신 깜빡이는 아마네에게, 마히루는 안심한 듯한 미소를 짓는다.

"어서 오세요, 아마네 군."

"다녀왔어. 뛰지 않아도 되는데. 기다리게 해서 미안해."

아마도 아마네가 귀가하길 쭉 기다렸을 것이다.

귀가 시간대는 전했지만, 혼자서는 불안했을지도 모른다.

사귄 뒤로는 목욕 시간과 취침 시간을 제외하면 마히루가 아마네의 집에 있어서, 벌써부터 이 집에 있는 게 당연해졌다. 그런 상태에서 갑자기 혼자가 되면 외롭기도 할 것이다.

"아, 아니에요. 아마네 군이 없는 동안에도 할 일은 많이 있으니까요."

"할 일이 많아서 외롭지는 않았다고?"

"그, 그건 또 다른 이야기라고 할까요?"

눈을 돌리면서 희미하게 뺨을 물들이는 마히루를 본 아마네가 무심코 웃자, 그걸 알아챈 마히루가 볼을 살짝 부풀린다. 불만스러운 눈빛이긴 하지만, 왠지 모르게 어리광을 부리는 듯한 느낌이 있었다.

토라진 듯 고개를 휙 돌리는 마히루를 보고 웃으면서, 아마네는 신발을 벗고 들어간다.

손을 씻으러 세면장으로 가자 안쪽 욕실에 불이 켜져 있었다.

돌아서서 마히루를 보니 기분이 풀린 듯한 마히루가 당연하다는 얼굴로 서 있었다.

"목욕과 밥, 뭘 먼저 하겠어요?"

대사를 조금만 더 바꾸면 신혼부부의 대화가 될 듯한 마히루의 말에 저절로 웃음이 나오려는 것을 가까스로 참는다.

아마도 본인은 모를 테니까, 그 점이 더욱 귀엽다. 아마네가 참은 말을 전하면 순식간에 뺨이 붉게 물들 것이다.

아마네가 지금 그걸 말했다간 마히루가 한동안 뻗어 버릴 테니까 꾹 참는다. 그리고 아마네에게 모든 선택을 맡기겠다는 듯이 곱게 미소를 짓는 마히루에게 웃어 주었다.

"마히루도 배고플 테니까, 먼저 밥을 먹을까?"

"그럼 밥을 풀게요. 오늘은 첫 아르바이트 날이니까 애쓴 상으로 달걀말이를 만들었어요."

"아싸, 엄청나게 좋은 상인걸."

집에 돌아오니 목욕물과 밥 준비가 끝났고, 아마네가 좋아하는 음식까지 나오다니, 아마네는 정말 행복한 사람일 것이다.

"후후, 욕심이 없네요."

"내 입맛에 딱 맞고, 마히루가 해 줬다는 부가가치가 있어서 최고급 같은데. 항상 고마워."

애초에 일부러 만들어 준 시점에서 엄청난 수고가 들었으니까 정말 특별하다. 아마네를 위해 만들어 주었다는 것만으로도 충

© Hanekoto

분하다.

게다가 매우 맛있으니 아주 사치스러운 상이다.

매일 밥을 해주고, 이렇게 취향도 고려해줘서 고맙다. 정말 소중한 파트너임을 다시 인식한다.

이 헌신에 보답하자고 생각하면서 손을 씻고 거실로 가려고 했을 때, 마히루가 등에 밀착했다.

아마네가 뒤돌아봐서 마히루의 얼굴을 확인하려고 해도 등에 얼굴을 붙여서 표정을 알아볼 수 없다. 그래도 수줍어하는 것만큼은 알겠다.

이마를 꾹꾹 문대는 마히루는 아마네의 배를 조이는 것처럼 꽉 힘줘서 껴안고 있다.

몸을 단련하길 잘했다고 살짝 생각하면서 웃자 숨결과 배의 흔들림으로 아마네가 웃었다는 사실을 눈치챈 마히루가 배를 찰싹찰싹 때린다.

"감사하게 여기는 건 고맙지만, 기습은 안 돼요."

"미리 통보해서 칭찬을 아끼지 말아야 하나?"

"그, 그건 그것대로 곤란한데요……. 언젠가는 제가 농락해 보이겠어요."

그렇게 말하고 몸을 뗀 마히루는 왠지 모르게 다부진 얼굴을 하면서 재빨리 주방으로 도망쳤다.

참 씩씩하게도 도망친다고 생각하며 몰래 웃고, 아마네는 옷을 갈아입으러 자기 방으로 갔다.

"그러고 보니 아르바이트는 어땠어요?"

오늘은 일식으로 포진한 저녁을 먹고 있는데, 궁금했던 모양인지 마히루가 살짝 안절부절못하는 기색으로 묻는다.

마히루로서는 아마네의 일에 이것저것 말하는 걸 삼가려는 것 같은데, 첫 출근일이라 아무래도 신경이 쓰였던 모양이다.

"음, 큰 문제는 없었어. 애초에 첫날이라서 큰일은 맡지 않았고. 선배들도 좋은 사람 같았으니까 일하는 곳으로서는 좋다고 생각하지만."

"그랬군요……. 다행이에요. 아마네 군이 일하기 편하다면 괜찮아요. 혹시 사람을 혹사하는 곳이면 어쩌나 싶어서……."

"키도가 소개한 곳이고, 카야노도 일하면서 불만이 없는 것 같으니까 그 부분은 괜찮아."

애초에 아야카의 친척인 후미카가 경영하는 곳이다. 뭔가 문제가 있다면 아야카가 알아차릴 것이고, 그런 데서 소우지를 일하게 하지는 않을 것이다. 그래서 아마네도 더더욱 안심하고 아르바이트를 시작했다.

아야카는 대화하기 시작한 지 얼마 되지 않았고 다소 이상한 구석이나 쓸데없는 취향을 마히루에게 주입하려고 하지만, 착한 아이라고 생각한다.

가게 주인인 후미카도 망상을 자극하는 일만 없다면 평범하게 상냥하고 다소곳한 사람(by 소우지)이라고 하니까, 일하는 데 문제는 없을 것이다.

"걱정하지 않아도, 무사히 일할 수 있을 것 같아. 근무 시간도 형편에 맞춰주고."

"그렇다면 다행이고요. 아마네 군이 잘할 수 있다면 괜찮아요. 저는 지켜보고 응원하는 것밖에 할 수 없으니까요."

"그것만으로 충분해. 집에 왔을 때 맛있는 밥과 따뜻한 목욕물을 준비해 주기만 해도 행복하니까. 항상 고마워."

그런 식으로 지원해 주는 것만으로 고맙고, 스스로 행복한 사람이라고 생각한다.

"아마네 군이 일하는 모습을 빨리 보기 위해서라도, 조금이나마 힘을 보탤게요."

"그렇게 보고 싶은 거야?"

은밀한 목적을 들은 아마네가 황당해하는 투로 대답하자 마히루가 힘차게 고개를 끄덕인다.

"애인이 직장에서 일하는 모습은 꼭 보고 싶어요. 게다가 키도 양이 보여준 카야노 씨의 유니폼 차림을 보면, 아마네 군도 잘 어울릴 것 같아서요……."

"글쎄."

"보는 날이 오기를 기다릴게요."

"나로서는 보여주기 창피하니까 내키지 않지만……."

싫지는 않지만, 평소 마히루에게 보이는 자신과는 다른 모습을 보이게 되므로, 말로 표현하기 어려운 부끄러움을 느낀다.

다만 마히루의 의견을 빌리자면 그것도 '평소와 다른 느낌이라서 좋다.' 라는 것 같다. 그래서 평소에 보지 못하는 아마네의 모습을 보고픈 마히루로서는 현재 입에 손을 물고 기다리는 상태인 것 같다.

"싫으면 참을게요."

"싫지는 않지만…… 내 영업 스마일 보는 게 좋아?"

"평소에는 절대로 안 하니까, 오히려 보고 싶다고 할까요."

"마히루가 원한다면 얼마든지 하겠지만……."

"그건 저를 위한 웃음이니까, 종류가 달라요."

그렇게 말한다면 그런 것이리라. 아마네는 마히루를 특별하게 대하지 않는다고 단언할 수 없고, 마히루 전용으로 웃어줄 자신이 있다.

"게다가 아마네 군이 열심히 일하는 모습을 보고 싶어요."

"최대한 빨리 익숙해지도록 노력할게."

이런 말을 들으면 더욱더 노력할 수밖에 없다. 사랑스러운 여친이 아마네가 어엿하게 일하는 모습을 보고 싶다면, 노력을 아끼지 않겠다.

빨리 익숙해져야 가게에도 도움이 될 것이고, 아마네도 자신감을 가질 수 있다.

마히루의 말 하나로 의욕이 샘솟는 것을 보면 참 단순하다고 생각하지만, 기대하는 것처럼 눈을 빛내는 마히루의 미소를 보자 자신을 향한 조소가 녹아 사라졌다.

사람은 익숙하지 않은 환경에도 서서히 적응하는 법이라서, 일주일이 지난 뒤에는 어느 정도 일할 수 있게 되었다.

기본적으로는 접객이 주된 일이라서 주문받은 것을 만드는 일은 맡지 않는다. 자신의 미숙함을 잘 아는 아마네로선 안심이 되기도 한다.

아직 손님에게 제공하는 커피를 내리는 일은 없지만, 남는 시간에 연습 삼아 백야드 쪽에서 내리는 방법을 교육받고 있다. 이 카페에서는 커피를 중시하므로, 맛에서 타협을 허락하지 않는다.

커피콩을 얼마나 갈았는지에 따라서 추출하는 물의 온도와 시간도 달라진다고 한다. 손님에게 제공하는 맛은 정해져 있어서, 그걸 재현할 수 있을 때까지는 연습해야 한다.

다만 추출 시간이나 기구를 사용하는 방법, 교반 타이밍 등을 외우면 안정적으로 커피를 낼 수 있으므로, 단단히 교육받은 아마네도 연습을 거듭하면 가능해진다.

"응, 맛있어."

입점한 손님도 적고 주문도 안정되어서, 홀을 소우지와 오오하시에게 맡기고 미야모토가 아마네를 교육한다.

카페의 정석처럼 생긴 사이펀으로 내린 커피인데, 문제가 없었던 모양이다.

"다만 내리는 걸 봤을 때, 콩을 더 젓는 게 좋고, 추출도 더 짧게 하는 게 좋을 것 같아."

"타이머는 사용하고 있는데요……."

"낯선 기구들도 있어서 신중하게 하는 바람에 버벅대는 구석이 있잖아? 아마 그걸로 시간을 잡아먹어서 쓴맛이 조금 강하게 나는 게 아닐까?"

"죄송합니다. 더 노력하겠습니다."

미야모토는 따끔하게 지적하지 않고 오히려 꼼꼼하고 친절하게 설명해 주지만, 역시 남에게 제공한다는 것에 자신이 없는 것도 동작이 느려지는 원인일 것이다.

게다가 사이펀의 플라스크는 유리이므로, 만약 떨어뜨려서 깨기라도 하면……하는 걱정이 있기도 하다.

그 점도 다 간파했는지 미야모토는 "나도 처음엔 만지는 게 무서웠어. 깨뜨릴 것 같아서."라며 시원시원하게 웃었다.

"떨어뜨리거나 험하게 다루지만 않으면 돼. 후지미야 군은 물건도 조심조심 다루니까."

"그렇다면 좋겠지만요……."

"저기, 저 바보…… 리노는 첫날에 깨먹었으니까 말이야. 후지미야 군은 조심할 줄 아는 편이야."

뭔가 심한 표현을 들은 것 같지만, 일단 못 들은 척했다.

"뭐 누구나 실수하는 법이고, 하나쯤 깨먹어도 호되게 야단치진 않으니까 안심해. 그래도 한 번에 여러 개를 깨먹으면 오너가 난처한 얼굴로 혼내겠지만."

"실제로 경험한 듯한 말이네요."

"리노가 그랬으니까."

미야모토는 "그때는 오너가 얼굴을 떨었지."라며 추억을 더듬는 듯한 눈빛과 목소리로 중얼거리는데, 아마네는 애매모호하게 웃으며 반응했다.

(아비규환이었겠지.)

일하기 시작한 뒤로 사이펀 자체가 별로 많지 않다는 것을 알았으니까, 그것이 한꺼번에 파손되면 영업에 지장을 주는 수준일 것이다.

이 가게의 사이펀은 후미카가 좋아하는 메이커가 심혈을 기울여 제작한 물건들로 갖췄다고 하는데, 그것을 몇 개나 새로 사야 한다면 손해액이 얼마나 될지 상상하고 싶지도 않다.

꼭 조심하자고 속으로 맹세하면서, 미야모토를 따라서 아마네가 내린 커피를 입에 댄다.

혀에 퍼지는, 진한 쓴맛.

산뜻한 쓴맛은 오랫동안 혀에 남지 않고, 순하면서 깊이가 있는 풍미를 느끼게 해준다.

아마네는 시큼한 맛이 강한 커피를 별로 좋아하지 않는 편이다. 하지만 이건 쓴맛과 신맛, 콩 자체의 은은한 단맛의 자기주장이 균형을 잘 이루어서 정말 마시기 좋았다.

다만 확실히 미야모토가 시범 삼아 내린 커피보다 떫은맛과 쓴맛이 강하게 드러나는 것 같아서, 개선할 필요가 있다는 생각이 절로 든다.

　"아, 좋겠다~ 부러워~. 맛있는 거 마시잖아~."

　주문이 없는 걸 이용해서 잠시 휴식하고 있을 때, 홀 쪽에서 오오하시가 찾아온다. 손에 쟁반과 사용이 끝난 접시가 있는 걸 보면 손님이 가게를 떠나서 정리하고 왔을 것이다.

　"후지미야짱, 한 모금만 줘."

　접시를 싱크대에 내려놓고 나서 아마네에게 조르러 온 오오하시에게 어떻게 반응해야 좋을지 아마네가 머뭇거렸을 때, 다음 순간에는 오오하시가 미야모토에게 목덜미를 잡혀 아마네와 멀리 떨어졌다.

　솜씨가 너무 좋아서 무슨 일이 있었는지 한순간 이해할 수 없을 정도였다.

　"야. 후지미야 군은 여친이 있으니까, 오해할 짓을 하지 마."

　"아, 미안해. 그리고 보니 그런 말을 들은 것 같아. 난 오빠가 많아서 이런 것도 아무렇지 않거든."

　일단 아마네가 일하게 된 사정을 간단히 설명한 적이 있어서 미야모토가 제지한 것이리라. 오오하시도 순순히 물러났다.

　노골적으로 황당해하는 미야모토에게 싱긋 웃는 오오하시는 단순히 직장 동료로 보기에는 매우 친근한 모습이다. 지난 일주일 동안 그런 느낌이 강했는데, 과연 본인에게 물어봐도 될지 어떨지 고민된다.

"두 분은 사이가 좋으시네요."

"그야 소꿉친구니까. 벌써 20년은 가까이 지냈고."

"질긴 악연이라고 해도 과언이 아니야."

"말이 심하지 않아?"

못마땅한 기색으로 미야모토를 손으로 찌르던 오오하시가 오히려 자기 옆구리를 꼬집히는 바람에 비명을 지르지만, 이곳은 손님들 눈에 띄지 않는 것을 이용해 곧바로 반격하고 있다.

하루아침으론 불가능할 정도로 편한 분위기여서, 그래서 이렇게 친근한가 하고 납득하고 말았다.

다만 소꿉친구라고 해도 거리는 가까운 것 같지 않은데, 오래 알고 지낸 남녀의 거리감은 원래 이런 걸까 싶어서 고개를 갸우뚱한다.

아야카와 소우지는 사귀는 사이니까 아마네도 그 거리감이 어떤 건지 이해하는데, 미야모토와 오오하시의 거리감도 굳이 따지자면 그 두 사람과 비슷하게 느껴진다.

하지만 그걸 지적할 정도로 친한 사이라고는 생각하지 않으니까, 아마네의 호기심으로 두 사람이 사귀는 관계인지 물어보는 건 버릇없을 것이다.

그러므로 궁금하긴 해도 딱히 더 물어보지는 않고, 그저 두 사람의 실없는 대화를 지켜보고 있었다.

"참고로 후지미야짱의 여친은 어떤 아이야?"

미야모토의 손을 어떻게든 털어낸 오오하시가 천진난만하게 물어봐서, 아마네는 "흠." 하고 시선을 위로 돌린다.

"어떤 아이인지 물어보셔도…… 착하고 좋은 아이예요."

마히루가 어떤 아이라고 물어보면 설명하기 어렵다.

같은 학교 사람이라면 말하지 않아도 알겠지만, 오오하시는 대학생이고 아마네가 다니는 학교와 전혀 관계가 없는 사람이므로 설명하지 않으면 모른다.

단지 실물을 본 적이 없는 외부인에게 '천사님으로 불리고 있는 여자애'라고 말하면 웃거나 황당해하거나 둘 중 하나일 게 뻔하므로 그렇게 설명할 수도 없다.

그렇다고 해서 아마네가 생각하는 마히루의 인상을 전하면 아마도 남친의 편애도 더해질 것이고, 의도하지 않았는데 자랑하는 사태로 번질지도 모른다.

그래서 뻔한 표현을 썼는데, 오오하시가 만족하는 설명은 되지 않은 듯 "끙." 하고 입술을 삐죽거리고 있다.

"우웅. 후지미야짱을 보면 여친도 아마 무지 좋은 아이일 것 같지만, 좋은 아이라는 말로는 정보가 잘 전해지지 않는다고나 할까?"

"그건 저도 그렇게 생각하지만, 아무튼 노력을 잘하고 좋은 아이예요. 그나저나 그렇게 남의 여친이 어떤 사람인지 알고 싶어요?"

"그야 당연하지. 남의 사랑 이야기는 꿀맛, 여자애는 몇 살을 먹어도 연애 이야기를 좋아하는 법인걸. 애인 자랑도 환영해."

"여자애?"

"다이치, 불만 있어?"

"아니, 없는데."

"자자, 진정하시고……."

왠지 싸울 듯한 분위기를 자아내는 두 사람을 달래며 식기 시작한 커피를 홀짝이는 아마네에게 미야모토의 말 때문인지 미묘하게 예민해진 분위기의 오오하시가 더욱 다가온다.

"그건 그렇고, 후지미야짱은 진짜 성실하잖아? 그 후지미야짱이 반했다는 여친이 궁금하다는 거야."

"궁금하다고 해도 말이죠."

"저기, 안 데려올 거야?"

"적어도 업무에 익숙해질 때까지는 오지 말라고 했는데요. 아쉽네요."

"아잉."

오오하시가 깜찍하게 못마땅한 소리를 내지만, 아마네로선 양보할 마음이 없다.

애초에 왜 일하는 곳에 부르려고 하거나, 혹은 찾아올 마음이 가득한지를 모르겠다. 이츠키도 그렇고, 직장 선배까지 그렇게 말하는 건 예상하지 못했다.

"뭐, 언젠가는 구경할 수 있을 거라고 믿고. 혹시 귀여워?"

"객관적으로 봤을 때요? 아니면 제가 봤을 때요?"

"둘 다."

"객관적으로 보면 굉장히 귀엽다고 생각하는데요. 제가 봤을 때는 세상에서 제일 귀여워요."

이럴 때는 거짓 없이 솔직하게 대답해야겠다 싶어서, 너무 자랑하지 않는 선에서 되도록 열기가 담기지 않게 시원시원 대답한다.

당연히 사람마다 취향이 다르겠지만, 마히루의 외모만으로 말하자면 누가 봐도 미인이라고 대답할 미모이며, 그 점은 양보할 수 없다.

남친으로서는 마히루의 귀여움을 그 외모보다 언동이나 애인에게만 보이는 응석받이 같은 모습으로 알려주고 싶지만.

(본인이 의도한 바가 아닌데도 전부 귀엽단 말이지.)

아마네에게 그럴 마음이 없다는 걸 알면서도 여자가 얽히면 질투해서 삐치는 부분이나, 쓸쓸해할 때 옷자락을 잡아당기는 것이나, 모종의 일로 마히루의 수치심이 폭발한 결과 쑥스러움을 감추려고 머리를 들이받는 부분 등, 전체적으로 아기자기한 행동들이 많아 정말 사랑스럽다.

이것이 본인도 의도한 것이라면 얄미울 정도로 귀엽다는 평가가 되겠지만, 마히루는 순수하게 그러는 것이니까 아마네의 심장이 못 배길 때가 있다. 오히려 노리고 해주면 아마네도 대처하기 쉽지만, 마히루는 진심으로 자연스럽게 하니까 항상 심장을 뒤흔든다.

말하려고 하면 얼마든지 그 귀여움을 말할 수 있는데, 그랬다간 선배들이 질겁하거나 황당해할 게 뻔하므로 속으로만 해설하고, 담담하게 말하도록 신경을 썼는데—— 오오하시는 능글능글 웃으면서 입가를 가리고 있었다.

"어머나, 여친 자랑을 들었어."

"네가 자랑해도 환영하겠다면서 물어본 거잖아……."

"어? 여친을 위해 아르바이트하는 거잖아? 어지간히도 좋은 여자인가 싶었는걸. 다 바치고 싶어지는 여자라는 거잖아."

"여친을 위해서란 말은 조금 틀렸어요. 제가 하고 싶어서 하는 거죠. 제가 마음대로 결정한 일이니까요."

이건 부정해 두어야 할 것이다.

아마네가 아르바이트를 시작한 건, 어디까지나 자신이 그러고 싶었기 때문이다. 마히루를 위한다는 대의명분을 가질 생각은 없다.

설령 이것이 마히루의 행복으로 이어지는 것임을 알더라도, 그것이 마히루를 '위해서'라는 식으로 책임을 일부 떠넘기는 형태가 되어서는 안 된다. 아마네가 자신의 의지로, 자기 자신을 위해서 하는 일이다. 결과적으로 마히루를 위한 일이 된다고 해도, 이 점은 양보할 수 없었다.

"여친을 위해서라고는 도저히 말할 수 없어요. 제가 멋대로 이러고 싶다고 생각해서 행동에 옮긴 결과 쓸쓸하게 하고 있으니까요. 저는 이기적인 인간이에요."

마히루는 아마네의 선택을 존중해 주었기 때문에 이렇게 아마네와 떨어져 지내는 것도 받아들이고 있지만, 그래도 외롭게 하고 부담도 키우는 건 이해하고 있다.

그래서 항상 감사하고, 빨리 목표를 달성하려고 노력할 수 있는 것이다.

여친을 위해서 힘들게 고생한다고 생각하기 싫다. 그렇게 딱 잘라 말하는 아마네에게, 오오하시와 미야모토도 감탄한 듯 눈을 깜박이고 있었다.

"정말 성실하구나."

"리노와는 딴판이야."

"왜 날 헐뜯는 거야?"

"너는 너무 자주 갈아타잖아. 지난번 남자친구는 몇 달이나 갔지?"

"시끄러워. 내가 누구를 사귀든 다이치는 상관없잖아. 딱히 다른 사람의 남친을 가로챈 것도 아니고, 너랑 사귀는 것도 아니니까. 소꿉친구라고 자꾸 트집 잡지 마시죠."

"아, 그러세요? 그것참 미안하네요."

쌀쌀맞게 걷어차인 미야모토가 살짝 눈썹을 치켜세우고 왠지 모르게 괴로운 듯이 시선을 돌렸지만, 그걸 눈치채지 못한 오오하시가 다소 언짢은 듯이 홀로 돌아간다.

희미하게 애석한 눈으로 보던 미야모토는 아마네의 시선을 알아차렸는지, 아무 일도 없었다는 듯 평소처럼 잔잔한 눈빛에 부드러운 표정으로 바뀌었다.

"저기, 미야모토 선배."

"음……."

"그게, 죄송합니다."

아마네가 괜한 소리를 해서 이렇게 된 건 아닐까. 그렇게 생각해서 시선을 내리자 미야모토는 분위기를 확 바꿔서 슬쩍 손을 흔들며 웃어넘긴다.

"아, 괜찮아. 네 잘못이 아니니까. 쟤는 옛날부터 저랬고, 나도 지금 와서 말해도 소용없다고 생각하니까."

"아, 아뇨. 그런 게 아니라."

"후지미야 군."

"네."

"사람의 마음은 쉽지 않아. 내가 잘 알아."

"네……."

"너는 너무 신경 쓰지 마. 괜찮아. 걱정하지 않아도."

아마네의 걱정을 떨쳐버리기 위해서인지, 아니면 본인이 이미 그런 것이라고 체념한 건지, 아마네는 알 수 없었다.

다만 확실한 건, 그때 미야모토가 한순간 괴로운 듯이 눈을 감았다는 것이다.

본인은 아마네의 심정을 아는지 모르는지, 평소와 같은 표정을 짓고 "홀에 갈 테니까 정리를 부탁할게."라며 감정이 실리지 않은 투로 넌지시 말한 뒤 주방을 나갔다.

엇갈리듯 소우지가 쟁반에 식기를 올리고 돌아와, 아마네의 표정을 보고 쓴웃음을 짓는다.

"미야모토 선배한테 말해도 소용없을 거야. 저 사람은 너하고는 다른 쪽으로 의지가 강한 사람이니까."

카운터 부근에 있었는지, 사정을 헤아린 듯한 소우지가 난처한 듯이 눈썹을 내리고 웃으며 슬며시 고개를 젓는다.

손님이 사용한 식기를 내려놓으면서 나름대로 신경을 써주는 느낌으로 말하는 걸 보면, 소우지도 두 사람의 사정을 짐작하고 있는 것 같다.

"다른 사람의 사정을 꼬치꼬치 캐묻는 건 꺼림칙한데, 내 상상이 맞아?"

"나는 네가 아니고 머릿속을 들여다볼 수 없어서 모르겠지만. 아마도 그럴 거야."

"뭐랄까, 내 주위에선 못 보던 타입이라서. 어떻게 판단하면 좋을지."

만약 이 추측이 사실이라면, 미야모토도 고생이 참 많았을 것이다. 이야기를 조금만 들은 아마네도 알 수 있다.

자신이 좋아하는 여자가 자신이 아닌 다른 남자를 상대하고, 더군다나 상대를 자주 바꾸고 있다. 결코 자신을 보지 않고, 소꿉친구로서 가까운 위치에 있으면서 다른 남자가 가로채는 걸 보면 너무 괴롭지 않을까?

그 심정을 멋대로 헤아려도 본인이게 실례일 것 같지만, 상상만 해도 가슴이 아프다.

"오해가 없도록 말해두겠지만, 오오하시 씨도 딱히 나쁜 사람은 아니야. 조금 반하기 쉽고, 식기 쉬울 뿐이야."

"그렇게나?"

"난 1학년 때부터 여기서 일했고, 오오하시 씨는 그 전부터 있었지만, 내가 알기로 역대 남친이 대여섯 명은 있었어. 여럿이랑 동시에 사귀는 일은 없었지만, 좌우지간 상대가 휙휙 바뀌더라고."

"와…… 굉장히 인기가 많은 사람이네."

"봐서는 푸근한 느낌이 나는 미인이니까. 속은 의외로 개방적이고 화끈한 사람인데."

늘씬하고 키 큰 모델 체형이면서도 얼굴은 온화하고 푸근한 분위기를 자아내는 오오하시는 가만히 있으면 다소곳해 보이는 여자다. 입을 열면 비교적 흥겹고 야한 농담도 그냥 툭툭 튀어나오는 사람이니까, 격차가 너무 크다.

밝고 소탈한 사람이지만, 겉모습만 봐서는 성격을 절대로 예상할 수 없으리라. 어쩌면 그 점도 남자친구가 자꾸 바뀐 요인일지도 모른다고, 안 좋은 쪽으로 넘겨짚을 수 있다.

"미야모토 선배도 잠자코 그 남성 편력을 지켜본 거야?"

"그런 셈이야."

"그것도 참……."

"뭐, 우리가 이러쿵저러쿵 떠들 일도 아니고, 이 상태로는 반대로 어떻게든 되지 않을까? 결국 오오하시 선배를 이해하고 보살필 수 있는 사람은 미야모토 선배 정도니까. 결국에는 무난하게 해결될 것 같아. 오히려 오오하시 씨가 먼저 울면서 매달릴 것 같은데."

어디까지나 직장 선후배라는 관계를 무너뜨릴 생각이 없어 보이는 소우지는 실로 담담하게 평가하고 있다.

아마도 방금 같은 대화를 자주 목격한 것처럼 달관한 태도에, 아마네도 미야모토와 별로 가까운 것도 아니므로 참견할 일은 아니라며 생각을 바꿨다.

아마네가 이것저것 걱정해서 괜히 참견하다가 일이 꼬이는 것보다 본인들의 선택과 앞날을 지켜보는 편이 더 나으리라. 때로는 등을 떠미는 것도 중요하지만, 그것을 계기로 관계가 망가질 수도 있다. 아마네는 그 책임을 질 만큼의 친분이 없다.

"뭐, 미야모토 선배와 오오하시 선배라면 괜찮을 거야. 어, 이런 걸 뭐라고 하더라? 짚신도 짝이 있다?"

"카야노, 그건 말이 심하잖아……."

"누가 짚신이라고?"

"헉, 미야모토 선배."

아마 들려서는 안 되는 내용이 귀에 들어간 듯, 미야모토는 구김살이 없는데도 압력이 강한 얼굴로 웃으며 소우지를 바라보고 있다. 아니, 노려보고 있다.

"카야노, 넌 사이펀 씻어놔. 필터도 말이야."

"넵……."

"후지미야, 너도 갈래?"

"네, 네엡."

이건 거역해서는 안 된다고 보고 아마네도 몸을 떨면서 지시에 따르는데, 홀에서 돌아온 것인지 아니면 상황을 보러 온 것인지, 오오하시가 "아, 다이치가 신입을 괴롭혀. 이토마키짱한테 일러야지."라고 유쾌하게 말하는 소리가 들렸다.

"그런 적 없어. 관계없는 사람은 참견하지 마."

"괴롭히는 사람한테 그런 소리 듣기 싫거든요. 저질이야."

괴롭힘이 아니라 어디까지나 아마네와 소우지의 자업자득이므로 이 강권도 납득하지만, 사정을 모르는 오오하시는 놀리는 투로 미야모토를 약올려서, 미야모토의 태도가 자연스럽게 험악해지고 있다.

"오오하시 선배가 저래서 미야모토 선배도 깐깐해지는 거구나."

"그러게 말이야……."

아마네와 소우지는 지시받은 식기와 기구를 씻으면서 두 사람에게 들리지 않게 대화를 나누고, 목소리를 낮춘 말싸움을 배경음으로 나란히 한숨을 쉬었다.

제9화   천사님이 숨기는 일

  요새는 일하다가 날이 저물고 귀가하는 것에도 익숙해져서, 운동 삼아 밤길을 가볍게 뛰며 집에 가고 있었다.

  아무리 그래도 이 시간대에 교복 차림으로 돌아다니면 경찰이 붙잡을 수 있으니까, 아르바이트가 끝나고 나면 일부러 운동복으로 갈아입고 야광 띠까지 빠짐없이 챙긴다. 이 차림은 별로 세련되지 않지만, 안전을 위한 것이므로 어쩔 수 없다.

  집에서 가장 가까운 역까지 전철로 돌아온 뒤에는 차와 보행자를 조심하며 가볍게 뛰면서 맨션으로 가는데, 도착했을 무렵에는 이미 하루가 세 시간 남짓 지나면 끝나는 시간이었다.

  평소 같으면 벌써 저녁을 다 먹고 마히루와 느긋하게 지낼 시간대이다.

  전에는 귀가부였던 만큼 바쁜 상황이 이상하게 느껴지지만, 나쁘지는 않다.

  지금까지가 너무 느슨했던 것이다. 마히루를 알기 전까지는 귀가부인 것도 있어서 나태하게 지냈고, 마히루를 알게 된 후에는 함께 공부하거나 느긋하게 지내는 일이 많았으니까, 예정이 꽉 차는 일이 없었다.

이렇게 정해진 일정표에 따라 움직이는 건 다소 답답하지만, 만족스럽기도 했다.

"다녀왔습니다."

익숙해졌다고는 해도 역시 육체적, 정신적으로 피로를 느낀다. 그래서 조금 나른한 기분으로 문을 열고 말했는데, 집에는 불이 켜졌는데도 인기척이 없었다.

틀림없이 마히루가 저녁을 차려놓고 기다리는 줄 알았는데, 신발을 벗고 들어가 거실 쪽을 봐도 마히루가 없다.

주방을 살펴보니 아주 좋은 냄새가 풍기고, 가스레인지에는 뚜껑이 덮인 냄비가 놓여있다.

내용물인 조림은 다 된 모양인데, 보아하니 저녁을 준비한 다음 집을 비운 모양이다.

반드시 집에 있어야 하는 것도 아니고, 자기 시간을 소중히 여기는 건 좋은 일이라고 생각하지만, 신기한 일도 다 있다는 기분이 든다.

출발하기 전에 귀가한다고 메시지를 보냈는데, 다시 메시지를 보내는 게 좋을까? 아마네가 그렇게 생각했을 때, 현관 쪽에서 허겁지겁 문을 여는 소리가 들렸다.

"아, 아마네 군, 일찍 왔네요……."

"오늘은 다른 사람이 뒷정리한다고 해서. 그리고 뛰는 속도를 높였거든. 미안해……. 뭔가 마히루도 자기 볼일을 본 것 같은데, 더 천천히 오는 게 좋았을까?"

"그렇지 않아요! 빨리 아마네 군의 얼굴을 보고 싶었고요!"

약간 허둥대며 고개를 흔드는 마히루의 머리카락이 살랑살랑 흔들린다. 아마네는 그걸 바라보며 슬쩍 웃고, "그렇다면 다행이고."라고 대답했다.

참으로 귀여운 소리를 하는 마히루를 보는 바람에 흐뭇한 감정이 더 커지는데, 마히루는 아마네의 미소를 눈치챈 기색도 없이 미묘하게 불편한 기색으로 시선을 아래로 향해 작게 뭔가 중얼거렸다.

"마히루?"

"아, 잠깐 생각해서 그런 거니까 걱정하지 마세요. 아마네 군도 왔으니까 식사를 준비할게요. 목욕하는 동안에 밥을 데워야겠어요. 목욕물은 미리 받아뒀으니까요."

"항상 고마워. ……응?"

마히루의 태도가 평소와 다르게 왠지 어색하게 느껴지는 바람에 아마네가 속으로 신기해하면서 옆을 지나가려고 했을 때, 마히루 몸에서 달콤한 향기가 확 나는 것을 깨달았다.

평소에 마히루는 은은하게 달콤하고 좋은 냄새가 나는데, 지금 마히루가 풍기는 달콤한 냄새는 느낌이 다르다. 샴푸나 본인의 향이 아니라, 달콤한 냄새가 나중에 들러붙은 듯한 향이다.

구체적으로 말하자면, 구운 과자 계열의 냄새다.

"왜, 왜요?"

"아니, 평소의 마히루랑 냄새가 다른 것 같아서. 뭔가 과자처럼 달콤한 냄새가 나."

"어……? 그건, 저기, 집에서…… 간식을, 먹었거든요."

"그랬어? 마히루는 많이 안 먹는 나보다 적게 먹으니까, 식사 전에 뭘 먹으면 밥을 못 먹지 않을까?"

기본적으로 간식은 체형을 유지하기 위해 삼가고 있다고 하니까, 이것도 신기한 일이다.

게다가 마히루는 입이 짧다고 할 수 없지만, 굳이 따지자면 소식하는 편이다. 간식을 먹고 저녁을 든든하게 먹기는 어렵지 않을까?

"먹, 먹을 수 있으니까 괜찮아요. 걱정하지 말고 목욕하고 오세요. 아마네 군은 일을 마치고 왔으니까 배고프죠?"

"그야 이미 꼬록꼬록한 상태이긴 한데."

"그러면 땀을 씻고 기분 좋게 식사해요."

무언가 얼버무리듯 등을 떠미는 마히루가 역시 이상하다고 여기면서도, 아마네는 그대로 옷을 챙기러 방으로 이동했다.

마히루가 아마네에게 뭔가 숨기는 게 있는 것 같다.

일을 마치고 귀가할 때마다 그 의혹이 강해진다. 의혹이라고 할까, 확정이다. 무언가를 몰래 하고 있다.

그건 아마네가 집을 비웠을 때 한정이며, 아마네가 아르바이트를 쉬는 날에는 그런 모습을 조금도 보이지 않는다.

그렇다면 아마네에게 보여주고 싶지 않은 무언가가 있는 거겠지.

(뭘 숨기는 걸까……?)

마히루는 기본적으로 남에게 무언가를 숨기거나 비밀 이야기를 할 줄 모르는 사람이라서 태도만 봐도 금방 들키는데, 이번에는 있는 힘껏 얼버무려서 아무 일도 없는 것처럼 행동하고 있다.

그만큼 아마네에게 알리고 싶지 않은 무언가가 있는 거겠지.

그렇다고 해서 마히루에게 물어본들 십중팔구 말을 돌릴 게 뻔하고, 아마네도 자신의 호기심을 풀려고 억지로 물어보고 싶은 건 아니다. 마히루도 자기 생각이 있을 것이고, 어쩌면 성별과 관련된 무언가가 있을지도 모른다.

그러한 점도 생각하면 끈질기게 물어보는 건 실례이므로, 아마네는 약간 미심쩍게 여기면서도 대놓고 캐묻지는 않았다.

여담으로 치토세나 아야카에게 물어봐도 앵무새처럼 모른다는 말만 했다.

두 사람의 낌새로 봐서는, 마히루가 무엇을 숨기는지 아는 듯하다. 즉, 치토세와 아야카도 은폐의 공범자라는 뜻이다.

따돌림당한 것 같아서 다소 불안한 감이 있지만, 같은 여자에게만 말할 수 있는 일도 있을 것으로 여기고 별다른 말을 하지 않았다.

"마히루가 뭔가 숨기고 있단 말이지……."

물어보지는 않아도 불안과 우울이 커지니까 일하러 가는 길에 무심코 아르바이트 동료인 소우지에게 말해 버렸다.

여담으로 오늘도 마히루가 뭔가 숨기는 일을 진행할 작정인 것 같아서 가슴이 답답해졌다.

소우지와는 근무시간이 겹칠 때 함께 가게로 가는데, 아마네가 전철에서 자리에 앉자마자 뜬금없이 그런 소리를 하는 바람에 눈을 깜박이고 있었다.

다만 아마네의 표정으로 봐서 가벼운 화제가 아니라고 생각했는지 옆에 앉은 소우지가 자세를 바로잡는다.

"다퉜어?"

"다툰 건 절대로 아니야. 다만 마히루가 나 몰래 슬금슬금 뭔가를 하고 있단 말이지…… 내가 뭔가 잘못해서 그런 건 아닌 듯하지만."

일단 아마네가 무의식중에 뭔가 저지른 게 아닐까 싶어서 은근슬쩍 물어봤는데, 그때는 잘 모르겠다는 듯이 고개를 갸우뚱했으니까 그건 아닌 듯하다.

이것 때문에 의문이 더 커져만 가니까, 아마네는 속을 앓고 있었다.

"으음. 일반적으로 생각해서 남친한테 숨기는 일이라면 바람피우는 정도겠지만, 시이나 양이라면 그런 게 아닐 거야. 나는 시이나 양과 친한 사이가 아니지만, 시이나 양의 성격과 너희 사이를 보면 있을 수 없어."

"나도 그렇게 생각하고, 마히루는 그런 불성실한 짓은 하지 않아. 마히루는 바람피우는 걸 세상에서 제일 싫어하거든."

소우지가 슬쩍 예로 든 것은 마히루에게 절대로 있을 수 없다.

마히루는 복잡한 환경에서 태어나 자랐기 때문에 불륜을 절대로 용서하지 않는다. 처음부터 사랑이 없는 결혼이었다고는 해도 밖에서 만든 애인과 사는 어머니를 본 까닭에 자신은 절대로 저렇게 되기 싫다고, 되지 않겠다고 단언할 정도로는 불륜을 혐오한다.

그런 마히루가 아마네를 배신할 리가 없고, 애초에 치토세나 아야카가 협력하는 것 자체가 있을 수 없다. 두 사람도 상식이 있고, 한 사람만 아끼는 소녀이므로, 부도덕한 행위에 대한 혐오감이 강할 것이다.

다만 그것 말고는 숨길 만한 일이 생각나지 않는다.

마히루는 기본적으로 무언가를 잘 숨길 줄 모르고, 애초에 숨기려고 하지 않는다. 아마네 몰래 무언가를 한다는 것 자체에 대한 죄책감이 더 큰 듯, 왠지 수상하다고 생각해서 조금 떠보기만 해도 자백하는 타입이다.

이번에는 본인이 명확하게 숨기려고 하고, 알려주기 싫은 눈치여서 아마네도 뭐라고 하지 않았지만, 애초에 무언가를 숨기려고 들지 않고, 거짓말하지 못하는 사람이다. 그러니까 더더욱 미심쩍은 것이다.

"그렇다면 마히루가 나에게 숨기는 것도 양심에 찔리는 일이 아닐 거야. 보여주고 싶지 않은, 알려지고 싶지 않은 무언가는 나쁜 게 아니라고 봐. 본인이 생각했을 때 나에게 알려지면 부끄러운 일이거나, 나와 직접 관계가 있는 일이겠지. 물건을 망가뜨렸다거나 하면 순순히 고백해서 사과하니까, 나한테 피해를 준 것도 아닐 거야."

애초에 아마네가 마히루와 알게 된 지도 약 1년이, 사귄 지도

5개월쯤 지났는데, 이만큼 함께 지내다 보면 마히루의 성격이나 버릇을 다 파악할 수 있다.

마히루 나름대로 뭔가 생각하는 바가 있어서 필사적으로 숨기고 있으니까, 아마네에게 피해를 주지는 않더라도 뭔가 큰일이 있다는 건 알겠다.

"결국, 어쩔 건데?"

"아무것도 안 해."

"뭐?"

불쑥 말한 아마네에게, 소우지가 무심코 되묻는다.

덜컹덜컹 낮게 울리며 달리는 전철 소리를 들으면서, 아마네는 그 소리에 묻으려는 듯이 한숨을 쉬었다.

"마히루가 숨기고 싶은 일이니까, 꼬치꼬치 캐묻는 건 좋지 않을 거야. 나도 비밀로 하고 싶은 게 한두 가지 있으니까, 본인이 바라지 않는다면 건드리지 않겠어."

아마네도 아르바이트하는 이유를 마히루에게 숨기고 있으니까, 마히루에게 이러쿵저러쿵 말할 권리는 없다.

서로 숨기는 일이 있어도 두 사람의 관계를 잘 유지할 수 있다면 문제없는 것이다.

"그래도 괜찮은 거구나."

"마히루가 의도해서 나에게 상처를 주는 일은 절대로 없다고 믿으니까. 사사건건 간섭하는 것보다 서로가 숨기고 싶은 부분을 침범하지 않는 게 나아. 신뢰하는 만큼 상대의 사생활을 존중하는 것이 오래오래 정답게 사는 요령이라고 하더라."

오랫동안 닭살 행각을 벌인 부모님이 한 말씀이니 설득력은 있을 것이다.

아마네의 부모님은 아들이 봐도 항상 사이좋고, 서로를 잘 이해하고 곁에 있지만, 사사건건 간섭하지는 않는다.

부모님을 아는 사람들에게는 무척 의외로 보이는 모양인데, 항상 붙어 다니는 것도 아니다.

혼자 있는 시간을 소중히 여기는 것도 중요시하고, 취미를 즐길 때는 꽤 높은 확률로 각각 다른 장소에 있다.

같은 장소에 있어도 각각 다른 일을 할 때도 많은데, 그러면서도 분위기가 따스하고 부드러우니까 아들인 아마네가 봐도 기분이 좋아질 정도다.

그런 부모님을 보고 자라서 자신의 시간과 상대의 시간을 다 존중하는 자세가 완성되었다.

"참고로 만약 뭔가 떳떳하지 못한 일이 있다면?"

"그렇다면 나에게 상담할 가치가 없었다는 거고, 만에 하나라도 마히루가 나를 버린다고 해도 내가 매력이 없고 부족했다는 뜻이지. 내 탓이야."

마히루는 매우 정이 많고 한결같고 성실한 소녀다. 그런 마히루가 한마디 상의도 없이 아마네를 버린다면, 일반적으로 아마네에게 문제가 있을 것이다.

마히루라면 진솔하게 마음을 전하고 관계를 해소할 것이다.

그러지 않았다는 건 상식이나 윤리관에 어긋나지 않는, 무언가 개인적인 비밀이라는 뜻이다. 그걸 꼬치꼬치 캐묻거나 파헤

치려고 드는 건 내키지 않고, 그랬다간 숨기고 싶은 마히루를 불쾌하게 할 것이다.

그래도 신경이 쓰이는 건 어쩔 수 없는 일이라고 보지만.

"뭐, 마히루니까 괜찮겠지만. 역시 신경이 쓰이네. 당하는 사람은 차분해질 수가 없어."

"뭐랄까, 후지미야는 한번 각오하면 진짜 듬직한걸."

"그래?"

어디까지나 마히루를 믿으니까 이런 자세일 수 있다.

아마네가 조바심을 내도 답이 안 나오는 상황이라면 느긋하게 언젠가 밝혀지기를 기다리는 것이 좋을 것이다.

마히루라면 나쁜 일이 생길 리가 없다. 그렇게 확신하니까 억지로 캐묻지 않는다. 불안해하는 것 정도는 봐달라고 한심하게 덧붙여야 하겠지만.

"그 뭐냐, 예전에 복도에서 봤을 때는 고개를 푹 숙이고 별로 자신감이 없어 보였으니까…… 지금은 완전히 천사님의 남자친구 같아."

"실제로 자신감이 없었으니까. 등을 떠밀거나 찰싹 때리기도 한 친구라든지, 나를 도와주는 마히루가 있어서 꼿꼿하게 선 느낌이야."

물리적으로 등을 떠밀리거나 맞은 적이 있지만, 비유적인 의미에서도 등을 흠씬 두들겨 맞았다. 그 덕분에 이렇게 마히루 옆에 서 있고, 마히루를 의지하고 있다.

식사나 생활 습관과 같은 실생활 면에서 도와주고, 정신적으로도 버팀목이 되어 준다. 그러니까 아마네는 노력을 힘들게 여기지 않고, 오히려 즐겁게 받아들이는 것이다.

정말 고맙다는 말만으로는 부족하다고 말을 마무리한 아마네에게, 소우지가 절실하게 공감한 것처럼 고개를 끄덕인다.

"시이나 양은 내조의 달인……이랄까, 후지미야 네가 소중히 여길수록 빛나게 해주는 존재구나."

"빛나는지 어떤지는 넘어가고, 마히루 옆에 있으려면 나약할 수 없고, 자신감이 있어야 한다고 생각해서. 남자로서 훌륭해지고 싶다고 할까……. 마히루 덕분에 그렇게 생각할 수 있게 되었어. 실제로도 많이 도와주니까."

"돕고 싶다고 생각하게 하는 네 인덕도 있을 텐데?"

"그 평가는 고맙지만 말이야. 역시 마히루 덕분일 거야. 내가 당당하게 설 수 있는 건, 마히루를 위해서…… 아니, 마히루에게 어울리게 되려고 노력하는 것도, 역시 상대가 마히루라서 그런 거니까."

그러니까 마히루는 참 대단하다고 중얼거리자 소우지가 "결국 여친 자랑을 들었다고 생각하면 될까?"라고 대답했기 때문에, 아마네는 왠지 미안한 마음이 들면서 역에 도착할 때까지 낯부끄러운 기분을 느껴야 했다.

아르바이트 근무는 주 3회, 또는 4회. 때때로 근무표 사정으로 증감하지만, 대체로 그 정도 빈도에 해당한다.

토, 일요일에도 돈이 잘 벌리지만, 하루는 비워서 자신을 위해

쓰거나 마히루와 보내는 데 쓴다. 학생의 본분인 학업을 소홀히할 수도 없으므로 가게 주인인 후미카도 납득했고, 아르바이트의 진정한 목적을 포함해 여러 가지로 응원받고 있었다.

오늘은 근무와 근무 사이에 있는 휴일이라 아마네는 아침부터 느긋했다.

느긋하다곤 해도 근육 단련이나 가벼운 조깅은 일어난 직후에 소화했고, 과제도 후다닥 끝내서 겨우 한숨 돌렸다고 할 수 있으리라.

옛날보다 훨씬 생활 습관도 좋고 건강하게 생활하고 있다는 실감이 나서 그만 쓴웃음이 나온다.

그렇듯 아침 일과를 마친 아마네도 신경이 쓰는 것이 있었다.

그렇다. 마히루가 숨기는 일이다.

(오늘도 뭔가 몰래몰래 뭔가 하는 것 같은데.)

점심시간이 지나서부터 아마네의 집을 찾은 마히루는 역시 미묘하게 어색한 느낌이 있었다. 간식 시간이 지난 지금이야말로 침착하지만, 아마네가 쳐다보면 다소 안절부절못한 기색을 보이니까 보면 무언가 숨기고 있는 게 명백하다.

딱히 그걸 지적하지는 않았으므로 서서히 차분해져서 지금에 이른 것이다.

소파에 앉은 아마네 옆에 앉은 마히루는 차분해 보이지만 정신이 딴 데 있는 모습에 가깝다. 생각에 정신이 팔렸다고도 말할 수 있다.

모처럼 찾아온 휴일이니까 조금은 마히루를 만끽하고 싶었는데…… 멍하니 있는 마히루에게 요구하는 건 미안하다. 하다못해 꼭 끌어안아서 아르바이트 생활로 부족해진 마히루 성분을 보충하고 싶다.

"마히루."

"네?"

"껴안아도 될까?"

반응이 있는 것에 안도하면서 아마네가 조심스럽게 묻자 마히루는 캐러멜색 눈동자를 깜박이더니, 이어서 푸근하게 살포시 웃으며 고개를 끄덕였다.

살짝 팔을 벌려 주어서, 그 배려를 달게 받아들이고 살살 감싸듯이 마히루의 몸을 품에 안는다.

오늘은 초콜릿 냄새가 났다.

(매일 달콤한 냄새가 난단 말이지.)

아무리 마히루가 단 걸 좋아한다 해도, 그렇게 자주 먹는 건 아니다. 체형을 관리하기 때문에 잘 손대지 않는다.

그런데도 요즘은 달콤한 냄새가 나는 일이 많다.

옆에 있는 아마네는 단 건 별로 좋아하지 않지만, 단 냄새는 좋아한다. 가까이서 접촉할 때마다 은은하게 나는 과자 냄새도 싫지 않았다.

냄새가 참 좋다는 소감을 가슴에 담고서 가냘픈 몸을 조심스럽게 끌어안는데, 좀 더 달라붙고 싶은 마음에 몸을 끌어당기려다가 허리 근처에 손이 닿은 순간, 마히루가 몸을 흔들었다.

"싫어요!"

무심코 튀어나온 거부하는 목소리. 아마네는 너무 성급하게 굴었나 하고 머릿속이 급속히 싸해지는 걸 느꼈다.

평소 가까이서 밀착한다고 해도, 자기 혼자 좋으라고 배를 만지려고 든 것은 실수였을지도 모른다.

아무리 여친이라고 해도 마음대로 만져선 안 된다. 기분이 내키지 않을 때도 있을 테고, 그런 식으로 만지는 걸 바라지 않을 때도 있겠지.

난처한 표정을 지으며 살며시 몸을 떼자, 마히루가 영문을 모르겠다는 듯한 얼굴로 아마네를 올려다본다.

"미안해. 내가 너무 설쳤어."

"어? 시, 싫은 게 아니고요! 아니에요! 오, 오해하게 했어요! 아마네 군이 껴안는 게 싫다는 건 아닌데요?!"

아마네가 거절당했다고 생각한 걸 알아차린 모양인지 마히루가 허둥지둥 온몸으로 자기 의견을 주장하기 시작한다.

"싫다고 했잖아."

"시, 싫은 게 아니고요……. 지금은 배를 신경 써서."

"배?"

"사, 살쪘을 가능성이. 허리를 잡는 건 좀."

그렇게 말하고 배에 손을 얹는 마히루에게, 아마네는 고개를 갸우뚱할 수밖에 없다.

자기 관리가 완벽한 마히루는 최상의 몸매를 유지하고 있다고 들었고, 겉으로 봤을 때나 촉감으로는 살이 찐 것 같지 않다.

조금 전에도 평소처럼 가냘파서 아마네가 불안할 정도다. 차라리 살이 조금 찌는 게 낫지 않을까? 그렇게 건강을 걱정할 정도로는 날씬하다.

"어디를 봐서? 여전히 날씬한데. 애초에 살찌는 식생활은 안 하잖아."

마히루가 매일 집에서 스트레칭 같은 가벼운 운동을 하거나 시간이 날 때 조깅하는 건 아마네도 잘 아는 사실이다. 그리고 아마네의 집에 있는 게임기에서 피트니스 관련 게임을 하는 것도 알고 있다.

귀가부이지만 아름다움을 유지하기 위한 운동을 빼먹지 않는, 자기 관리의 프로라고 할 수 있는 마히루가 살이 찔 것 같지는 않다.

그런데 마히루는 어째서인지 아마네와 눈을 마주치려고 하지 않았다.

"했어……?"

"아, 아니에요. 운동은 거르지 않았고, 오히려 평소보다 많이 해요. 하루 세 끼 식사의 균형도 잘 맞추고 있고요. 그런데…… 하루 세 끼 범위 밖에서……."

"간식을 먹었다고?"

"간식이라고 할까요…… 아뇨, 간식을 먹었어요. 그게 원인이에요."

"희한하군."

마히루는 몸매를 신경 쓰는 만큼 식사에도 주의를 기울이므로, 본인이 걱정할 정도로 먹는 건 의외였다.

아마네와 함께 있는 동안에는 과식하는 걸 보지 않았으니까, 집에서 먹는 거겠지. 그만큼 맛있는 걸 발견했을지도 모른다.

"식욕의 가을이란 말도 있을 정도고, 밥도 맛있으니까. 여름과는 다른 맛있는 재료도 많아지는 시기니까, 간식을 많이 먹어도 어쩔 수 없어."

"제가 우유부단하고, 너무 몰두한 게 잘못이라고 할까요."

"어?"

"아니에요. 아무튼 배를 만지면 지방이……."

"마히루는 불필요한 지방은 거의 없는 것 같은데……. 날씬하게 손에 잡히는 살이 없다시피 하잖아. 조금 붙는다고 해도 오차 수준이고, 애초에 마히루는 마르고 근육이 단단하니까 다소 부드러운 느낌이 강해져도 문제없어."

아마네가 봤을 때 날씬한 체형에 대한 세간의 요구가 과도할 뿐, 마히루는 그 기준으로 봐도 충분히 날씬할 것이다.

마히루가 다소 통통해진다고 해도 딱히 문제없다. 날씬하니까 귀엽다, 예쁘니까 좋아한다, 같은 것도 아니다. 그리고 원래부터 마히루 자체를 좋아하니까 체형은 상관없다. 건강 면에서 불안하지 않은 체형이라면 괜찮다고 본다.

그러니까 걱정하지 말라고 눈을 보고 진지하게 말하자 마히루는 작게 "으으으." 하고 신음하면서 아마네를 올려다본다.

본인에게는 큰 문제일지도 모르지만, 아마네에게는 지방이 약간 늘어나는 정도니까 딱히 신경 쓸 일이 아니다. 오히려 세상에서 마히루가 차지하는 면적이 늘어나는 건 기쁜 일이다.

애당초 촉감만 봐서는 늘어나지 않았으니까, 오히려 참아야 하는 것이 사활 문제다.

"조금은 치유받고 싶은데, 안 돼?"

"아, 안 되는 건 아니고…… 좋지만요!"

조금 자포자기한 기미인 것을 보고 웃고, 아마네는 마히루를 끌어당겼다. 아니, 팔에 안고 들어 올렸다.

굳어 버린 마히루를 끌어안고서 다리 사이에 앉히듯이 소파에 다시 앉자 인형을 품에 껴안은 듯한 자세가 완성되었다.

소파에서 껴안을 때는 이것이 가장 편안한 자세인데, 마히루는 부끄러움 때문인지 미묘하게 불편한 기색이다.

다만 순순히 자리를 잡고 아마네에게 몸을 맡기니까 싫은 건 아니겠지.

앞으로도 손을 돌려서 본인이 신경 쓰는 듯한 복부도 건드렸지만, 살쪘다는 착각이 어디서 나오는가 싶을 정도로 매끄럽고 날씬하다.

"역시 달라진 게 없는데?"

"노력하고 있으니까요. 하지만 신경이 쓰여요."

"이렇게 날씬한데 말이야……. 뭐, 마히루가 고집한다면 나는 너무 강하게 말할 수 없지만, 무리하지는 마. 나는 어떤 마히루라도 좋아하니까."

"네……."

마히루가 지나치지 않는 범위에서 살을 빼고 싶다고 한다면 응원하겠지만, 딱히 마르길 바라는 건 아니다.

살이 쪘다는 착각은 단호히 부인하되, 그 뒤로 살을 빼려는 마음이나 노력은 부정하지 않을 것이다.

무리만은 하지 않았으면 좋겠다고 생각하면서도 언제나 부드러운 몸을 한가득 느낄 수 있게끔 부드럽게 꼭 껴안는다.

어떻게 하면 이렇게 날씬한데도 부드러울까. 그렇게 여자 몸의 신비를 느끼면서 얼굴을 어깻죽지에 대면 섬유유연제와 마히루 본연의 우유 같은 향에 섞여 달콤한 냄새가 콧구멍으로 스르륵 들어온다.

오늘은 초콜릿 비슷한 냄새라고 생각하면서 목덜미로 입술을 옮기고 가볍게 문댄다.

딱히 뭘 어쩌려는 의도는 전혀 없지만, 마히루의 피부에 닿으면 행복한 기분이 들고, 뽀얀 피부가 맛있을 것 같다고 생각하게 된다. 남자의 본능이라 이것만은 어쩔 수 없었다.

매끄러운 피부에 입술을 맞추고 뺨을 문지르자 마히루가 간지러워하는 목소리를 냈다.

"아마네 군은 피곤할 때 어리광쟁이가 되네요."

"그 말을 고대로 돌려줄 수 있지만…… 뭐, 사람의 온기가 그리워져."

마히루도 그렇다고 할 수 있지만, 피곤하면 상대에게 달라붙어 힐링 효과를 얻으려고 한다. 체온이나 본인의 향기를 맛보면 마음이 편해지고, 행복한 기분이 드는 것이다.

기본적으로는 마히루가 어리광을 부리는 때가 더 많지만, 아마네도 요새는 피곤한 일이 많아져서 이렇게 어리광 부리는 것도 배웠다.

순순히 응석을 부리면 마히루가 정말 기뻐하니까 무심코 그러는 경우도 있지만.

"마음껏 해도 좋지만, 자국은 내지 말아 주세요. 보이니까요. 예전에 자고 갔을 때는 치토세 양에게 들켜서 놀림당했어요."

"미안해. 조금만 더 안 보이는 데로 할 걸 그랬어."

그때는 아마네도 심하게 흥분해서 이성이 반쯤 자기 할 일을 포기한 상태였다. 물론 지켜야 할 선은 넘지 않았지만, 뽀얀 피부를 물들이고 싶다는 욕구에는 순순히 따르고 말았다.

그러는 바람에 눈에 띄는 데까지 자국을 냈으니까 아마네도 반성하고 있다.

그날 밤의 광경을 생각하면 괜히 부끄러워져 껴안는 힘이 세지는데, 품에 안긴 마히루가 아마네의 허벅지를 찰싹찰싹 세게 때렸다.

"그런 문제도 아닌데요?! 아마네 군은 익숙해지면 그렇게 되는군요?!"

"뭐, 익숙해진 건 아니지만…… 역시, 뭐랄까, 남자로서는 내 거라는 흔적을 남기는 게 기쁘니까."

한번 맨살을 본 정도로는 익숙해질 리가 없다.

떠올리기만 해도 얼굴이 화끈거리고, 욕구가 이제나저제나 하고 고개를 쳐든다. 그걸 이성으로 억누르고 있을 뿐이다.

다만 역시 욕구가 생기는 걸 피할 수는 없으니까 다음이 있으면 또 뽀얀 피부에 아마네의 입술이 지난 궤적을 남길 것이다.

품에서 못마땅한 기색을 보이는 마히루에게 "익숙해질 리가 없잖아, 여친의 맨살인데."라고 중얼거리며 허벅지를 때리는 손을 자기 손으로 움켜쥐자 마히루가 갑자기 얌전해졌다.

귀가 빨개졌으니까, 부끄러워하는 게 분명하다.

"다음은, 정말 보이지 않는 곳에 조금 하는 걸로 참아주세요."

"다음이 있다는 전제로 말하는구나."

"그, 그건…… 아마네 군이 해주는 건 전부 기쁘고…… 만지는 것도, 마음이 편해져서 좋아해요."

머뭇거리는 느낌으로 작게 한숨을 쉬듯 중얼거리던 마히루가 사랑스러워서, 잡고 있는 마히루의 손에 손가락을 건다.

아마네가 하는 일이라면 어지간하면 받아들일 것이고, 만지는 것도 좋아한다고 말해주는 마히루에게 또 욕구가 날뛸 것 같지만, 어떻게든 진정시켜 목에 키스하는 걸로 그쳤다.

역시 예민한 마히루는 몸을 떨었지만, 아마네의 뜻대로 하게 해준다.

"아무튼 지금은 자국을 남기면 안 돼요. 할 거라면 생……."

"생?"

"아무것도 아니에요. 신경 쓰지 않아도 돼요."

"무지 궁금한데."

"신경 쓰지 않아도 돼요!"

무언가를 말하려다가 멈춘 마히루에게 고개를 갸우뚱하자, 마히루는 억지를 써서 얼버무리듯 아마네에게 힘껏 체중을 실었다. 아마네는 그걸 가볍다고 생각하며 웃으며 받아들였다.

제10화　드디어 맞이한 천사님의 X-day

　아마네는 아르바이트를 시작했지만, 딱히 일하지 않는 날을 전부 마히루와 보내는 데 쓰는 것도 아니다.

　마히루에게도 자기 생활이 있고, 혼자 있고 싶거나 다른 사람과 시간을 보내고 싶을 때도 있다. 게다가 요새는 마히루가 아마네 몰래 뭔가 하는 것 같아서, 아르바이트 근무가 없는 평일 방과 후에는 집에서 저녁때까지 느긋하게 지내거나 이츠키와 다른 친구들과 놀기도 했다.

　"정말로 우리랑 놀아도 되겠어, 신혼집 신랑? 신부가 삐치지 않아?"

　이츠키가 불러서 유타도 데리고 셋이서 커피 체인점의 신상품을 맛보러 왔는데, 테이크아웃 해서 역 근처 공원에서 마시기 시작했을 즈음 이츠키가 그런 말을 꺼냈다.

　여담으로 반쯤 농담으로 '아마네가 일하는 델 가볼까?' 라고 한 것은 단호히 거부했다.

　"누가 신혼이라는 거야. 애초에 내 개인 시간이니까 놀아도 딱히 상관없잖아. 여자라면 또 모를까 같은 남자이고, 더군다나 단순하게 놀기만 하는 거니까."

"어머나, 나랑은 그냥 노는 관계였어……?!"

"놀자고 불러 놓고서 무슨 소리를…… 애초에 그런 의미로 노는 관계가 된 적은 없고, 있을 수도 없어."

일부러 파트너가 바람난 것처럼 연기하면서 몸을 이리저리 흔드는 이츠키를 싸늘한 눈으로 본다. 그러자 갑자기 정색한 이츠키가 어째서인지 다 안다는 듯이 고개를 끄덕였다.

"그야 그토록 따끈따끈한 두 사람 사이에 끼어들 순 없잖아."

"너한테는 치토세가 있고, 나는 네가 필요 없어."

"너무해."

"뭐, 이츠키가 있으면 방해만 되니까."

"유타도 너무 신랄하지 않아?"

은근슬쩍 차가운 소리를 하는 유타는 새롭게 기간 한정으로 발매한 프로즌 쉐이크를 마시면서 뻔뻔하게 이츠키의 말을 흘려넘겼다.

11월이 되고 일주일이 조금 지났다. 벌써 겨울의 기운이 구석구석 느껴지는 날씨가 되었다. 부쩍 추워졌는데 잘도 그렇게 차가운 걸 밖에서 마실 마음이 생겼다고 생각하면서, 아마네는 자신이 주문한 녹차 라떼를 홀짝인다.

자기편이 없다고 판단했는지 이츠키는 또 노골적으로 엉엉 우는 시늉을 10초 동안 선보인 다음, 아무렇지도 않은 기색으로 기간 한정 고구마 라떼를 호쾌하게 마셨다.

"그나저나 우리랑 노는 건 상관없는데 넌 피곤하지 않아?"

"이 정도로 피곤하면 카도와키는 항상 녹초일 것 같은데?"

"음…… 육상부 활동에서는 휴식을 꼭 챙기려고 하고, 접객처럼 정신적인 스트레스가 생기는 건 아니니까 꼭 그렇지도 않을걸? 애초에 내가 좋아서 뛰는 거니까. 후지미야는 일하면서 스트레스가 안 생겨?"

　"나는 별로. 뭐, 접객을 좋아하는 건 아니지만, 손님 연령층이 높아서 차분한 사람이 많고, 아르바이트 선배들도 상냥하고 친절하게 가르쳐 주니까. 내가 부족한 부분에서 스트레스가 생길지는 몰라도 일하는 환경에서 느끼는 건 없어."

　아르바이트 근무를 시작하고 아직 한 달도 지나지 않았지만, 아야카가 아르바이트 일자리를 소개해 줘서 다행이라고 진심으로 생각한다. 접객 경험은 장차 보탬이 될 것이고, 인성이 좋은 아르바이트 동료는 반가운 존재다.

　솔직히 아르바이트 일이 잘 풀릴지 어떨지는 반쯤 직장 동료에 달렸다고 보니까, 성품이 온화한 사람들이 있는 직장을 소개받아서 정말 고맙다.

　나중에 뭐든 보답하자고 다짐하면서, 아마네는 원을 그리듯 종이컵을 흔들고 어깨를 으쓱한다.

　"나한테는 아까울 정도로 좋은 직장인 것 같아."

　"잘됐네. 역시 직장 환경은 일하는 데 있어서 중요하니까. 사람을 쓰다 버리는 식으로 취급하는 직장은 싫으니까 말이지."

　"그런 직장이면 아무리 그래도 금방 그만둘 거야. 아르바이트라도 고를 권리 정도는 있어. 내 몸과 마음이 가장 소중하고, 그런 직장은 아마 마히루가 싫어할 거야."

"사랑받는구나."

"이거랑은 관계가 없는 일 같은데."

아마네는 '그냥 그 말이 하고 싶었던 거 아니야?' 라는 느낌으로 유타를 보지만, 정작 유타는 싱긋 웃기만 하니까 낯간지러운 나머지 고개를 홱 돌렸다.

"그러고 보니 아마네가 일하는 곳은 카페지?"

"그래. 굳이 말하자면 돈이 많은 사람들을 대상으로 하는 곳이지만. 먹을 것도 마실 것도 다 맛있으니까 돈을 그만큼 받는 게 당연하다는 느낌이야."

커피콩은 산지부터 로스팅 상태, 블렌딩까지 세세하게 신경을 쓰는데, 그 고집이 유감없이 발휘되는 것이 그 가게의 커피다.

물론 커피만 자랑거리인 것은 아니고, 다른 음식물 메뉴도 종류는 적지만 맛을 무척 추구하니까 숨겨진 맛집으로서 단골들에게 사랑받고 있다고 한다.

이럴 때는 후미카의 정체가 대체 뭔지 궁금해지지만, 조카인 아야카도 전부 파악하지 못한 면이 있다고 하니까, 그 말을 듣고 더더욱 후미카를 알 수 없게 되었다.

"참고로 아마네는 헌팅당한 적 없어? 흔한 패턴으로."

"네가 생각하는 카페는 대체 어떤 곳인데……. 그런 적 없어. 차분한 부인들은 귀엽다고 칭찬하지만, 그건 아마도 어리숙해서 귀엽다는 뜻이고, 손주를 보는 듯한 눈이니까."

일이 익숙하지 않은 신입 점원을 따스한 눈으로, 혹은 온화한 미소를 지으며 지켜보는 신사 숙녀들이 참 많다. 딱히 큰 실수는 저지르지 않아도 자잘한 실수는 자주 있는데, 그때마다 부드럽게 넘어가 주니까 정말이지 아마네로선 죄송함과 고마움으로 차마 고개를 들 수가 없었다.

그런고로 나이를 지긋하게 먹어서 여유가 있는 손님이 많은 데다가 젊은 사람들은 현재까지 가게에 잘 보이지 않아서, 그러한 헌팅은 발생하지 않는다.

애초에 아마네보다 성격이 좋고 잘생긴 점원이 있으니까 헌팅이 목적인 사람은 그쪽으로 갈 것이다.

아마네는 고작해야 할머니뻘 부인들이 '손녀를 소개해 주고 싶구나.' 라고 느긋하게 말하는 걸 들은 정도다. 물론 여친이 있으니까 정중하게 거절하고 있지만.

"뭐랄까, 후지미야는 나이 많은 사람들이 반길 것 같아. 기본적으로 말투가 차분하고 행동도 꼼꼼하니까."

"접객업인데 엉성하게 일할 리가 없잖아……. 뭐, 손님층을 생각하면 나처럼 조용하고 수수한 사람에게 말을 걸기 더 편하지 않을까? 자주 말을 거니까 말이지."

"그건 인기 많다는 뜻 아니야?"

"이야기 상대로 말이지. 그것도 남녀노소 관계없이. 분위기가 느긋한 곳이라서 점원도 바쁘지 않을 때는 손님하고 이야기하는 일이 종종 있거든."

흔한 커피 체인점 같은 분위기가 아니라, 분위기가 느긋하고 차분한 공간이니까 그런 것이리라.

애초에 단골이 많고 하나같이 차분한 사람들이니까 느긋하게 이야기하는 공간이 된다.

"한가한 마담들에게 인기가 있는 아마네를 상상하면 재미있는걸."

"너도 참…… 그런 게 아니거든? 상대한테 실례잖아. 이상하게 망상하지 마."

"의외로 그럴싸해서 조금 무서워."

"카도와키, 너마저……."

아마네는 너까지 그러기냐 같은 느낌으로 황당해하며 보지만, 생각했던 것보다 유타가 진지한 얼굴이어서 "그런 일은 없어."라고 딱 잘라 말했다.

애초에 명확하게 좋아하고 장래를 약속한 것이나 다름없는 여친이 있는데 다른 여자에게 아양을 떨 리가 없다. 거들떠보지도 않을 자신이 있다. 상대도 아마네가 그런 식으로 착각하길 바라지 않겠지.

정말 못 말리겠다고 한숨을 쉰 아마네에게 이츠키가 어깨를 으쓱하더니, 이어서 손목에 찬 시계를 힐끗 봤다.

"음. 뭐, 슬슬 다 됐을까?"

"뭐가?"

"너를 빌리는 시간의 한계?"

"너도 참……."

확실히 아마네는 마히루의 것이 맞지만, 마히루는 그런 식으로 아마네를 독점하는 타입이 아니고, 남자를 상대로 질투하지도 않을 것이다. 아마네는 그렇게 생각하는데도 유타마저 "그래, 맞아."라고 동조하니까 곤혹스럽다.

"아직 오후 5시가 될락 말락 한 시간이라고 해도 날도 빨리 저물기 시작했고, 더 추워질 테니까 슬슬 해산할까? 어차피 집에 가면 이것저것 할 일이 많을 거고."

"그야 뭐……."

"그럼 해산하자. 추워."

깔끔하게 해산을 결정한 이츠키가 빨리 가고 싶다는 듯이 공원 출입구로 몸을 돌리는데, 생각이 바뀐 것처럼 아마네를 돌아본다.

"있잖아, 아마네."

"왜?"

"내일도 이것저것 말하고 싶고, 물어보고 싶은 게 있으니까 각오해 두라고."

갑자기 영문도 모를 소리를 씩 웃으면서 하고 자리를 뜨는 이츠키에게 어안이 벙벙해졌을 때, 유타도 쓴웃음을 지으며 "나도 그래. 내일 또 보자."라고 말한 다음 떠나간다.

미묘하게 내팽개쳐진 기분이 들어서 마음이 복잡해지는 가운데, 아마네는 대체 무슨 소리냐며 고개를 갸우뚱하고 귀로에 올랐다.

집으로 돌아가자 언제나 그렇듯 마히루가 맞이해 주었다.

평소와 다른 점은 아마네를 맞이한 마히루가 웃는 얼굴이라는 것이다. 눈에는 반짝반짝 밝은 빛이 깃들었고, 얼굴에 띤 웃음은 부드럽고 온화하다. 살짝 발그레한 뺨은 마히루의 기분을 잘 드러내고 있었다.

"어서 오세요, 아마네 군."

"다녀왔어. 유난히 기분이 좋아 보이네."

마히루의 기분이 좋아 보이면 기쁘지만, 아마네로선 그 이유를 도무지 짐작할 수 없다. 마히루는 평소에도 아마네가 귀가하기만 해도 생긋생긋 웃으며 맞이해 주지만, 오늘처럼 기분이 좋아 보인 적은 없었다.

이유를 모르니까 곤혹스러울 수밖에 없는데, 마히루는 그런 아마네의 마음을 아는지 모르는지 더 진하게 미소를 짓는다.

"그 분위기를 봐서는, 정말로 아마네 군은 오늘 하루 몰랐나 보네요."

"뭘?"

"무슨 날인지 전혀 기억하지 못하는 것도 좀 아니라고 보지만요……. 오늘은 아마네 군의 생일인걸요?"

아주 조금 어이없어하는 말투에, 아마네는 무심코 "아." 하고 말을 흘리고 말았다.

"아마네 군도 참. 생일 축하해요, 아마네 군."

"완전히 까먹고 있었어……. 내 생일은 별로 대수롭지 않았거든."

마히루가 말해서 본인이 알아채는 것도 이상하지만, 머릿속에서 쏙 빠져나간 탓에 전혀 의식하지 못했다.

작년에는 마히루도 아마네의 생일을 몰랐고, 요 며칠 동안은 익숙하지 않은 아르바이트 일에 적응하려고 머리를 쓰거나 일과인 근육 단련, 조깅, 예습에 정신이 팔릴 때가 많아 까맣게 잊고 있었던 것 같다.

애초에 아마네에게 생일이란 구분점이긴 해도 딱히 의식할 게 아니었으니까 자기 생일은 축하하지 않아도 된다는 태도였다. 그런 탓도 있었으리라.

고향에 있을 때는 부모님이 꼬박꼬박 축하해 주었지만, 혼자 살기 시작한 뒤로는 의식하는 일 없이 오늘에 이른 셈이다.

"대수롭지 않은 일이 아니거든요? 저는 아마네 군이 태어난 이날을 감사하게 여겨요. 아마네 군이 없었더라면 저는 진정한 의미로 사람을 믿거나 사랑할 수 없었을 거니까요."

아마네가 까맣게 잊었다는 사실에 쓴웃음을 지으며, 마히루는 슬그머니 아마네의 손을 잡았다.

"저는 아마네 군 덕분에 사랑이 확실하게 존재한다는 걸 알 수 있었어요. 행복하다고, 진심으로 여기게 되었어요. 아마네 군이 태어나 주어서, 저는 정말 고마워요."

처음 만났을 적과는 다른, 한없이 따스하고 푸근한 빛이 깃든 눈이 아마네를 바라본다.

포개진 손이 따스하다. 지금 마히루가 아마네에게 느끼는 열기를 그대로 담은 것처럼 푸근하면서 마음이 편해지는 온기를 전했다.

"태어나 주어서, 저와 만나 주어서, 고마워요."

정말로 기쁘다는 감정을 한껏 표현하는 목소리와 미소에, 아마네는 뺨이 열기를 띠기 시작하는 것을 느꼈다.

진심 어린 감사와 축복은 이토록 몸을 뜨겁게 하는 것임을 깨닫는다. 그것이 불쾌한 것이 아니고, 열기에 들뜬 것과는 다르게 마음이 편해지고 따스해지는 것임을, 아마네는 마히루와 만나고 처음 알았다.

이토록 아껴주니까, 아마네는 참 행복한 사람이리라.

"나야말로, 이토록 아껴주고, 축하해 줘서, 고마워."

이 열기와 감동을 어떻게 전해야 좋을지 몰라서 조금 더듬거리며 감사의 말을 입에 담자 마히루가 수줍게 웃는다.

"오늘은 소소하게나마 잔칫상을 마련했으니까, 즐겁게 드세요. 그리고 식사하기 전에…… 두 가지 정도, 사과해야 할 일이 있어요."

"응?"

사과해야 할 일이 있다? 영문을 몰라 고개를 갸우뚱하는 아마네에게, 마히루는 다소 미안해하는 기색으로 시선을 내렸다.

"저기, 아마네 군은 제가 뭔가 몰래 하는 걸 알았을 거예요. 불안하게 해서 미안해요."

지금껏 이상하게 여겼던 마히루의 태도는 오늘 이날을 위한 것이었으리라.

"아, 그건…… 뭐, 지금 이걸 보고 알았으니까. 마히루가 내게 나쁜 짓을 할 리가 없다고 생각했으니까. 내가 뭔가 잘못하지 않았을까 걱정하긴 했어도."

"아마네 군이 저한테 뭔가 잘못할 리가 없다고 보지만요. 이건 단순히 제가 잘 숨길 줄 모르는 바람에 불안하게 한 거고…… 아마네 군에게 숨겨서 미안해요."

아마도 아마네를 깜짝 놀라게 해주려고 비밀리에 생일 준비를 했으니까 그것이 태도로 드러난 거겠지. 마히루는 아마네에게 무언가를 숨길 수 있는 타입이 아니니까, 죄책감이 생겼던 것 같다.

귀여운 비밀이고, 아마네를 생각해서 한 일이니까, 원망할 마음은 도무지 생기지 않았다.

"별로 신경 쓰지 않아. 나머지 하나는 뭔데……?"

"그게…… 제, 제가 몰래 생일 준비를 하니까, 다른 분들이 일부러 깜짝 파티를 위해 당일에 아무것도 말하지 않기로 한 것 같거든요. 원래라면 오늘 학교에서 다른 분들이 축하해 줄 예정이었어요. 저를 위해서, 원래라면 아마네 군이 오늘 받아야 할 축복을 방해해 버렸는데……."

"아하, 그런 거였구나……."

일단 이츠키와 치토세와 같은 가까운 친구들도 아마네의 생일을 알고, 다들 꽤 꼼꼼해서 친구의 생일을 축하해 주는 타입이다. 그렇기에 아무도 말하지 않은 것이 아마네가 자기 생일을 인식하지 못한 요인이 되기도 한 거지만.

마히루에게 협력했기에 오늘 아무 말도 안 했고, 아마도 오늘 방과 후에 같이 논 것도 시간을 끌기 위해 아마네를 불러낸 것이리라.

아마네는 "이것들이 진짜."라고 작게 중얼거렸지만, 그 말투가 부드러운 것은 본인이 가장 잘 안다.

미안해하는 기색인 마히루를 어떻게 할지 고민하면서, 조금 숙인 마히루의 머리를 가볍게 톡 친다.

"음. 솔직히 말해서 나는 날짜나 장소나 나한테 말하는 건 별로 상관없다고 봐. 그야 날짜는 본인이 바빠서 까먹었고, 오늘 꼭 축하해야 한다는 법은 없잖아? 걔들도 나름대로 나를 생각해 준 것 같으니까."

"하지만."

"아마도 말이지만, 걔들은 마히루가 생각한 축하를 받는 것이 나한테 가장 행복한 일이라고 생각했을 거야. 그러니까 이렇게 결탁해서 숨긴 걸 테고."

이번에 마히루에게 협력한 것은, 친구들 나름대로 아마네를 축하해 주려고 한 결과다.

당일에 축하한다고 말하지 않더라도 아마네는 딱히 신경을 쓰지 않는다. 친구들이 아마네를 축하하려고 한 것은 실감했다.

"나는 그만큼 친구 복이 있다는 걸 아니까. 그것만으로도 충분히 축복받았다고 생각해. 꼭 직접 축하해야 한다는 법은 없고, 말했냐 안 했냐로 우정을 가늠하진 않아."

축하하는 방법은 사람마다 다 다르고, 이것이 친구들이 생각한 축하 방식이라면 아마네도 그걸로 족했다.

말이나 물건만으로 판단하는 인간이 된 기억은 없고, 그렇게 가벼운 관계를 구축한 것도 아니다. 친구들의 마음만으로 충분했다.

그런데도 아직 조금 시무룩한 마히루에게 쓴웃음을 짓고, 아마네는 부드럽게 머리를 쓰다듬으며 그 얼굴을 들여다본다.

"게다가 뭐, 내일 시달릴 것 같으니까…… 오늘은 마히루가 나를 독점해 줘. 내일 이것저것 물어봤을 때 자랑할 수 있을 정도로는 말이야. 어때?"

"네……."

마지막에 가서 장난치듯이 웃으며 말하자 마히루도 무심코 웃음이 나온 듯, 아마네의 가슴에 얼굴을 묻었다.

"아주 호화로운걸……."

식탁에 늘어선 요리들을 보자 무심코 속마음이 밖으로 흘러나왔다.

생일 잔칫상으로서 식탁 위에 놓인 온갖 요리는 알기 쉽게 말하자면 아마네가 좋아하는 것들만 모은 것이다.

평소라면 영양 균형을 생각해서 식단을 짜지만, 오늘은 다르다. 달걀 애호가를 공언하는 아마네의 입맛에 맞춘 듯, 달걀 요리가 즐비하다.

아무리 아마네가 좋아하고 영양도 좋다고는 해도 똑같은 것을 너무 많이 먹으면 안 좋다는 이유로 하루에 먹는 양을 제한당했는데, 오늘만큼은 그 제한이 풀린 듯하다.

식탁에서도 눈에 띄는 것은 만든 다음 날에나 먹을 수 있는 데다가 마히루의 수고와 시간이 많이 들어서 좀처럼 자주 만들지 않는, 비프스튜를 끼얹은 타입의 완숙 오므라이스.

그 밖에도 계란찜과 삶은 달걀을 듬뿍 쓴 감자샐러드, 유부처럼 부친 달걀 등, 양 자체는 일반적인 남자 고등학생의 식사량이지만 아무튼 장르가 제각각에 종류가 많고, 아마네가 좋아하는 것이 한가득 있다. 채소가 거의 없는 것은 채소를 싫어해서 그런 것이 아니라 아마네가 달걀을 너무 사랑하는 탓이리라.

"아마네 군이 좋아하는 요리를 장르와 영양 균형을 전혀 고려하지 않고 모은 반찬들이지만요. 하루 정도는 균형을 맞추지 않아도 괜찮아요."

다음 날에 채소를 더 넣으면 된다고 우아하게 소리를 내며 웃는 마히루는 아마네가 기뻐하는 걸 느끼는지 기쁨으로 뺨을 희미하게 붉히고 있다.

"참고로 달걀말이는 내일 아침에 해드릴게요. 이번에는 양이 너무 많으니까, 맛있게 먹으려면 아침이 더 좋을 것 같거든요. 아마네 군이 좋아하는 연어 된장구이도 준비 중이니까요. 된장국은 두부와 무 중에 뭐가 좋아요?"

"아침부터 진수성찬인데……. 아니, 눈앞에 있는 것도 엄청나게 진수성찬이지만."

"후후. 아무튼 식기 전에 드세요. 오늘 비프스튜는 고기가 참 부드럽게 됐어요."

"앗싸. 비프스튜를 끼얹은 오므라이스는 정의야."

개인적으로는 좋아해도 수고가 많이 든다는 문제로 좀처럼 식탁에 오르지 않는 것이라서 쾌재를 지르고 싶지만, 꾹 참고 두 손을 맞댄다.

"잘 먹겠습니다." 하고 감사하는 마음을 잊지 않고 말한 뒤 곧바로 비프스튜 오므라이스를 입에 떠 넣자 자연스럽게 얼굴에 웃음이 번졌다.

소고기도 스푼에 쪼개질 정도로 말랑말랑한데, 입에 넣어도 퍽퍽 부서지지 않는 식감이라서 무척 맛있다. 좋은 고기를 쓴 거겠지. 그런 건 씹어 보고 금방 알았다.

맛이 진하게 배서 오므라이스와 조합하면 최고다. 그렇게 감동해서 고개를 끄덕이며 보기 흉하지 않을 정도의 속도로 다른 반찬에도 손을 댈 때, 마히루가 우아하게 식사하는 한편으로 싱글벙글 아마네를 지켜보고 있었다.

"무슨 일 있어?"

"아뇨. 아마네 군은 항상 맛있게 먹어주니까, 만드는 사람으로서 보람이 있다는 생각이 들어서요."

"그야 당연히 맛있으니까. 최고라고 해도 과언이 아닌데."

"아마네 군에게 최고의 평가를 받았다면 저도 만족해요. 정진을 소홀히 하진 않겠지만요."

한없이 겸허한 마히루에게 쓴웃음을 짓고서, 맛있다 맛있다 연호하며 식사를 입으로 옮기자 순식간에 그릇이 비었다.

종류는 꽤 많아도 양을 잘 조절한 까닭에 일하기 시작하면서 더욱 배가 금방 꺼지게 된 아마네는 뚝딱 해치울 수 있었다.

깔끔하게 다 먹은 아마네를 본 마히루가 만족스럽게 미소를 짓더니, 이어서 천천히 자리에서 일어나 식기를 싱크대로 옮긴다.

도우려고 자리에서 엉덩이를 뗀 순간에 "주역은 편하게 있는 법이에요."라며 부드러우면서도 단호한 말을 듣는 바람에, 아마네는 엉거주춤 도로 자리에 앉았다.

식탁 위에 놓인 식기가 다 사라졌을 즈음, 마히루는 다시 아마네를 돌아보고 미소를 지었다.

"식후 디저트도 있어요. 마음에 들면 좋겠는데요."

"혹시 몰래 연습한 그거야……?"

이쯤 되면 마히루가 뭘 숨겼는지도 알 수 있다.

가끔 귀가한 뒤에 달콤한 냄새가 난 것은 아마네를 위해 케이크를 만든 탓이리라.

"네. 역시 제가 만족할 수준이 아니면 차마 내놓을 수 없어서요……. 제법 개량한 끝에 아마네 군이 좋아할 맛으로 완성했어요."

살찌는 걸 걱정했다는 것도 이해할 수 있다.

아마도 시험작을 소비한 것이리라. 종류에 따라 다르지만, 과자는 칼로리가 많아서 그걸 소비했다면 걱정이 될 만도 하다. 그리고 마히루는 음식을 버리는 것을 싫어하니까, 다 해치운 듯하다.

마히루가 만든다면 뭐든 좋은데……라고 하는 건 실례일까.

"그토록 애써 만들었다면 기쁜데, 무리는 하지 마."

"무리하진 않았어요. 그 뒤로 더 열심히 운동했지만요…….."

"그 노력 덕분에 체형이 변하지 않은 거겠지. 역시 자기 관리가 철저해."

"고작해야 오차 범위였고, 허리둘레는 변함이 없었으니까 괜찮아요. 이제 가져올게요."

그렇게 말하고 냉장고에서 직접 만든 초콜릿 케이크 같은 것이 담긴 접시를 가져오는 마히루.

그것이 작게 딱 소리를 내고 식탁에 놓인다.

이미 먹기 편하게 조각으로 썰려서, 마히루가 개인 접시에 케이크 조각을 담아 주었다.

눈앞에 놓인 것을 가만히 본 느낌으론, 가토 쇼콜라라는 거겠지. 어쩌면 생초콜릿에 가까울지도 모른다. 겉으로 봐서는 생지가 촘촘해서 묵직한 느낌이 든다.

다음으로 마히루가 생크림과 민트를 조그맣게 곁들이는데, 역시 본 느낌으로는 실로 심플하게 생겼다.

"가토 쇼콜라로 했어요. 아마네 군은 단것을 별로 좋아하지 않고, 마실 것을 곁들여서 먹기 편한 게 취향일 것 같아서요. 참고로 마실 것은 우유를 골랐는데요, 맛이 진한 정도를 고려했으니까 기왕이면 이것과 함께 드시면 좋겠어요."

"만든 사람이 추천하는 방법이 가장 좋다고 보니까 감사히 잘 먹겠습니다."

마히루가 공들여서 만든 거니까 틀림없다고 자신 있게 말할 수 있으므로, 아마네는 아무것도 걱정하지 않고 마히루가 지켜보는 가운데 포크로 가토 쇼콜라를 가른다.

본 느낌 그대로 생지가 촘촘하게 들어차서 누르는 감촉이 딱딱하다.

그래도 간단하게 가를 수 있어서 아마네는 한입 크기로 잘라 천천히 입으로 옮기고…… 가장 먼저 진한 초콜릿 풍미가 입 안에 퍼졌다.

가토 쇼콜라보다는 생초콜릿에 가까운 느낌이다. 굳이 표현하자면 진득하다는 느낌에 가까우리라.

그러면서도 생초콜릿과는 또 다른, 입에서 살살 녹는 듯한 매끄러운 생지가 느껴진다. 매실초를 절묘하게 써서 생지의 단단함을 완성했다.

단맛은 수수한 편이지만, 정말로 단맛과 초콜릿의 진한 맛이 느껴진다. 초콜릿의 장점을 최대한 살리려고 조정한 것처럼 보였다.

"맛있어……."

아무런 수사도 없이 그저 진심 어린 말을 입 밖으로 꺼내자 마히루가 안도한 것처럼 한숨을 쉬며 미소를 지었다.

"입맛에 맞는 것 같아서 다행이에요. 딱 알맞은 맛과 촉감을 노렸어요."

"무진장 맛있어. 굉장해. 이런 게 되는구나."

"후후. 그렇게 반응해 주니까 정말 기뻐요. 노력한 보람이 있네요."

방울을 울린 듯 고운 소리를 내며 수줍게 웃는 마히루. 이윽고 잠시 짓궂은 미소를 띠더니 가토 쇼콜라에 입맛을 다시는 아마네의 얼굴을 쳐다본다.

"참고로, 숨겨진 맛이 뭔지 알겠어요?"

질문을 받고, 아마네는 눈을 감고서 혀의 미각 세포에 신경을 집중시킨다.

확실한 단맛과 진한 풍미 사이에서, 초콜릿과는 다른 그윽한 향기와 쓴맛이 깊숙한 곳에 남아 있다.

그것은 아마네가 최근 일하면서 자주 접한 향기다.

"음…… 커피, 같은데…… 음음? 이건…… 우리 가게의?"

섬세한 맛과 향이 나는 느낌이 지금 직장에서 내놓는 커피와 흡사했다.

반쯤 찍은 거였는데, 마히루는 "정답이에요."라며 싱글벙글 웃으며 손뼉을 친다.

"용케 알았네요."

"아니, 적당히 찍은 건데? 키도도 끌어들여서 몰래몰래 움직였으니까, 혹시나 해서."

"자세히도 관찰했네요. 아, 아직 살펴보러 간 적은 없거든요? 짐작한 대로 키도 양에게 도움을 받아서 아마네 군이 일하는 카페의 커피를 샀어요. 오너분께서 초콜릿의 풍미와 진한 맛을 살릴 수 있게 블렌딩도 해 주셨으니까 정말이지 송구스러울 따름이에요."

"이토마키 씨도 공범이었어……? 어쩐지 요새 볼 때마다 싱글벙글 웃는다 싶더라……."

설마 카페 오너인 후미카도 끌어들였을 줄은 몰라서, 다음 출근 때 난리가 날 것 같다며 속으로 식은땀을 흘린다.

그래도 그 카페의 커피는 정말 맛이 좋다.

갓 갈아서 내린 커피는 역시 각별하게 맛있다고 들어서, 아마네도 커피밀을 사면 집에서 콩을 갈아 마셔볼까 했는데, 이런 식으로 맛을 보게 될 줄은 미처 생각하지 못했다.

"후후. 저는 어디까지나 키도 양한테 부탁하려고 했는데, 어느샌가 이야기가 퍼져서…… 흔쾌히 협력해 주셨어요. 아마네 군의 귀에 들어가지 않아서 다행이네요."

"정말이지, 마히루는……."

아마네를 위해서라면 노력을 아낄 기미가 없는 마히루에게 낯간지러운 기분을 느낀다.

그래도 쑥스러운 기분을 들키지 않게끔 얼버무리듯 가토 쇼콜라를 포크로 가르자 마히루가 슬며시 그 손을 붙잡고, 자연스럽게 아마네의 손에서 포크를 빼앗았다.

아마네가 고개를 들자 매혹적으로 웃는 마히루와 눈이 마주친다.

"기왕이면 먹여 드릴까요? 생일이니까 손수 먹여줘야 할 것 같아서요."

"어? 아니, 그건."

"사양하지 마세요."

아마네가 당혹스러운 게 무슨 상관이냐, 다 날려 주겠다는 듯이 웃으며 슬그머니 입가에 가토 쇼콜라를 들이대는 마히루에게 신음하면서, 아마네는 순순히 가토 쇼콜라를 먹는다.

마히루도 아마네가 싫어할 리가 없다는 걸 아니까 이러는 건데, 아마네는 수치심에 가슴을 콕콕 찔리면서도 역시 샘솟는 행복감에 몸을 담갔다.

아마네는 케이크 조각을 마히루가 직접 먹여주는 바람에 죽도록 부끄러운데, 마히루는 역시 만족스럽게 웃음을 띠고서 기뻐하는 기색으로 아마네가 부끄러워하는 모습을 구경했다.

"맛있었어요?"

"맛있긴 한데, 먹여줄 필요가 있어?"

"있어요. 아마네 군은 주역이니까요."

"다른 사람이 있었으면 확실하게 구경거리가 됐겠는걸……단둘이 있으니까 괜찮지만."

이 자리에 이츠키나 다른 친구들이 있었다면 틀림없이 히죽히죽 웃으며 놀려댔을 것이다. 아니면 따스한 눈과 웃는 얼굴로 지켜보거나.

오늘은 마히루가 아마네 본인보다 기대하고 즐거워하니까 다른 사람들을 신경 쓰지 않았을 테지만, 당하는 처지인 아마네는 수치심으로 몸부림을 칠 뻔했다.

다음에 마히루의 생일을 축하할 때는 반드시 복수하자고 결심하면서, 마히루 때문에 이중적인 의미로 단맛이 나는 입을 우유로 가신다. 그러자 마히루는 미소를 지으면서 근처에 둔 자기 가방에서 뭔가를 꺼낸다.

손바닥보다 조금 큰 하얀 상자를 남색 리본으로 장식했다.

아무리 그래도 지금 타이밍에 나온 그것이 뭔지 모를 정도로 둔감하지는 않지만, 무심코 마히루를 보자 뺨을 희미하게 물들이며 수줍게 웃었다.

"생일 선물이에요. 마음에 들지는 잘 모르겠지만요."

조금 자신감이 없는 투로 말하고 아마네의 손바닥 위에 상자를 올린 마히루가 차분하지 못한 기색으로 아마네의 눈치를 살핀다.

보아하니 이 자리에서 개봉해도 되는 듯하다. 반응을 확인하고 싶은 것이리라.

모처럼 받았으니까 보는 앞에서 열어보는 게 좋겠다며 리본을 조심스럽게 풀고 상자 뚜껑을 열자 안에는 추가로 벨벳 상자가 들어 있었다.

안에 선물이 직접 들어간 줄로만 알았다가 헛물을 켜는 바람에 긴장이 확 풀렸는데, 이토록 엄중하게 다룬 것을 보면 아마네를 깜짝 놀라게 하고픈 마히루의 속내가 섞인 것이리라.

이만큼 포장한 것이 대체 무엇일지 생각하면서 안에 있는 상자를 열자── 차분하게 하얀빛을 내는 클립과도 같은 것이 들어 있었다.

뭔가 꽃 모양 같은 각인이 있는 그것이 한순간 뭔지 몰랐지만, 아마네가 학교 행사 때 쓴 것과 같다는 것을 금방 깨달았다.

"넥타이핀⋯⋯?"

"정답이에요. 솔직히 남자분한테 뭘 선물하면 좋을지 고민했어요. 흔히 있는 손목시계 선물은 너무 비싸면 부담스러울 테고, 역시 호불호가 갈리지 않을까 생각해서요. 애초에 아마네 군은 이미 있는 손목시계를 아끼는 것 같으니까요."

기본적으로 수중에 스마트폰이 있으니까 손목시계는 잘 차지 않지만, 유일하게 외출할 때 차는 거라면 부모님이 고등학교 입학 기념으로 선물한 손목시계일 것이다.

 돈을 제법 쓴 듯해서 그걸 학교에서 차는 게 망설여지는 데다가 아마네 자신은 장시간 외출하지도 않아서 차는 빈도가 낮다.

 하지만 그래도 마히루와 외출할 때는 찼으니까, 마히루도 그걸 기억한 듯하다.

 "그렇다면 몸에 착용할 기회가 있으면서 아마네 군이 평소 사지 않는 게 좋겠다고 생각했어요. 우리 학교는 행사 때 말고는 너무 튀지만 않으면 넥타이핀을 자유롭게 할 수 있잖아요? 사회인이 되어서도 쓸 수 있는 걸로 선물하고 싶었어요."

 행사 때 쓴다면 학교 마크가 들어간 넥타이핀으로 제한하지만, 그 경우가 아니면 딱히 제한하지 않는다. 그리고 어지간한 남자들은 귀찮다는 이유로 넥타이핀을 아예 쓰지 않는다.

 아마네도 평소엔 안 쓴다. 그 이전에 넥타이핀이 있다는 사실을 잊다시피 한 사람이지만, 이렇게 마히루가 선물해 주면 매일 쓸 것 같다.

 아마도 쓰길 바라니까 이렇게 일상에서 쓸 수 있는 것을 선물로 고른 것이리라.

 "사회인이 되면 여러 개가 필요해지는 넥타이를 선물하는 선택지도 있었지만…… 학생일 때는 넥타이가 정해져 있고, 교칙은 교칙이니까요. 정장을 입을 기회가 생기면 또 골라 볼게요."

 "응…… 고마워. 이건 소중하게 관리하면서 사용할게."

앞으로도 쭉 곁에 있을 작정이라는 것이 말하지 않아도 전해지니까, 자연스럽게 가슴이 기쁨을 포함한 열기로 가득 찬다.

물론 아마네는 처음부터 그럴 작정이지만, 마히루도 그럴 마음이 가득하다는 것이 느껴져서 낯간지럽고, 그보다도 훨씬 기뻤다.

이 넥타이핀도, 마히루도, 앞으로 쭉 소중히 여기자. 그렇게 가슴속 열기와 함께 잊지 않게끔 단단히 새기고 마히루에게 미소를 짓는 아마네에게, 마히루가 안심한 듯이 긴장이 풀린 웃음을 띠었다.

"다행이에요. 기뻐해 줄지 조금 불안했어요. 솔직히 저도 남자 고등학생을 위해 고를 선물이 아니라고 생각했거든요."

"마히루가 주는 선물이라면 뭐든지 기뻐할 자신이 있는데."

"후후. 그건 알지만요. 기왕이면 아마네 군이 필요한 것을 선물하고 싶었으니까요. 아마네 군이 너무 물욕이 없고 뭐든 오래 쓰니까 고민한 거예요."

기본적으로 뭔가를 특별히 원하지 않는 아마네 때문에 고심한 듯하니까 아마네로선 쓴웃음밖에 나오지 않는다.

"나는 마히루가 주는 거라면 전부 기뻐할 건데 말이야."

"과자 포장지만 줘도 기뻐할 것 같아서 무서운걸요……."

"뭔가 의도가 있지 않을까, 뭔가 유쾌한 무늬라거나 귀여운 무늬인 게 아닐까 싶어서 잘 보관할 거야."

"안 그럴 건데요?! 그럴 바에는 그냥 그 과자를 줄 거예요!"

"뭐, 농담으로 한 말인 건 알아. 마히루가 마음을 담아서 주는 거라면 뭐든지 기뻐."

"아이참……."

못마땅한 말투지만, 얼굴은 어딜 봐도 부드럽게 풀렸으니까 쑥스러움을 감추려는 거겠지.

아마네는 그런 마히루를 행복한 심정으로 바라본 다음 넥타이 핀을 슬쩍 챙겨서 내일부터 쓰자고 다짐하는데, 마히루는 머뭇거리는 기색으로 아마네의 옷자락을 잡았다.

"그리고 한 가지 더. 자잘한 선물이 있다고 할까요."

왠지 모르게 주저하는 듯한 말투라서, 아마네는 대체 무슨 일인가 고개를 갸우뚱하고.

"오늘은 제가, 지금부터 날짜가 바뀔 때까지 아마네 군의 소원을 뭐든지 들어줄게요."

마히루의 말을 들은 순간, 하마터면 사레가 들릴 뻔했다.

지금 우유를 안 마셔서 다행이다. 입에 있었으면 힘껏 뿜었을 것이다.

작게 콜록거린 다음에 마히루를 보자 마히루도 결의한 기색으로 아마네를 바라봤다. 보아하니 진심으로 말한 모양이다.

"그렇게 위험한 소리를……."

"애인에게, 하는 거니까요."

"그래도, 말이죠."

예전에도 비슷한 소리를 한 것 같지만, 아무튼 여자가 남자에게 뭐든지 들어주겠다고 하는 것은 아주 위험한 일이다.

아무리 애인이라도, 위험하다면 위험한 것이다.

"아마네 군은 참 소탈하다고 할까요, 욕심이 없다고 할까요."

"그런 말이 아니라…… 여자가 그러면 안 되잖아."

"아마네 군이 몹쓸 짓을 한다고는 조금도 생각하지 않아요."

"몹쓸 짓을 하면……?"

"예전에도 말했다시피, 책임지게 할 거니까요."

순진무구한 신뢰가 가득한 눈으로 똑바로 바라보는 마히루. 아마네는 완전히 졌다고 무의식중에 느끼면서 뺨을 슬쩍 긁적였다. 그러고 나서 슬그머니 마히루의 몸에 손을 뻗었다.

"아무것도 안 해도 책임을 질 건데 말이야……. 이 바보."

정말이지 마히루는 아마네에게 무르고, 아마네라면 뭘 해도 좋다고 생각하는 게 조금 무섭다. 아무리 약속했다지만 아마네는 건전한 청소년이고, 이성이 자기 할 일을 방치할 때가 있을지도 모르는데.

(그만큼 좋아한다는 증거이기도 할 테지만.)

아무리 그래도 너무 신용하는 것 같다고 생각하면서 부드러운 몸을 슬쩍 끌어당기고 어깨에 얼굴을 파묻는다.

숨을 훅 들이마시자 먼저 목욕을 마친 듯 평소보다 다소 진한 바디워시의 향기가 났다.

(아마도 지금 내가 혹시라도 마히루를 원한다고 말하면 고개를 끄덕여 주겠지.)

스스로 한 맹세를 깰 마음은 추호도 없지만, 부끄러워하면서도 고개를 끄덕이는 광경을 쉽게 상상할 수 있으니까 역시 전부 받아들여 주는 여친은 무섭다. 언제 자제심을 잃을지 모른다.

남자의 이성은 휴지보다도 얇아서, 부채질하면 그냥 날아가 버린다.

　조심해야 한다며 다시금 마음을 굳게 먹고, 입술을 천천히 뺨으로 미끄러뜨리며 슬쩍 숨결을 흘린다.

　갑자기 마히루가 몸을 움찔거리니까, 그만큼 간지러움을 잘 타고 민감하다는 것을 누구나 알 수 있으리라.

　그렇다고는 해도 이 모습을 아무에게도 보여줄 마음은 없고, 여친의 몸 구석구석이 민감하다는 사실은 아마네 혼자 알면 될 일이다. 아마네만이, 여친의 약점을 알면 된다.

　품에서 몸을 꼼지락꼼지락 움직이면서도 저항하지 않는 마히루를 보고 슬쩍 웃고, 아마네는 슬그머니 귓가에 입술을 댔다.

　"그러네…… 오랜만에 안고 자는 베개가 되게 할까?"

　마히루는 아마네가 소원을 말해주길 바라는 눈치니까 아마네의 이성의 끈이 끊기지 않는 선에서 최대한 응석을 부릴 수 있는 소원을 말했는데, 품에 안긴 마히루가 얼굴을 확 붉혔다.

　말 그대로 안고 자는 베개가 되어 달라고 했을 뿐, 딱히 다른 뭔가를 하는 작정도 아닌데, 마히루는 이상한 것을 상상하는 것 같다.

　아마네도 요전번에 마히루가 집에서 자고 갔을 때처럼 할 마음은 없다. 그건 아슬아슬하게 멈췄으니까 다행이었지, 다음엔 어떻게 될지 모른다.

　"말 그대로 안고 자는 베개가 되어 달라는 건데, 뭘 상상한 거야?"

"아, 안 했어요? 그런 불순한 상상은."

"나는 딱히 무슨 상상을 했다고 말하진 않았는데?"

구체적으로 뭐가 어떻다는 말은 안 했다고 지적하자 마히루의 뺨이 아까보다도 더 빨개진다.

증기라도 뿜는 게 아닐까 싶을 정도로 빨개진 마히루는 반쯤 울상을 짓고 시선을 들어 미묘하게 흘겨본 다음, 몸을 비틀어 아마네의 손아귀에서 벗어났다.

"바, 바보야. 아마네 군은 바보야."

"난 아무것도 안 했잖아."

"으…… 하지만…… 심술궂어요."

"그건 인정할게. 미안해. 마히루가 귀여워서 그만."

만져도 상관없다고 여기는 마히루가 너무 기특해서 그만 놀리듯이 말해 버렸는데, 너무 괴롭히면 토라질 게 뻔하다.

그러므로 먼저 순순히 사과하자 마히루는 더 불만을 말할 수 없는지, 불만의 발산은 아마네의 가슴을 때리는 행위로 바뀌었다.

완전히 물든 뺨을 감추지도 않고 아마네에게 깜찍한 화풀이를 하는 마히루. 그걸 본 아마네도 작게 웃고 머리를 쓰다듬는데, 그래도 화가 풀리지 않았는지 뺨에 작은 풍선이 생기려고 한다.

"가, 갈아입을 옷을 챙겨올 테니까, 아마네 군은 그동안 목욕하고 오세요."

푸근하게 웃는 아마네의 표정이 여전한 것을 보고, 마히루는 마침내 도망치듯이 집을 나갔다. 그래도 금방 돌아오겠지만.

줄행랑치듯 도망친 마히루를 본 아마네는 잠시 넋이 나갔지만, 뒤늦게 귀여워해 주고 싶다는 충동이 치솟으면서 무심코 소리를 내 웃었다.

아마네가 목욕을 마치고 거실로 돌아오자 사라졌던 마히루가 돌아와 있었다.

이미 잠옷으로 갈아입어서, 오늘은 지난번에 산 연한 분홍색 토끼 인형 잠옷을 입었다. 딱히 세트는 아니지만 아마네에게도 고양이 인형 잠옷이 있는데, 마히루가 오늘 입고 올 줄은 몰라서 아마네는 평소 입는 잠옷 차림이다.

평소 등 뒤로 흘러내리는 머리카락은 토끼 귀 아래에 느슨하게 묶어서, 후드를 뒤집어쓴 그 모습은 휴일 스타일 같아서 매우 사랑스럽다.

예전에 자고 갔을 때는 겉옷을 걸치기는 했어도 노출이 다소 심한 바람에 아마네의 이성을 일부러 뒤흔드는 듯한 네글리제 차림이었으니까, 이번에는 안심할 수 있을 것 같다.

"잘 어울려. 마히루 같아."

"그런 무슨 뜻이죠?"

"뭐랄까, 작고 복슬복슬해서 귀여운 점이라든가, 외로움을 못 참는 부분이 닮았는데……."

실제 토끼의 생태와는 다르지만, 느낌상으로는 작고 부드럽고 복슬복슬, 귀엽고 외로움을 잘 탄다는 게 있으니까 사실은 꽤 외로움을 잘 타는 마히루와 딱 맞는다고 할 수 있으리라.

일단은 칭찬한 건데, 마히루는 못마땅한 듯하다.

뚱한 얼굴로 아마네를 쳐다본 다음, 축축한 머리카락을 보고서 미간을 더 좁힌다.

"아마네 군이 저를 어떻게 생각하는지는 알겠어요. 하지만 그것보다…… 역시 아마네 군은 제가 있을 때 일부러 머리를 안 말리려고 하지 않나요?"

왜 머리를 드라이어로 말리지 않냐며 아마네의 머리를 잡으면서 핀잔을 주는 마히루. 아마네는 역시 눈치채는구나 싶어서 슬쩍 쓴웃음을 짓는다.

마히루가 없을 때는 머리를 잘 말리고 있다. 마히루가 있고, 마히루가 바쁘지 않을 때만 가끔 머리를 수건으로 닦기만 하고 마히루에게 말려 달라고 했다.

불편을 끼치는 건 아니까 정말로 가끔 하는, 작은 응석이다. 마히루가 만져주는 것이, 상대해주는 것이 기뻐서 무심코 그러고 만다.

나도 참 애 같다고 생각하지만, 그만둘 수 없었다.

"기분 탓이라고…… 말하고 싶지만, 일부러 그랬어. 마히루가 해주길 원했어."

"참…… 괜찮지만요. 즐거우니까. 아마네 군 나름대로 응석을 부리고 싶은 걸 테고요."

그것까지 간파하면 마음이 복잡해지지만, 마히루가 쑥스러운 느낌으로 웃는 모습을 보니 아무래도 상관없다며 마음이 풀린다.

이리 오라는 재촉에 따라 소파에 앉자 마히루가 못 말리겠다는 눈으로, 그러나 기쁨을 감추지 못해서 입가에 웃음을 띠고서, 드라이어의 전원을 켰다.

집에 둔 것은 정숙 사양의 드라이어라서, 작은 작동음이 나고 마히루의 손에서 따스한 바람이 불어온다.

일단 물기 자체는 수건으로 거의 다 닦았으니까 이제는 마지막으로 남은 수분을 날리는 정도면 되지만, 마히루는 꼼꼼하게 온풍을 틀면서 "손질을 소홀히 하지 않는 것 같네요. 좋아요."라고 머리의 감촉을 확인하면서 중얼거리고 있었다.

마히루가 아무리 자신을 위해서라지만 아마네가 만질 때 피부가 매끄러운 게 좋을 거라며 철저하게 관리하는 것과 마찬가지로, 아마네도 마히루가 만질 때 감촉이 좋아야 기뻐할 것 같아서 그럭저럭 손질하고 있다.

그 덕분에 살랑살랑하고 매끈매끈한 감촉을 유지할 수 있었고, 머리를 말릴 때도 잘 엉키지 않아서 고생이 줄어들었다.

"아마네 군은 역시 원래부터 머릿결이 좋아요."

"부모님에게 물려받은 거네. 머릿결이 부드러운 축이라서 꼬이기 쉽기도 하지만."

"그만큼 머릿결이 윤기가 나고 부드러워지니까 괜찮잖아요. 헤어 케어 용품을 선물해도 좋았을지도 모르겠네요."

더 매끄럽고 더 촉촉해지게. 그렇게 말하면서 아마네의 머리를 다 말린 마히루는 어디서 났는지 빗을 꺼내서 바람을 불어넣고 살짝 뜬 머리를 세팅했다.

그렇게 마히루가 좋아하는 평상시의 머리 모양이 완성되었다.

"더 매끄러운 게 좋다면 내 돈으로 더 좋은 걸 살 텐데."

"조, 좋다고 할까요…… 만지는 감촉이 좋아서, 머리를 빗을 때 신나요."

"그러면 카도와키한테 추천해 달라고 할까? 마히루가 좋아하면 나도 기쁘니까."

게다가 그렇게 하면 평소에 더 많이 만지려고 할 테니까. 사실 그쪽이 진짜 목적이지만, 말하지는 않는다.

자신을 가꾸면서 마히루가 기뻐하면 보람이 생기고, 자신감으로도 이어지니까 좋은 일이겠지……라고 생각했더니, 마히루가 빗을 테이블에 두고 아마네의 팔뚝에 이마를 꾹꾹 문지르기 시작한다.

이미 익숙해진 쑥스러움을 감추려는 행위에 몰래 웃고, 머리가 흔들릴 때마다 쫑긋쫑긋 움직이는 귀를 보면서 표정을 더욱 부드럽게 풀었다.

"이 토끼는 귀가 전부 분홍색인걸."

"군소리가 많아요. 기왕이면 아마네 군도 인형 잠옷이 좋았는데요. 저만 토끼니까요."

"토끼가 고양이 털을 고르게 되겠는걸."

"귀엽잖아요."

"귀여운 건 마히루만으로 충분한데 말이야."

사냥꾼과 사냥감의 관계가 될지도 모르는 고양이와 토끼가 사이좋게 지내는 모습 자체는 보기만 해도 흐뭇할 테지만, 아마네가 고양이가 되어도 귀엽지는 않을 것 같다.

요새는 예전과 비교해서 몸도 다부져졌고, 얼굴에서도 조금씩 앳된 티가 사라지고 있다. 귀여움은 옛날에 버리고 왔는데도 귀엽다고 하는 마히루의 감각에 이의를 제기하지만, 개인의 감상이니까 어쩔 수 없는 부분도 있다.

상기했던 뺨도 조금은 가라앉았는지 아마네를 쳐다보고 어째서인지 귀여움을 찾아내는 마히루에게, 일부러 예고도 없이 입술을 훔쳤다.

마히루는 깜빡깜빡하고 눈을 떴다 감은 뒤 뺨을 다시 붉게 물들이지만, 저항은 일절 하지 않는다. 오히려 기뻐하는지 아마네가 끌어당겨도 마음대로 하라는 듯이 몸에서 힘을 뺀다.

윤기가 나는 입술을 야금야금 먹어가면서 닫힌 분홍색 조개를 천천히 조심스럽게 벌리자 마히루는 저항하지 않고 순순히 받아들였다.

요새는 조금씩이나마 자발적으로 아마네를 받아들이고 똑같이 하게 되어서 참으로 귀엽다.

희미하게 흘러나온 가냘픈 목소리를 독점하면서, 작고 귀여운 토끼가 떨면서 늑대를 받아들이는 사실에 가슴이 떨린다.

아마네도 이런 입맞춤은 익숙하지 않고 솔직히 열기가 넘쳐서 폭주할 것 같지만, 너무 들이대면 마히루가 움츠러든다는 사실은 지난번에 재웠을 때 경험한 바가 있으므로 되도록 상냥하고 진하게 입을 맞췄다.

"고양이가 아니라 늑대 인형 잠옷을 살 걸 그랬어요……."

누가 먼저랄 것도 없이 조용히 입술을 떼고 얼마 지나지 않아 거칠어진 호흡을 가다듬으며 조금 원망스럽게 중얼거리는 마히루에게, 아마네는 마음속으로 입맞춤에 따른 수치심이 폭주하는 걸 억누르면서 입가에 웃음을 띠었다.

"그랬으면 작은 토끼인 마히루만 귀여웠을 텐데 말이지."

"심술쟁이."

마히루가 아까보다 윤기가 진해진 입술을 삐죽 내밀고 이번에는 아마네의 팔에 머리를 들이받아 토라졌음을 주장했다.

"이런 부분은 안 귀엽지 않나요?"

"원래부터 귀여운 적이 없었어."

"거짓말이에요. 그토록 순진했으면서……."

"말이 많아."

처음 사귀는 거니까 순진할 수밖에 없잖아.

지금은 연인다운 행위에 따르는 수치심과 긴장감을 겉으로 봤을 때 어떻게든 얼버무릴 수 있지만, 처음에는 익숙하지 않은 게 당연하다.

그런 순진함이 귀여운 거라면, 그런 귀여움은 마히루만 있으면 된다. 여유가 없는 모습은 좋아하는 사람에게 보여주고 싶지 않다.

"다음에 또 간담을 서늘하게 해야겠어요……. 아마네 군한테 당하기만 하니까요."

조용히 쓸데없는 말을 중얼거리는 마히루가 더는 흉계를 꾸미지 못하도록 다시 입술을 틀어막고, 아마네는 달콤한 입술을 철저하게 만끽했다.

　한동안 키스한 다음, 아마네는 마히루를 데리고 침실로 이동했다.

　몇 번인가 발을 들인 적이 있고 같이 잔 경험도 있다고는 하지만, 마히루는 미묘하게 긴장했는지 맞잡은 손에 살짝 힘이 들어가 있었다.

　그런 마히루에게 슬쩍 웃으며 손바닥을 손끝으로 살살 간지럽히듯 문질러 긴장을 풀어주고, 천천히 침대로 이끈다.

　침대 위에서 부끄러운 기색을 보이며 희미하게 몸을 떠는 마히루는 늑대에게 잡아먹히기 직전인 작은 토끼처럼 보였다.

　그 귀여움과 깜찍함 때문에 한순간 사냥감을 물려고 하는 이빨이 튀어나오려는 것을 도로 집어넣고, 아마네는 그 옆에 앉아서 안심시키듯 머리를 쓰다듬었다.

　아무것도 안 하겠다고 먼저 말했는데도 긴장하는 것은 역시 침실이기 때문이리라.

　"잡아먹거나 그러진 않아. 오늘은 먼저 말한 대로 안고 자는 베개로 삼기만 할 거니까."

　"그, 그, 그래요?"

　"기대했어……?"

　"아, 안 했어요! 다만, 저기, 아마네 군이 점점…….”

　"내가 왜?"

"여유가 생겨서, 남자다운 면모가 강해져서, 부끄럽다고 할까요. 치, 치사해요."

불안한 듯 꼼지락꼼지락 몸을 움츠리고 아마네를 쳐다보는 마히루를 보고, 자신은 아무래도 잘 위장한 것 같다며 조금 웃음이 나온다.

그야 겉으로 봐서는 여유로울지도 모르지만, 실제로는 여유가 없다. 오히려 한차례 어느 정도 마히루를 아는 바람에 더욱 여유가 없다.

다만 너무 들이대거나 성급하게 굴어서 마히루에게 겁을 줄 수는 없고, 너무 여유가 없는 것은 남자로서 너무 한심하지 않냐는 생각에 평정심을 유지하려는 것뿐이다.

"딱히 여유를 부리는 건 아니라고 예전에도 말했을 텐데. 단순히 마히루에게 멋진 모습을 보여주려고 얼굴에 드러내지 않는 거야."

"얼굴에 드러내 달라고 하면 그럴 거예요?"

"싫어."

"치사해요."

"한심하잖아. 얼굴이 새빨개져서 허둥대는 건."

사귄 지 약 5개월이 지났다. 키스하거나 다소 접촉한 정도로 일일이 얼굴이 빨개지면 한심하다.

여자도 듬직한 남자가 좋을 테고, 이런 곳에서 차분함을 유지해야 마히루도 마음이 차분해질 수 있을 것 같은데, 마히루는 쭈뼛쭈뼛하는 동작으로 아마네의 옷자락을 붙잡는다.

"있는 그대로의 아마네 군을 보고 싶다고 하면, 너무 억지를 쓰는 걸까요……?"

작게, 불안한 듯이 물어봐서, 아마네는 손바닥으로 잠시 얼굴을 감추고 몰래 한숨을 쉬었다.

아마네가 태연한 척한 것은 괜한 걱정이었던 것 같다.

"좋아하니까, 지금처럼 멋진 모습을 보여주고 싶다는 걸 이해해 줘."

아마네가 옆에 있는 마히루를 끌어당겨 어깨에 이마를 대는 바람에 마히루가 한동안 경직했지만, 이윽고 작게 웃는 소리가 귀에 닿았다.

"언제든 귀엽고 멋져요."

"귀엽다는 말은 필요 없어."

"후후…… 둘 다 볼 수 있는 저는 이득이네요."

기쁜 듯이 말하니까 더는 뭐라고 하지 못하고, 아마네는 쑥스러운 모습을 얼버무리려는 듯이 그대로 마히루와 함께 침대에 나뒹굴었다.

되도록 충격을 주지 않도록 해서 마히루의 묶인 머리가 슬쩍 흔들리는 정도에 그쳤는데, 마히루의 마음에 준 충격은 컸는지 눈을 연신 깜박거리고 있다.

아마네를 빤히 보는 마히루를 보면 역시나 부끄러움이 더 커지지만, 아마네는 그대로 마히루를 끌어안고 큰 언덕에 얼굴을 파묻었다.

봉긋 솟은 봉우리는 잠옷이 감싸서 그런지 매우 따스하고, 보드랍고, 폭신하다. 마히루의 집에서 느껴지는 달콤함과 상쾌함이 공존한, 차마 말로 표현할 수 없을 정도로 좋은 냄새도 난다.

마히루가 기대 반 걱정 반으로 상상한 듯한 분위기라면 흥분했을지도 모른다. 하지만 지금은 릴랙스 모드라서 아마네도 딱히 손댈 생각이 없으므로, 마음 편한 행복감만이 몸을 지배하고 있었다.

마히루는 한순간 몸을 굳혔지만, 아무것도 안 하는 것을 알고서는 아마네의 머리를 쓰다듬기 시작한다. 그것도 더욱 기분 좋았다.

"오늘은 어리광쟁이군요."

"괜찮잖아. 용서해 줘."

"그래요."

쑥스러움을 감추는 말임을 마히루도 알아챈 듯, 작게 튀어나온 것처럼 쿡쿡 웃는 소리가 들려온다.

"오늘의 아마네 군은 대담하네요."

"오늘 정도는 마히루를 많이 만져두려고."

"물론 괜찮지만요. 그런 것치고는 뭐라고 할까요…… 평범하게 만지네요. 그게, 틀림없이…… 조금 더 적극적으로 만질 줄 알았어요."

"아니, 그야 만지는 건 좋아하고 마히루를 더 많이 알고 싶은 마음도 있지만, 곁에 있으면서 온기를 느끼기만 해도 채워지는 기분이 드는 건 사실이야."

부드러운 언덕에서 고개를 들고 이번에는 가냘픈 몸을 감싸듯 마히루를 껴안는다.

아마네로선 딱히 마히루가 잠시 상상한 행위를 할 마음이 없다. 애초에 같이 자러 올 때마다 그랬다간 이성의 고삐가 풀려버릴 자신이 있다. 너무 귀엽게 반응하면서 받아들여 주니까, 더 많이, 더 많이 하고 한없이 요구하고 말 것 같다.

다만 정말로 오늘은 아무것도 할 마음이 없다.

남자라고 해서 그런 것만 하고 싶은 건 아니다. 좋아하는 여자와 평화로운 한때를 보낸다. 그것만으로도 충분히 행복을 맛볼수 있다.

물론 육체적인 만족감은 직접 접촉한 지난번보다 작을지도 모르지만, 정신적인 만족감은 오히려 더 클 수도 있다.

이렇게 곁에 장래를 약속할 정도로 사랑스럽게 여기는 여자가 있고, 신뢰와 애정이 가득한 눈빛으로 함께 있어 주는 것이다.

이만큼 안심하고, 행복하고, 만족스러운 행위는 더 없다.

몸이 닿기만 해도 만족하는 감각을 배운 아마네에게 동의하듯, 마히루는 배시시 웃으며 아마네의 가슴에 몸을 붙였다.

"저도, 아마네 군의 곁에 있기만 해도 행복해요."

"다행이야. 나만 그러면 왠지 치사한 것 같았거든. 편하게 행복해질 수 있으니까."

"저도 아마네 군의 곁에서는 편하게 행복해지는데요? 아마네 군만 있으면 돼요. 하지만……."

"하지만?"

"만지면 더 행복해요."

참으로 귀여운 소리를 하고 아마네를 쳐다보는 마히루는, 만져도 되는지 눈빛으로 호소하고 있다.

"만지고 싶어? 난 별로 상관없지만, 남자 몸은 만져도 느낌이 별로일 텐데."

"그래요? 저한테는 없는 근육질이 좋아요. 배를 만지면…… 단단하네요."

허가가 떨어지자 조심스럽게 아마네의 가슴과 배를 손끝으로 따라가듯이 만지니까, 간지러운 나머지 살짝 몸을 비튼다.

확실하게 아야카의 영향을 받았다고 생각하면서도 마히루가 즐겁게 만지니까 상관없다고 여기는 점에서, 아마네도 마히루에게 무른 것을 잘 안다.

"매일 근육 단련을 한 성과가 나왔나 보네. 비실이는 탈출했다고 해도 될까?"

"그래도 될 거예요. 적어도 불필요한 근육은 없고, 탄탄해요. 무척 다부지게 됐군요. 예전과 비교하면."

"옛날 기억을 떠올리게 하지 말았으면 좋겠어. 엄청 비실거렸으니까."

마히루와 처음 만났을 무렵의 이야기를 꺼내면 부끄러움을 참을 수 없다.

아마네도 지금이야 어느 정도 단단한 근육이 생겼지만, 예전에는 정말로 비실비실한 체형이었다.

군살은 거의 없었지만, 수수깡 같다고 해도 과언이 아닐 몸매로, 비실비실했다. 다부지다는 말과는 거리가 먼 체형이어서,

지금 생각하면 예전의 자신에게 더 애쓰라고 한 대 때려주고 싶어진다.

마히루는 지금 체형을 더 좋아하는 것 같으니까 노력하길 잘했다고 진심으로 생각한다. 단련하면 세련된 옷을 입을 때도 더 그럴싸해지니까, 그때 마히루에게 어울리는 자신이 되자고 결심한 것은 실수가 아니라고 할 수 있으리라.

"후후. 하지만 정말 남자답다는 생각은 들었어요. 저하고는 골격부터 다르다고, 업혔을 때 느꼈거든요."

"뭐, 그 정도야. 마히루는 골격도 참 작단 말이지……."

본인의 노력으로 바싹 조이면서도 부드럽고 날씬한 몸을 완성한 셈인데, 그 노력과 관계없는 골격에서도 마히루는 가냘프다. 전체적으로 보면 작다고 할 수 있다.

"작지만, 아마네 군이 생각하는 것보단 튼튼한데요?"

"그래도 가냘픈 건 사실이니까. 조심스럽게 만져야 한다고 봐. 똑 부러질 것 같아."

"부러질 정도로 힘을 준 적은 한 번도 없으면서."

"그렇다고 해도 말이야. 소중히 여기고 싶으니까, 평소에 신경을 써야겠지? 소중한 사람이니까."

아마네는 되도록 마히루를 자상하고, 신사적으로 대하는 사람이 되고 싶다. 앞으로 평생 소중하게 여기고 곁에서 지킬 작정이므로, 평소에도 마히루에게 상처를 주지 않도록 주의할 필요가 있다.

과보호하고 싶은 건 아니지만, 제아무리 마히루가 자신을 갈

고닦는 일에 애쓰는 타입이라고 해도 연약한 여자다. 성별에 따른 특성상 완력이나 체력이 남자보다 뒤떨어지므로, 아마네가 그 부분을 신경 써야만 하리라.

금이야 옥이야 애지중지하는 건 마히루도 바라지 않을 것임을 알기에 마히루의 자유의지를 존중하면서 마히루가 지내기 편하도록 자상하게 대하고 싶다. 마히루를 울리는 일은 절대로 없게끔 하고 싶다.

평생을 바쳐 행복하게 해주고 싶은 아마네가 결의를 담아서 속삭이자 마히루는 아까 아마네와는 비교도 안 될 정도로 얼굴을 붉히고 "고, 고맙습니다……."라고 작게 대답했다.

"아마네 군의 생일인데, 저만 받는 거 같아요."

"아니, 내가 더 많이 받았거든? 게다가 날짜가 지났으니까."

마히루에게 받은 것이 많고, 소중하게 여기고 싶은 것은 어디까지나 아마네의 의지이니까 마히루가 걱정할 일은 아닐 것이다.

게다가 어느새 날짜가 바뀌었다. 생일은 지나갔다.

소파와 침대에서 밀착하고, 키스하는 사이에 어느덧 시간이 흘러간 듯하다. 생일은 금방 지나갔지만, 충분할 정도로 많은 행복을 받았다고 본다.

"진짜네요……. 조, 조금만 더 아마네 군의 소원을 들어주려고 했는데요."

"시간도 참 빨리 지나가는걸. 이젠 소원을 빌 수도 없겠어."

"참고로 뭘 말하려고 했어요?"

"잠들기 전에 마히루가 키스라도 해줬으면 좋겠다고."

방금 막 입맞춤을 한 상태이지만, 그건 아마네가 한 것이다. 아마네보다 부끄럼을 잘 타는 마히루가 먼저 하는 일은 좀처럼 없다. 키스 자체는 좋아한다고 하지만, 애석하게도 부끄러워하는 탓에 마히루가 먼저 하는 일은 생기지 않는다.

기왕이면 마히루도 자기가 원하는 대로 키스해 줬으면 좋겠다고, 남이 들으면 창피할 일을 생일이라는 이유로 부탁하려고 했었다.

꽤 괜찮은 소원 같은데, 어째서인지 마히루는 난처한 듯, 조금 황당해하는 얼굴을 보인다.

"아마네 군은 욕심이 참 없군요. 더 거창한 소원을 말할 줄 알았어요."

"이렇게 만족스러운데 뭘 더 어쩌라고. 태어난 것을 축하해 주고, 이렇게 곁에서 온기를 주는 애인이 있고, 이미 충분해. 욕심이 없는 게 아니라, 지금에 만족하니까 그런 거야."

"그러면 마치 제가 욕심쟁이 같아요."

"마히루가?"

욕심쟁이란 말은 마히루와 거리가 멀다고 생각하지만, 마히루는 아주 진지한 얼굴로 고개를 끄덕인 다음 눈썹을 힘없이 내린다.

"사실은 아마네 군이 일하러 나가서 쓸쓸하다고, 일찍 돌아오지 않을까 하고, 쭉 생각하는걸요. 여자가 들러붙지 않을까, 걱정도 해요. 아마네 군은 멋지니까, 인기가 생기면 어쩌지, 하는 것도요. 아마네 군이 선택한 일을 방해할 마음은 전혀 없고, 바람피우는 것도 걱정하지 않지만, 불안해져요. 가지 말라고, 생각하고 말아요."

마지막으로 "아마네 군을 방해하고 싶지 않은데."라고 중얼거리고, 마히루는 아마네의 가슴에 얼굴을 댄다.

"떨어지지 않았으면 좋겠고, 저를 더 만져주었으면 좋겠어요. 오래오래, 곁에 있었으면 좋겠어요. 그렇게 생각하는 저는, 욕심이 많고 사랑이 무겁다고 생각해요."

토로하는 속마음을 듣고 아마네의 입가에 무심코 웃음이 걸리려고 한다.

그만큼 마히루는 아마네를 아끼고, 소중히 여긴다. 쭉 곁에 있기를 바란다. 그만큼 아마네를 좋아한다는 뜻이다.

오히려 애인으로서 이보다 기쁠 순 없으리라.

강한 애정을 욕심이라고 표현하는 마히루에게 슬쩍 웃고, 아마네는 등을 감싼 팔에 조금 힘을 준다.

"아마도 말이지만, 내 사랑이 더 무거워. 마히루가 생각하는 것보다, 훨씬 더."

마히루는 자신의 사랑을 무겁다고 말했지만, 그렇게 말하자면 아마네가 더 무겁다. 절대로 떨어질 생각이 없으니까.

마히루가 정말로 행복해진다면 피눈물을 삼키고 떨어질 수 있을지도 모르지만, 그게 아니라면 마히루와 떨어질 마음이 없다. 자기 손으로 행복하게 할 테고, 그 노력을 거르지 않는다.

마히루를 위한 일이라고 책임을 떠넘길 마음은 없다. 아마네가 멋대로 마히루를 행복하게 해주고 싶어서 노력하고, 스스로 다 끌어안을 수 없을 정도의 감정을 안고서 살고 있다.

"우리 집안은 한결같은 만큼 사랑이 무거우니까. 나도 예외가 아니라고 봐. 아마도, 마히루는 실감하지 못하는 것 같지만 말이야. 속박하는 느낌의 무거운 사랑이 아니라, 상대에게 주는 감정이 크고 깊어. 절대로 떨어지게 하지 않아. 나 말고는 보지 말았으면 좋겠어. 그래서 나를 싫어하게 되면 어떻게 해야 좋을지, 가끔 생각하곤 해."

사랑이 무거운 건 자각하고 있다.

가벼운 교제는 마히루에게도 무례한 짓이니까, 진지하게 교제해서 평생을 함께할 작정으로 교제를 신청한 것인데, 남들이 봤을 때는 무거운 사랑이겠지. 고등학생 시절에 기나긴 인생을 약속하려고 하는 것이다. 무거운 것도 정도가 있다.

그런데도 마히루는 기쁜 듯이 웃었다. 행복한 듯이, 푸근해진 얼굴로.

"그만큼 사랑받는다면 저는 행복한 사람이에요. 붙잡아서 놓치지 않고, 저만을 봐준다니, 이상적이지 않나요?".

"진짜?"

"진짜예요. 저도 이제 아마네 군을 떨어뜨리지 않을 거니까 매한가지예요. 절대로 한눈팔게 하지 않을 건데요?"

절대로 생길 수 없는 이야기를 듣고 고개를 끄덕인 아마네에게, 마히루는 만족스럽게 웃고 몸을 조금 위로 움직였다.

가까워진 마히루의 고운 얼굴에 짓궂은 웃음이 드러나 있다.

"저는 아마네 군에게 저를 줄 테니까, 아마네 군은 저한테 아마네 군을 줄 거죠?"

뜨겁게 속삭이고, 서로의 거리가 좁혀진다.

숨결이 엉킬 것처럼 가까워진 두 사람의 얼굴은 이윽고 거리를 좁혀서 공기를 사이에 두지 않고 맞닿았다.

입술이 살짝 닿았을 뿐. 그런 키스인데도 타오를 것만 같은 열기가 느껴진다. 한편으로 안심감과 행복감을 하나로 섞은 듯한 편안함이 있어서, 자연스럽게 가슴이 뜨거워졌다.

시간으로 따지면 고작 몇 초밖에 안 되는 접촉인데도 진한 입맞춤과는 또 다른 만족감을 확실하게 느껴서, 아마네와 마히루는 눈을 마주치고 미소를 짓는다.

분명, 서로가 서로밖에 눈에 들어오지 않을 것이다. 걱정할 일은 없으리라.

"잘 자요, 아마네 군. 좋은 꿈 꾸세요."

"잘 자, 마히루."

이 사람은 내 것이라는 듯이 아마네에게 밀착해서 녹아드는 듯한 미소를 짓는 마히루에게, 아마네도 푸근한 미소를 돌려주고 천천히 눈을 감았다.

〈9권에서 계속〉

후기

이 책을 사 주셔서 감사합니다.

작가인 사에키상입니다. '옆집 천사님' 8권, 잘 보셨나요?

그런고로 마히루 양의 충격적인 행동으로 시작하는 이번 권은 어떠셨을까요.

여자로서 아마네 군이 사랑해 주길 바라고, 원하길 바라는 마히루 양과 소중히 여기고 싶으니까 발을 동동 구르는 아마네 군이었습니다.

기본적으로 아마네 군은 좋아하는 사람이 최대한 행복해지길 바라고, 그 사람을 소중히, 아주 소중히 여기고 싶은 타입이라서 엄청난 신중파인데요. 잘도 그걸 참았구나……하고, 아마네 군을 소심하다고 볼지, 신사라고 볼지는 여러분의 판단에 맡기겠습니다.

뭐, 참은 대신에 약 1년 뒤에는 엄청난 일이 벌어질 것 같다고 남 일처럼 생각하면서, 작가로서는 그들의 일상을 그려 나가고자 합니다.

그리고 맹세를 위해 아르바이트를 시작한 아마네 군. 이러니저러니 해도 요령이 좋으니까 공부와 아르바이트와 단련을 전부 병행하겠죠. 초창기 아마네 군과 비교하면 활동력의 차원이 달라요.

앞으로도 마히루 양을 위해서 애써 주게나, 아마네 군.

그리고 이번에도 하네코토 선생님께서 멋진 일러스트를 그려 주셨습니다. 저도 마히루 양이 해주는 밥을 먹고 싶어요……. 연어 구이에 달걀말이라니 최고의 아침밥 아닙니까…….

권이 바뀔 때마다 마히루 양의 웃는 얼굴이 부드러워지고, 감정이 잘 드러나고 있어서 진짜 귀엽습니다. 특장판 일러스트도 깜찍한데 섹시하기도 하니까 참을 수 없어요.

참고로 몇 가지 후보에서 남친 셔츠를 입은 구도를 추천한 건 접니다. 네. 취미 맞아요. 어쩔 수 없네요.

이번 권이 나갈 무렵에는 애니메이션이 시작했을 거라고 생각하니 벌써 몸이 후들거리고 압박감에 속이 쓰리지만, 움직이는 마히루 양 등등을 볼 수 있다고 생각하니 두근거림이 멈추지 않습니다.

독자 여러분도 애니메이션 재밌게 보셨으면 좋겠어요!

그러면 마지막으로 신세를 진 여러분께 감사 인사를 드립니다. 이 작품의 출판에 애써 주신 담당 편집자님, GA문고 편집부 여러분, 영업부 여러분, 교정 담당자님, 하네코토 선생님, 인쇄소 여러분, 이 책의 독자 여러분, 대단히 감사합니다.

다음 권에서 또 뵙겠습니다.
끝까지 읽어 주셔서 감사합니다!

옆집 천사님 때문에
어느샌가 인간적으로 타락한 사연 8

2023년 07월 25일 제1판 인쇄
2024년 10월 30일 제3쇄 발행

지음 사에키상
일러스트 하네코토

제작 · 편집 노블엔진 편집부

발행 데이즈엔터(주)
등록번호 제 2023-000035호
주소 07551 서울특별시 강서구 양천로 570 NH서울타워 19층
대표전화 02-2013-5665

ISBN 979-11-380-2742-7
ISBN 979-11-6625-555-7 (세트)

구매 시 파손된 도서는 구매처에서 교환하실 수 있습니다.
기타 불편사항, 문의사항이 있으신 독자님께서는 노블엔진 홈페이지
[http://novelengine.com] 에서 Q&A 게시판을 이용해 주시기 바랍니다.

어느 날 갑자기 소꿉친구의 '속마음'이 들리기 시작했습니다?
새침데기 소꿉친구가 귀엽게 '들리는' 이야기, 스타트!

언제나 쌀쌀맞게 구는 소꿉친구지만 나를 짝사랑하는 속마음이 다 들려서 귀여워

1~3

《오늘이야말로 코우에게 고백하는 거야!》

딱히 인기가 많은 것도 아닌 남고생 니타케 코우타에게 느닷없이 들리게 된 목소리. 그건 언제나 코우타에게 쌀쌀맞은 태도를 보이는 소꿉친구 유메미가사키 아야노의 속마음이었다! 아야노가 자신에게 홀딱 빠졌다는 것을 전혀 몰랐던 코우타였지만──.

《사실은 코우가 말을 걸었으면 했어…….》

느닷없이 훤히 들리게 된 '속마음'에 아야노를 의식하기 시작한 코우타.
그러나 '속마음'의 뜻밖의 부작용을 알게 되는데──?!

 로쿠마스 로쿠로타 지음 | bun150 일러스트 | 2023년 8월 제3권 출간
청춘의 상상, 시동을 걸어라!

**가난한 내가 유괴 사건에 말려들면서 모시게 된 주인은
숙녀의 탈을 쓴 생활력 빵점 영애였다――?!**

아가씨 돌보기
영애들이 다니는 명문 학교에서
제일가는 아가씨(생활력 없음)를 남몰래 돕는
시중 담당이 되었습니다

1~3

◆

남자 고등학생 '토모나리 이츠키'는 유괴 사건에 말려들었다가 국내에서 손꼽히는 재벌 가문의 아가씨인 '코노하나 히나코'의 시중을 들게 되었다.

겉으로는 뭐든지 잘하는 히나코 아가씨. 하지만 그 정체는 혼자서는 일상에서 아무것도 못할 정도로 생활력이 없고 나태한 여자애. 그러나 히나코는 집안의 체면상 학교에서는 '완벽한 숙녀'를 연기해야만 한다. 그런 히나코를 지키고 싶은 마음에 하나부터 열까지 지극 정성으로 모시는 이츠키. 마침내 히나코도 그런 이츠키에게 몸과 마음을 의지하는데…….

어리광 만점! 생활력 빵점?!
완벽한(?) 아가씨와 함께하는 러브 코미디!

사카이시 유사쿠 지음 | **미와베 사쿠라** 일러스트 | **2023년 7월 제3권 출간**
청춘의 상상,시동을 걸어라!

나는 두 번째 여친이라도 괜찮아

1

◆

"나도 키리시마를 두 번째로 좋아해."

나와 하야사카는 서로 첫 번째로 좋아하는 사람이 있으면서 두 번째로 좋아하는 사람끼리 사귀고 있다. 우리가 연인 사이인 것은 사실이다. 하굣길이면 몰래 만나 남에게 말 못 할 짓을 벌인다. 그러나 두 번째는 역시 두 번째이기에 만약 가장 좋아하는 사람과 사귀게 된다면 이 관계는 해소된다.

그렇게 약속했다. 그랬을 텐데——.

"미안해. 난 바보라서, 점점 더 좋아져."

첫 번째로 좋아하는 사람과 가까워졌음에도 불구하고 우리는 서로를 포기하지 못한 채 걷잡을 수 없이 수렁으로 빠져들었다.

이제는 돌이킬 수 없는 100% 위험하고 불순하며 불건전한, 문드러진 사랑의 결말은——.

ⓒJoyo Nishi 2021
Illustration : Retake
Illustration Retake
KADOKAWA CORPORATION

니시 죠요 지음 | ReT타케 일러스트 | 2023년 7월 제1권 출간
청춘의 상상, 시동을 걸어라!